O REI
DA SARJETA

Obras do autor publicadas pela Editora Record

O mistério dos jarros chineses
O rei da sarjeta

William C. Gordon

O REI DA SARJETA

Tradução de
ALEXANDRE RAPOSO

EDITORA RECORD
RIO DE JANEIRO • SÃO PAULO
2008

CIP-Brasil. Catalogação-na-fonte
Sindicato Nacional dos Editores de Livros, RJ.

G671r Gordon, William C.
    O rei da sarjeta / William C. Gordon; tradução de
    Alexandre Raposo. – Rio de Janeiro: Record, 2008.

    Tradução de: The king of the bottom
    ISBN 978-85-01-08275-6

    1. Romance americano. I. Raposo, Alexandre. II. Título.

                    CDD – 813
08-3284   CDU – 821.111(73)-3

Título original norte-americano
THE KING OF THE BOTTOM

Copyright © William C. Gordon, 2008

Todos os direitos reservados. Proibida a reprodução, no todo ou em parte, através de quaisquer meios.

Editoração eletrônica: Abreu's System

Direitos exclusivos de publicação em língua portuguesa somente para o Brasil adquiridos pela
EDITORA RECORD LTDA.
Rua Argentina 171 – Rio de Janeiro, RJ – 20921-380 – Tel.: 2585-2000

Impresso no Brasil

ISBN 978-85-01-08275-6

PEDIDOS PELO REEMBOLSO POSTAL
Caixa Postal 23.052
Rio de Janeiro, RJ – 20922-970

EDITORA AFILIADA

Este livro é dedicado a Isabel Allende, que criou espaço para que eu ouvisse as vozes.

Sumário

Capítulo 1   O depósito de lixo 9

Capítulo 2   Marachak e Deadeye 33

Capítulo 3   Samuel apóia Janak 55

Capítulo 4   Muitos problemas 71

Capítulo 5   El Turco 97

Capítulo 6   A cidade luz 117

Capítulo 7   Mordiscando as bordas 147

Capítulo 8   O julgamento 171

Capítulo 9   E agora, o quê? 233

Capítulo 10   Encontre o besouro 247

Capítulo 11 Por quê?... 277

Capítulo 12 Respostas inesperadas................................. 285

Capítulo 13 Será que realmente acabou?......................... 293

Capítulo 1

O depósito de lixo

Embora tenha sido um ano de pouca chuva, a segunda semana de dezembro de 1961 foi a mais fria dos últimos cinqüenta anos na área da baía de São Francisco. Naquela manhã, a névoa espalhava-se da Golden Gate até a ponte Richmond-San Rafael, e era possível ouvir o soar constante das sirenes de neblina rompendo o silêncio da madrugada. Ainda estava escuro e o telefone tocou diversas vezes antes que o sonolento policial de plantão despertasse de seu torpor. Era a última hora do turno da noite e, por isso, a mais difícil.

— Departamento de Polícia de Richmond. Expedição, policial Malcolm falando.

A voz no outro lado da linha gritou, histérica:

— Há um homem enforcado no portão!

O policial Malcolm estava sentado em uma das três estações, em frente a um grande rádio repleto de mostradores e agulhas vacilantes. As outras duas estações, que podiam ser operadas de forma independente em uma emergência ou no caso de sobrecarga de trabalho, estavam vazias.

O homem despertou rapidamente e concentrou-se no que acabara de ouvir, sabendo que os detalhes que conseguisse obter naquele instante seriam importantes no futuro. Ligou o gravador e disse:

— Acalme-se, apenas acalme-se.

Pegou um bloco de papel na gaveta à sua frente com a mão trêmula e registrou a data e a hora da chamada. Então, limpou a garganta, puxou o colarinho aberto da camisa amarrotada e perguntou, nervoso:

— Quem é você?

A voz agitada voltou a falar:

— Sou motorista de caminhão. Estou indo para...

— Espere, espere, diga seu nome completo.

— Meu nome não interessa, é melhor mandar alguém para cá.

— Onde você está?

— No depósito de lixo de Point Molate, em Richmond — berrou o motorista.

— Alô, Alô! — gritou o policial. Mas de nada adiantou, o motorista havia desligado.

Malcolm pegou o microfone do rádio e começou a transmitir:

— Chamando todas as viaturas disponíveis. Temos um possível 187 no depósito de lixo químico de Point Molate. Quero... — ele contou nos dedos, dando-se conta de que era responsável por uma cidade inteira com mais de cem mil habitantes e só tinha seis carros disponíveis naquela manhã — ... três viaturas no local. Câmbio.

— Carro 5 em Point Richmond, respondendo à chamada. Estamos bem na esquina — disse uma voz ao rádio.

— Carro 12, no centro de Richmond, respondendo à chamada — disse outra voz.

— Carro 27, vindo do lado oeste, no Cutting Boulevard — acrescentou uma terceira.

Point Molate era um promontório que avançava baía de São Francisco adentro, perto da ponte Richmond-San Rafael. No Cutting Boulevard, pouco antes da entrada da ponte, havia uma estrada vicinal que dava acesso ao lugar.

Point Molate era o endereço de um depósito de lixo químico industrial. Guardando a entrada, um imponente portão de metal branco encimado por um arco que se erguia a uns 6 metros de altura. Junto ao portão, havia uma guarita igualmente branca. O portão estava aberto e, do arco, pendia o corpo de um homem, preso por uma corda ao redor do pescoço. Suas mãos estavam amarradas às costas e os pés atados um ao outro. Obviamente estava morto.

Foi isso o que a primeira viatura encontrou ao chegar. O motorista direcionou o holofote do veículo para o corpo.

— Será que está armado? Há um volume por baixo da roupa — sugeriu o parceiro.

— Não sei. Espero que não seja uma bomba ou algo parecido. Mas não podemos saber até tirarmos ele dali, e não podemos fazer isso a não ser que digamos que estávamos tentando salvar a vida dele, e ninguém vai acreditar nessa história.

Os dois policiais balançaram a cabeça, perplexos, e o motorista baixou momentaneamente o holofote de modo a não ter de olhar para o cadáver. Perceberam a guarita à esquerda do portão, mas não havia ninguém do lado de dentro. Saíram da viatura, mas mantiveram distância do local. O motorista enfiou a mão dentro do carro, voltou a direcionar o holofote para o corpo e o facho de luz forte e amarelo rompeu a escuridão dos últimos instantes da madrugada.

— Você já viu aquele tipo de nó?

— Não dá para ver bem daqui. Mas parece esquisito.

— Não há dúvidas: temos um cadáver. Melhor chamarmos um detetive e um legista — disse o outro policial, que carregava uma espingarda.

O motorista pegou o microfone do rádio.

— Aqui é o carro 5 chamando a Central — disse ele. — Estão me ouvindo? Câmbio.

— Sim, senhor — respondeu o policial Malcolm, então já tomado pela adrenalina e sentado na beira da cadeira giratória. — Qual a situação por aí? Câmbio.

— O cara já era. Precisamos de um detetive e de um legista o mais rápido possível. O sol ainda não nasceu, mas, se a neblina se dissipar e fizer sol, o corpo logo vai começar a apodrecer. Não me lembro de ter visto nuvens nas colinas do leste, portanto pode apostar que isso vai acontecer. Câmbio.

— Entendido. Vou providenciar. — Ele desligou o microfone, pegou o telefone e discou para o escritório dos detetives.

— Detetive Bernardi falando — respondeu uma voz descansada. — Em que posso ajudar?

— Tenente, temos um 187 no depósito de lixo químico em Point Molate. O carro 5 acabou de pedir um detetive o mais rápido possível.

— Pode fazer um resumo da situação? — pediu Bernardi.

O detetive ouviu atentamente enquanto o policial Malcolm lhe contava que havia um corpo pendurado no arco do portão. Desligou o telefone, levantou-se, deu outra dentada no donut caramelado que estava comendo e tomou um gole de café quente. Lambeu os farelos dos lábios, ajustou a pistola no coldre do ombro e verificou se estava com as algemas. Então, ligou para o laboratório de criminalística.

— Aqui é o Mac — respondeu alguém no laboratório.

— Mac, aqui é o Bruno. Tenho um 187 e preciso de um técnico. Você está disponível?

— Estarei daqui a 10 minutos. Tenho de terminar o relatório daquele caso que você me mandou na semana passada.

— Está bem — disse Bernardi. — Eu aguardo.

O detetive desligou, esperou um novo sinal e ligou para a expedição.

— Ligue-me com o encarregado na cena do crime.

— Sim, senhor — respondeu o policial Malcolm. — Carro 5, aqui é a expedição.

Dois outros veículos tinham chegado a Point Molate e cinco policiais bloqueavam o acesso ao depósito de lixo. Os empregados começavam a chegar para o turno da manhã e a multidão do lado de fora do portão ia aumentando. Todos queriam se aproximar para ter uma melhor visão do corpo, que balançava ao sabor da última brisa da madrugada. Os policiais começaram a afastá-los dali.

— Sim, senhor — respondeu o policial que estava junto à viatura. — Aqui é o carro 5. Câmbio.

— Espere um minuto. O detetive Bernardi quer falar com você.

O policial Malcolm colocou o detetive na linha.

— Prossiga, senhor. Carro 5 ouvindo.

— Aqui é o tenente Bernardi. O que vocês têm aí? Câmbio.

O motorista do carro 5 descreveu o que viu, incluindo o pequeno problema para controlar a multidão. Bernardi anotava tudo.

— Não deixe que contaminem a cena. Ninguém pode entrar ou sair. Pegue o nome de todos que aparecerem e os separem. Estaremos aí em dez minutos. Câmbio.

— Sim, senhor — respondeu o policial. — Desligo.

Bernardi ligou para o escritório do legista.

— Aqui é o tenente Bernardi, da Homicídios de Richmond. Precisamos de um rabecão no depósito de lixo químico de Point Molate. Estamos trabalhando em um 187. Encontrarei o legista no local daqui a meia hora.

Agora havia seis policiais no lugar e diversos empregados tinham chegado, todos mexicanos. Os policiais anotavam seus nomes e endereços, e os separavam para que o detetive Bernardi pudesse interrogá-los individualmente quando chegasse.

O motorista do carro 5 voltou o holofote para o chão a fim de ver se identificava pegadas sob o cadáver, mas não viu nenhuma. Também não havia mancha alguma, embora uma das pernas da calça do morto estivesse encharcada de sangue. Os outros policiais não estavam tendo muita sorte com os empregados mexicanos, o que o levou a ligar outra vez para Malcolm.

— Diga ao detetive para trazer um intérprete de espanhol. Apenas um dos empregados fala inglês. Câmbio.

— Obrigado pela dica. Desligo — disse Malcolm. Então, pegou o telefone e ligou para Bernardi. — Melhor levar o sargento Jimenez com você. Precisamos de alguém que possa falar espanhol com os mexicanos.

— Merda — disse Bernardi. — Pode ligar para a casa dele? O Jimenez nunca chega aqui antes das onze. Passa as manhãs na cadeia do condado de Martinez.

— Sim, senhor — replicou Malcolm, que ligou em seguida para o sargento Jimenez e disse-lhe para comparecer imediatamente a Point Molate.

* * *

O tenente Bernardi vestiu o paletó marrom sobre a camisa branca com um bolso repleto de canetas esferográficas e ajustou o coldre da arma antes de sair com o técnico. Quando chegaram ao portão, o sol erguia-se acima das colinas de East Bay. Três viaturas com as luzes ligadas cercavam o local, e dois policiais encurralavam um grupo de cinco mexicanos em um canto do portão. Atrás das viaturas policiais alinhavam-se quatro caminhões de lixo repletos de rejeitos, com os motoristas dentro das cabines e os faróis acesos. A combinação de luzes fazia o lugar parecer um carnaval, com uma efígie de pregoeiro pendurada no arco da entrada, o rosto pálido, a língua de fora e os olhos esbugalhados. O cadáver tinha cabelos pretos, bastos e ondulados, e alguns cachos caíam-lhe na testa. Vestia um terno cinza-claro e duas garrafas de Coca-Cola sobressaíam dos bolsos laterais. A parte da frente de uma das pernas de sua calça estava encharcada de sangue.

Bernardi aproximou-se do carro 5 e ordenou:

— Ilumine o morto com o holofote e me passe o rádio, policial.

O policial pegou o microfone dentro do carro e esticou o fio espiralado para fora da janela.

— Expedição, aqui é Bernardi. Ligue para o corpo de bombeiros e peça que tragam um guindaste com um braço comprido, assim a gente pode descer esse cara sem mexer no chão embaixo dele. Desligo.

— Sim, senhor. Desligo — respondeu o policial Malcolm.

Bernardi virou-se para o perito.

— Faça fotografias de todos os ângulos e de tudo o que estiver à vista, incluindo aquelas garrafas de Coca-Cola e o ancinho encostado no portão. Isso certamente parece um homicídio — comentou para si mesmo. — E parece algo ritualístico, parte de algum tipo de cerimônia.

Mac assentiu e começou a fotografar com flash, guardando as lâmpadas usadas em um bolso do avental que usava em torno da cintura.

À medida que clareava, tornava-se evidente que o chão sob o corpo da vítima fora mexido. Havia marcas de ancinho paralelas e perpendiculares na terra, como se alguém tivesse traçado ali um campo de beisebol.

Bernardi trabalhou rápido com os diversos motoristas de caminhão que esperavam a abertura do depósito de lixo. Anotou seus nomes e endereços e perguntou se tinham visto alguma coisa. Uma vez que nada viram, mandou-os embora para casa. Queria falar com o motorista que descobrira o corpo, mas ninguém sabia quem tinha dado o telefonema. Ele se voltou para os mexicanos, todos baixos, peles em diversas tonalidades de pardo, macacões desbotados, botas de trabalho e uma variedade de chapéus de palha.

— Qual é o seu nome? — perguntou ao que falava inglês.

— Mauricio Chavez, *señor*.

— O que faz aqui tão cedo?

— Trabalho aqui, *señor*. Sou o capataz.

— Há quanto tempo trabalha aqui?

— Dois anos. *Sí*, dois anos. Mas sou capataz há apenas seis meses.

— Quem o promoveu a capataz?

— O chefe, o Sr. Hagopian, aquele cara ali pendurado.

— Você tinha algum problema com o chefe?

— *No, señor*. Ele era bom para mim. Ele me promoveu a capataz quando Juan Ramos foi embora.

Bernardi percebeu que o baixinho não o encarava e aquilo o incomodava. Ele não sabia o que fazer com mexicanos. Entravam no país ilegalmente, atravessando o rio. Sabia que trabalhavam duro, mas eram muito fechados e representavam um mistério para ele.

— Quem é Juan Ramos?

— Era o capataz, mas foi embora com outros três.
— Qual o nome dos outros homens que foram embora?
— Miguel Ramos, José Ramos e Narcio Padia.
— Miguel e José são parentes?
— *Sí, señor*, são *primos*.
— Quer dizer primos de verdade? — perguntou Bernardi.
— *Sí*, primos.
— São parentes do antigo capataz, Juan?
— *Sí, señor*, ele é tio deles.
— Você disse que foram embora. Onde estão agora? Você sabe?
— Acho que José voltou para casa. Não tenho certeza.
— E quanto aos outros três?
— Empregaram-se em outra empresa, em Emeryville.
— Qual o nome da empresa?
— Não faço idéia, *señor*. Misturam produtos químicos. É tudo o que sei.
— Vocês são todos da mesma cidade no México?
— Todos nós somos de San Juan de los Lagos.
— Onde diabos fica isso?
— Na periferia de Guadalajara, em Jalisco.
— Algum de vocês está legalmente no país? — perguntou Bernardi.
— Só posso falar por mim, *señor*. Sim, estou — gaguejou o empregado. O mexicano deu de ombros e olhou para as botas de trabalho com pontas de metal, encrostadas de resíduos químicos.

Outra viatura policial chegou com as luzes piscando. Um policial mexicano bem vestido, com divisas de sargento nas mangas da camisa, desligou as luzes e saiu do carro. Tinha altura mediana, cabelos pretos e um bigode bem aparado. Aproximou-se de Bernardi e do grupo de trabalhadores. Bernardi apertou-lhe a mão e gesticulou para que ele assumisse o interrogatório dos empregados mexicanos.

Após falar com eles por 15 minutos, o sargento Jimenez aproximou-se de Bernardi e disse:

— Descobri algo que você deve saber.

— Muito bem, fale.

— Com exceção do capataz, nenhum desses caras está aqui há muito tempo. Mas todos contam a mesma história. Havia muito ressentimento na comunidade mexicana contra o dono deste depósito. Alguns ex-empregados estavam processando aquele sujeito enforcado no portão, culpando-o por seus filhos terem nascido deformados. Assim que começaram a processá-lo, foram demitidos.

— É, foi o que Mauricio me contou. Preciso saber onde encontrar os funcionários que foram demitidos. Consegue essa informação para mim? — perguntou Bernardi.

* * *

Bernardi, com 1,72m e ainda pesando os mesmos 80kg que tinha nos tempos de escola, subiu em uma pedra diante da entrada do depósito. Coçou os cabelos grisalhos e curtos, que usava partidos ligeiramente de lado, e coçou o nariz notoriamente achatado, aborrecido com o cheiro que pairava no ar.

O sol havia nascido, mas não aquecia aquele dia frio de dezembro. As águas da baía açoitavam a areia junto à pedra. O detetive tentava entender o que tinha à sua frente: a atmosfera carnavalesca de um cadáver pendurado em um portão, uma fila de caminhões repletos de rejeitos químicos, diversos trabalhadores que não falavam inglês e um fedor pungente que piorava à medida que o sol se erguia no horizonte. Percebeu uma total ausência de pássaros no litoral. Então, o legista chegou com o rabecão, e os bombeiros apareceram com o guindaste e a plataforma com parapeito.

Bernardi desceu da pedra onde estava empoleirado e aproximou-se do legista.

— Devemos tirá-lo dali, mas primeiro precisamos recolher provas. Suba lá com Mac para que possamos detalhar tudo com fotografias.

Os dois subiram na plataforma e os bombeiros os elevaram para que pudessem examinar e resgatar o corpo. Primeiro, Mac tirou fotos em close do rosto e do nó estranho ao redor do pescoço do enforcado. Examinaram e fotografaram detalhadamente as roupas que o morto vestia, detendo-se na perna da calça ensangüentada.

— Vê aquele inseto azul esmagado na perna da calça? Parece um tipo de besouro — disse Mac.

— É, estou vendo. Precisamos guardar isso. Pode ser importante — disse Bernardi lá de baixo.

Mac mexeu no bolso onde guardava todo tipo de coisa, incluindo as lâmpadas de flash usadas. Tirou um envelope e pegou o besouro com uma pinça. Escreveu "inseto azul" no envelope e a parte do corpo onde o encontrara. Então, guardou-o no bolso de provas.

Mac acenou para que o bombeiro baixasse um pouco a plataforma e os posicionasse diretamente sob o corpo. Em seguida gesticulou para que elevassem a plataforma outra vez até que os pés da vítima lhe tocassem o fundo. Os dois homens podiam agora caminhar livremente ao redor do cadáver.

— Vê algo parecido com lama nos sapatos dele? — perguntou Bernardi lá de baixo.

— Sim, há um pouco.

Mac pegou outro envelope, raspou a lama de um dos sapatos após fotografá-lo e escreveu "lama" no verso.

— Agora, precisamos remover as garrafas de Coca-Cola — disse Mac. — Temos de tomar cuidado para preservar as digitais e o conteúdo. — Mac enfiou as mãos enluvadas nos dois bolsos do paletó e ergueu cuidadosamente as garrafas abertas. — Esse negócio fede. Deve ser algum tipo de produto químico. Mas cada garrafa tem um produto diferente. Dá para notar pelo cheiro.

— Tenha cuidado. Vê aquele volume dentro do paletó? Parece haver algo ali também — disse o legista.

Mac desabotoou o paletó. Ao abrir o lado esquerdo, encontrou outra garrafa de Coca-Cola cheia com outro tipo de líquido. Também anotou a etiqueta do alfaiate costurada no bolso interno. Lia-se: "La Roche et Fils, Paris." Depois de tirar as fotografias, cuidadosamente espalhou pó para colher digitais e então as tirou dali, tampando-as para que o líquido não derramasse. Então, guardou-as na caixa de provas para serem analisadas por um toxicologista.

— Fizemos tudo o que podíamos aqui, chefe. Podemos baixá-lo agora? — perguntou Mac.

— É, mas primeiro fotografe aquelas marcas de ancinho no chão. Veja se não há nada diferente que possa nos ajudar a entender como penduraram ele aí em cima — disse Bernardi.

A plataforma foi baixada a alguns centímetros do chão. Mac estudou o terreno cuidadosamente e o fotografou. Em seguida, gritou para Bernardi:

— Olhe no limiar da área alisada pelo ancinho. Há algo parecido com uma pegada. Quando descer, vou usar gesso para fazermos um molde. Já tirei as fotografias.

— Vou esperá-lo descer e veremos isso juntos — disse Bernardi.

— Tudo bem — disse Mac. — Volte a elevar a plataforma até o corpo.

O bombeiro obedeceu. Quando estavam no lugar, o legista cortou a corda um pouco acima do nó e ele e Mac baixaram o cadáver lentamente na plataforma.

— Ainda está enrijecendo — disse o legista. — Está no estágio inicial do *rigor mortis*. Isso nos ajudará a determinar a hora em que morreu. — Começou a fazer anotações a respeito do enrijecimento do corpo enquanto a plataforma era baixada e o guindaste se afastava lentamente da área do portão. Ao se aproximar do veículo do legista, a equipe embalou o corpo em um saco para cadáver e levaram-no em uma maca até o rabecão.

Quando o legista estava pronto para ir embora, Mac teve uma última conversa com ele.

— Precisamos analisar o conteúdo dessas garrafas. Você acha que isso contribuiu para a morte dele?

— Até fazermos os exames toxicológicos, não posso responder. Se ele foi envenenado, nós saberemos. Mas você terá de me dizer o que há nas garrafas — disse o legista.

— Claro, assim que eu descobrir. Quando pode nos dar a hora e a causa da morte? — perguntou Mac.

— Posso lhe dar a hora aproximada ainda esta tarde. O resto dos exames vai demorar um pouco mais. Talvez um mês. No momento, não sei o que fazer com o inseto encontrado na perna da calça. Talvez nada. Mas analise os produtos químicos enquanto tentamos apurar se o enforcamento foi a causa da morte.

— Quer dizer que podia já estar morto quando foi posto ali? — perguntou Mac.

— Tudo é possível, Mac. Só queremos cobrir todas as possibilidades — disse o legista.

— Pode me dizer que tipo de laço é aquele que a vítima tem ao redor do pescoço? Meu chefe disse nunca ter visto um nó assim — disse Mac.

— Tudo bem, vou mandar o meu assistente cuidar disso. Ele é um ex-peão de rodeio — disse o legista, entrando no rabecão pela porta do passageiro e acenando para que o motorista os levasse dali.

Bernardi, que observava atentamente a área junto ao portão, aproximou-se de Mac e disse:

— Vamos fazer um molde daquela pegada — E apontou para a borda da área alisada com ancinho.

Mac pegou uma jarra de água e um saco de pó branco de sua bolsa e misturou o gesso em uma lata de tinta até assumir consistência viscosa. Então, derramou o material no chão. Enquanto esperava que secasse, tirou as digitais do ancinho.

— Ergueram aquele corpo até ali do mesmo modo como o baixamos — disse Bernardi. — Por algum motivo, a coisa me parece muito certinha, muito artificial. Obviamente foi um assassinato bem planejado.

— Tirei impressões do ancinho e das garrafas de Coca-Cola. Mas era de se esperar que quem fez isso teria limpado tudo. Especialmente quando se vê que a coisa foi meticulosamente executada — disse Mac.

— Não necessariamente — disse Bernardi. — Se eles estavam realmente furiosos, talvez não se importassem em ser descobertos. Mas, então, por que alisaram o chão com o ancinho?

— Você disse *eles* — lembrou Mac.

— Sim. Um homem, ou mesmo dois, não poderia ter feito isso sem ajuda de alguém. Deve ter sido uma equipe. Não tenho respostas agora, mas aposto tudo nesta hipótese — disse Bernardi.

— Acha que pode ter sido algo feito em um acesso de raiva?

— De modo algum — respondeu Bernardi. — A não ser que você defina raiva no sentido mais amplo, um ressentimento antigo e bem curtido por algo que ele ou a empresa dele tenha causado. Prefiro dizer que foi uma execução calculada e a sangue-frio. Portanto, a pergunta é: quem fez isso, e por quê?

— Há um advogado em São Francisco chamado Janak Marachak que representa os empregados do depósito de lixo em um processo — disse Mac. — Saiu no jornal há algumas semanas. Lembra-se?

— Esse assunto já foi mencionado algumas vezes esta manhã, mas acho que não prestei muita atenção — disse Bernardi. — Mas, agora que você falou, lembro-me de que estavam conversando sobre isso no encontro do Rotary outro dia.

— Os empregados alegam que os filhos nasceram com deformações — disse Mac. — O advogado, Janak Marachak, veio saber se tínhamos alguma queixa ambiental contra o depósito de lixo. Cheguei a falar com ele. Aconselhei-o a recorrer ao Departamento de Saúde do Estado. Então ele conseguiu uma intimação e obteve acesso ao arquivo sobre o depósito de lixo que eles tinham por lá.

— Talvez devamos fazer o mesmo. E talvez devamos falar com Janak — disse Bernardi. — A propósito, não acha estranho não haver pássaros por aqui?

— Você tem razão — disse Mac. — Eu percebi isso.

* * *

A conversa de rádio entre a expedição da polícia e as viaturas foi interceptada por uma fonte de Samuel Hamilton e transmitida a este por telefone. Graças a esse acompanhamento, o repórter conseguia diversos furos para o seu jornal. O telefone tocou quando ele tentava despertar em seu pequeno apartamento na Powell Street, na periferia de Chinatown, no coração de São Francisco. Ainda estava escuro do lado de fora. O apartamento conjugado tinha um sofá-cama dobrável que, quando aberto, ocupava a maior parte do cômodo. As cuecas e meias que ele lavara na noite anterior estavam secando em um arame que ia de uma parede a outra. Algumas caixas de papelão engorduradas estavam empilhadas em uma mesa minúscula na cozinha, preenchendo o ar com cheiro de comida chinesa estragada. Samuel tinha a noção de que não vivia em um palácio, mas, uma vez que não tinha a menor esperança que Blanche o honrasse com uma visita, não se sentia motivado a limpar o apartamento. Sempre imaginou como seria o apartamento de Blanche. Imaginava-o impecavelmente limpo e claro, assim como ela, mas nunca achou que teria chance de conhecê-lo por dentro.

Fazia apenas alguns meses desde que Samuel começara a trabalhar como repórter do jornal. Ele conseguira aquele emprego após escrever uma grande matéria sobre assassinatos em Chinatown que acabou publicada em uma série de artigos diários. Antes disso, trabalhava vendendo anúncios classificados para o mesmo jornal.

Ele era baixo e tinha uma linha capilar ruiva cada vez mais recuada que denotava sua ascendência teuto-escocesa. A primeira coisa que fez foi procurar um cigarro, mas lembrou-se de que abandonara o hábito de fumar havia vários meses, com a ajuda de um sábio chinês que o hipnotizara. Ou, ao menos, tentara parar. Samuel só fumava quando estava desesperado. Assim que a mente clareou — ele não estava acostumado a acordar tão cedo —, ligou para Marcel Fabreceaux, seu fotógrafo, que o acompanhava nas matérias para o jornal e que, por sorte, tinha um carro. Combinaram de se encontrar em 45 minutos, em um restaurante chinês perto do apartamento de Samuel.

Samuel tomou um banho rápido, fez a barba e vestiu a roupa de sempre: um casaco esporte cáqui surrado, uma camisa branca de abotoar e sapatos marrons. A diferença entre a vestimenta de agora e aquela que usava como vendedor de classificados era que tinha menos buracos de queimadura de cigarro nas mangas do casaco e suas roupas estavam um pouco menos amarrotadas. Pedira a Marcel para obter detalhes sobre o lugar aonde iam e o que poderiam esperar por lá. Teriam de atravessar duas pontes, a Golden Gate e a Richmond-San Rafael, e parte do condado de Marin. Marcel teria tempo bastante para lhe passar os detalhes.

Ao chegarem a Point Molate no Ford Coupe 47 verde de Marc, o sol havia se erguido sobre as colinas de East Bay e já iluminava a cena do portão. Os olhos azuis e alertas de Samuel vasculharam as redondezas. Chegou a tempo de ouvir a conversa entre Bernardi e Mac a respeito do advogado e de seus clientes mexicanos, assunto que o interessou, uma vez que era amigo de Janak Marachak. O repórter mostrou a carteira de imprensa e pediu para falar com Bernardi.

— Ouvi dizer que houve um enforcamento. Pode me dar algumas informações?

Bernardi e Mac foram até o lugar onde Mac guardara as provas em uma caixa de papelão.

— Não tenho como dizer muita coisa — respondeu Bernardi. — Tudo o que sabemos é que, aparentemente, parece que alguém matou Armand Hagopian, o proprietário deste depósito de lixo químico.

— Vejo que chegamos tarde demais para tirar fotografias. Você pode me passar as que seus homens tiraram? — perguntou Samuel.

— Infelizmente não — respondeu Bernardi. — Vocês da imprensa sempre querem sensacionalismo. De fato, as fotografias de um pobre homem enforcado em um portão podem ser sensacionais. Contudo, caso fossem publicadas, poderiam prejudicar a nossa investigação. Mas vou deixá-lo ficar por perto caso não atrapalhe. Isso quer dizer que você deve apenas observar e não se intrometer. Mais tarde eu lhe darei um resumo daquilo que consideramos conveniente para ser veiculado agora. Você compreende: estamos tentando descobrir quem matou este proeminente cidadão.

— Pode me dar algumas informações sobre ele? — pediu Samuel.

Samuel olhava para a ponta cortada da corda pendurada no arco do portão e para o chão mais abaixo, cuidadosamente alisado com ancinho. Certificou-se de que o fotógrafo registrasse aquilo. Voltou-se e viu o mesmo litoral desolado a respeito do qual Mac e Bernardi haviam comentado.

— Ele era um homem poderoso em Richmond, proprietário deste depósito de lixo químico. A maioria das grandes indústrias do condado de Contra Costa usa esta área.

— É tudo o que sabe até agora? — perguntou Samuel.

— Sim, lamento.

— Tem idéia do motivo?

— Seria apenas especulação — respondeu Bernardi, sem querer discutir o que descobrira sobre o processo dos trabalhadores mexicanos. — Pode ser qualquer coisa. Roubo, talvez inveja, até mesmo um negócio que deu errado. Quem sabe?

Samuel observou Mac organizando as quatro garrafas em uma caixa de papelão e esticou o pescoço para ver se conseguia reconhecer algo mais. Viu um pedaço de corda e diversos envelopes tamanho carta, mas não conseguiu ler o que estava escrito neles.

— O que as garrafas têm a ver com isso? — perguntou Samuel.

— Não sei ainda — respondeu Bernardi. — Elas foram encontradas com o cadáver e estão cheias de um líquido bem fedorento. Mas teremos de levá-las para o laboratório de criminalística antes de sabermos com o que estamos lidando.

— Mas você procurou por digitais? Ou não foi possível com todo este pó em cima? Teve sorte? — perguntou Samuel.

— Depende de a quem pertencem as digitais. Veja, gostaria de passar mais tempo com você, mas isto é uma investigação policial e eu tenho trabalho a fazer — respondeu, lacônico.

Samuel deu de ombros.

— Não pode me culpar por tentar conseguir informação. Somos os melhores amigos dos tiras, portanto não seja egoísta, detetive.

Bernardi não respondeu. Samuel observou quando quatro policiais sob a supervisão de Bernardi foram até a área junto ao portão com lanternas na mão, embora o sol já estivesse bem alto. Mac os fotografou.

— Quando teremos o resultado do legista? — perguntou Samuel.

— Só daqui a algumas semanas. Pode me ligar hoje à tarde e eu darei as informações para você escrever a sua matéria — respondeu Bernardi.

— Podemos acompanhar vocês até o escritório do depósito ou seja lá o que for aquilo que fica no fim desta estrada?

— De jeito nenhum.

Sem nada mais a obter por ali, Samuel foi falar com um policial conhecido, que lhe deu a descrição do corpo e a maneira como este fora baixado do portão. Samuel e o fotógrafo foram embora no exato momento em que outros repórteres começavam a chegar.

* * *

Bernardi posicionou duas viaturas policiais junto ao portão com ordens de não deixar ninguém entrar. Chamou dois policiais e Mac, o perito, e os quatro caminharam em direção a uma curva da estrada. O depósito de lixo propriamente dito ficava a uns 100 metros dali. Quando estavam a meio caminho de um par de trailers brancos, o detetive recebeu uma chamada em seu walkie-talkie.

— Estamos com alguns empregados do escritório aqui no portão. Quer falar com eles ou devo mandá-los para casa? Câmbio.

— Mande-os descer a estrada — respondeu Bernardi.

Logo, três mulheres apareceram ao longe e o detetive disse ao walkie-talkie:

— Alguém contou a essas mulheres o que aconteceu? Câmbio.

— Sim, senhor — respondeu uma voz. — Elas ficaram muito perturbadas com a descrição que eu lhes dei. Parece que a vítima era parente delas. Câmbio.

— Tudo bem. Obrigado por me avisar. Câmbio final.

Àquela altura, Bernardi estava quase vencido pelos odores pungentes do depósito.

— O que provoca toda essa fumaça e fedor? — perguntou.

— Pilhas de rejeitos químicos no outro lado do escritório. Estão se decompondo ou, melhor, *fermentando* — explicou Mac.

— Só o cheiro já dá para matar uma pessoa, não acha?

— Eu não deixaria os meus filhos brincarem neste lugar — disse Mac.

Bernardi tirou um lenço do bolso, assoou o nariz que escorria e enxugou as lágrimas dos olhos.

— Parece que a bomba de Hiroshima caiu aqui — murmurou.

Finalmente chegaram ao escritório, que compreendia os dois trailers pintados de branco com janelas gradeadas, com exceção daquelas onde os aparelhos de ar-condicionado estavam instalados. Nos fundos, ficava uma torre de ferro de 15 metros de altura com uma antena de rádio no topo. Ao lado havia uma máquina de Coca-Cola e seis caixas de garrafas vazias empilhadas ao lado. Bernardi percebeu que faltavam algumas garrafas nas caixas.

Bernardi voltou-se para Mac e disse:

— Fotografe aquela máquina de Coca-Cola e as garrafas vazias. Depois, mande um policial até aqui para confiscar todas essas caixas e levá-las para o laboratório. E cuidado para não comprometer as digitais. Por fim, dê uma olhada ao redor e veja se há algo mais que possa nos interessar.

— Tudo bem, chefe — disse Mac.

As três mulheres caminharam com rapidez e agora estavam diante deles, aparentemente não ligando para o cenário em volta. A mais velha devia ter seus 50 anos, rosto redondo e cabelos negros como carvão. Tinha cerca de 1,65m, compleição magra e caminhava com graça. Usava um vestido simples de lã e um casaco cinza. Ela abriu a porta do escritório e todas entraram. Então ligaram os aparelhos de ar-condicionado, embora estivesse frio do lado de fora. As lágrimas escorriam pelo rosto de Mac e Bernardi e ambos tossiam.

— Posso usar o seu banheiro? — perguntou Bernardi.

A mulher mais velha apontou para os fundos do trailer duplo. Ele foi até lá, abriu a torneira de água fria e lavou as mãos com uma barra de sabão e bórax. Em seguida, lavou bem os olhos e o rosto. Viu no espelho que suas pálpebras estavam vermelhas e inchadas.

Subitamente, Mac irrompeu porta adentro.

— Meu Deus, isso é difícil de suportar — disse ele, correndo até a pia para molhar o rosto ardido. — Não dá para acreditar que tem gente que trabalha aqui. Este lugar é um inferno.

— É — concordou Bernardi. — Mas precisamos nos controlar. Senão, podemos deixar de investigar algo.

— Uma coisa é se controlar. Outra bem diferente é fazer um trabalho sem a proteção adequada — disse Mac. Então começou a tossir e cuspiu no mictório.

— Você percebeu que os empregados parecem não se importar? — observou Bernardi, assoando o nariz com uma toalha de papel.

— Pode até ser verdade, mas há o curto e o longo prazo — disse Mac. — Só estarei aqui por um curto prazo, portanto não pretendo me acostumar com isso.

Desceram o corredor estreito até o escritório, onde encontraram as três mulheres conversando baixinho. Duas delas choravam. Mac não conseguia parar de tossir e teve de sair enquanto Bernardi tentava fazer o seu trabalho. Olhando para elas, Bernardi deduziu que as mulheres eram armênias, como o morto.

— As senhoras podem começar sua rotina diária. Gostaria de falar com cada uma de vocês em particular, se não se importam — disse Bernardi.

— Isso é terrível! — disse a mais velha com um ligeiro sotaque francês. — Armand era nosso parente. Quem faria algo assim?

— Qual o seu nome?

— Candice Hagopian, sou irmã de Armand.

Bernardi meneou a cabeça.

— Lamento a sua perda, senhora. Vou tentar tornar isso o mais indolor possível, mas preciso de algumas informações. — Acenou para que ela o seguisse a um escritório anexo. — Podemos conversar ali?

Ele fechou a porta depois de entrarem.

— Você sabe que encontramos o seu irmão enforcado no portão esta manhã?

— Sim — respondeu ela em meio a um soluço.

— Faz alguma idéia de quem desejaria fazer mal a ele?

A mulher foi até a gaveta da escrivaninha, pegou uma caixa de lenços-de-papel e enxugou o rosto molhado de lágrimas.

— Armand não tinha inimigos. Todo mundo o adorava. Ele fez tanto pela comunidade, pela família e por nós, armênios. Não consigo compreender este crime terrível. O que vai ser de nós sem meu irmão? Ele cuidava da família!

— Soubemos que alguns empregados mexicanos estavam processando seu irmão. Isso é verdade? — perguntou Bernardi.

— Sim. Aquela gente foi muito ingrata. Armand fez muito por aqueles homens. Deu-lhes emprego quando ninguém daria. Meu irmão acreditava que estavam sendo manipulados por alguém que tentava tirar dinheiro dele.

— Algum desses homens ainda trabalha aqui? — perguntou Bernardi.

— Todos pediram demissão. De outro modo, seriam mandados embora. Afinal, não podiam morder a mão que os alimentava — disse ela com severidade.

— Pode me dar nome e endereço desses empregados?

— Sim, vou providenciar que alguém consiga isso imediatamente — e pegou o telefone.

— Por acaso vocês têm as digitais deles? — perguntou o detetive.

— Sim, faz parte de nosso processo de contratação. Tiramos as impressões de todos os nossos empregados e verificamos com a polícia para nos certificarmos de que não têm problemas com a lei.

Bernardi sorriu.

— Bem, esse pode ser o nosso primeiro progresso neste caso. As outras funcionárias do escritório também são de sua família?

— Sim, somos todas parentes — respondeu Candice.

— Há alguma delas em particular que você acredite que seja mais útil para mim do que as demais? — perguntou o detetive.

— Eu era a chefe do escritório, portanto sei mais do que qualquer uma — respondeu ela com a voz trêmula, lutando para conter as lágrimas.

— Obrigado pela ajuda, Sra. Hagopian. Sei que é difícil para você. Entrarei em contato — disse Bernardi.

Bernardi chamou Mac ao escritório e examinaram as provas coletadas, peça por peça. Quando Bernardi decidiu que tinham tudo de que precisavam por ora, despediram-se das funcionárias. Antes de irem, ambos inspiraram profundamente o ar-condicionado do trailer, então saíram cobrindo a boca e o nariz com as mãos, correndo para o portão o mais rapidamente que podiam.

Capítulo 2

Marachak e Deadeye

No fim da tarde, Samuel foi até o bar perto de sua casa, o Camelot. Localizado na parte baixa de Nob Hill, com vista para a cidade, para a baía e para um parque, o bar era um lugar hospitaleiro para o exausto caçador de notícias. A vida de Samuel mudara drasticamente desde que ele conseguira o trabalho de repórter no jornal, e ele devia aquilo às pessoas que conhecera no Camelot. Agora, pensava na ironia de mais uma vez existir uma conexão entre a matéria na qual trabalhava e seu bar favorito.

Ele e Janak Marachak haviam se conhecido no Camelot muitos anos antes, quando Janak o apresentou a outro jovem advogado que representou Samuel após ele ter atropelado uma moça enquanto dirigia embriagado. Samuel teria ido para a cadeia. Contudo, devido à habilidade do advogado, obteve suspensão condicional da pena, embora tenha perdido a carteira de habilitação por três anos. Depois de escapar por pouco, ele e Janak iniciaram um tipo de amizade, mas que nunca se aprofundou devido à falta de oportunidade e também porque o advogado era um homem de poucas palavras, um tanto rude. Mas Samuel era-lhe grato porque, sem a ajuda de Janak, teria sido preso.

Ele viu a dona do bar, Melba, sentada no lugar de sempre, a uma mesa redonda junto à porta com o patético Excalibur deitado a seu lado. O cão, um Airedale sem uma das orelhas e sem rabo, levantou-se dos pés da dona e cumprimentou Samuel como um amigo saudoso. Samuel teve de suportar o vira-lata lambê-lo e mastigar os laços de seus sapatos.

— Olá, ingrato. Não vejo você há dias — disse Melba.

— Vim ontem aqui, mas você não estava. Blanche está preocupada. Ela acha que você está doente.

— Não dê atenção a ela. Estou em ótima forma... — mas não pôde continuar a falar porque começou a tossir

Samuel achou que ela não parecia muito bem. Melba normalmente irradiava vitalidade apesar dos 50 e tantos anos bem vividos. Parecia que o fato de ela fumar e beber como um marujo, e só comer ovos cozidos e azeitonas na mesa de aperitivos nos fundos do bar não lhe fazia mal. Ela sempre tossiu, mas agora tinha um chiado no peito e o nariz entupido, sugerindo que a cabeça estava congestionada. Os cabelos brancos pintados de azul, normalmente armados e volumosos, estavam agora amassados contra a cabeça. Ela esperou o acesso de tosse passar antes de dar um longo trago no cigarro. Então, para refrescar a coceira na garganta, tomou alguns goles de cerveja. Ao terminar, teve outro acesso de tosse.

— Meu Deus, Melba. O que há de errado? — perguntou Samuel dando-lhe um tapinha nas costas.

— Nada, estou com um pouco de bronquite que não consigo curar — respondeu ela enquanto pegava uma escova em um raro gesto de vaidade.

— Então, não devia estar fumando, certo? — comentou o repórter.

Ela riu e tossiu ao mesmo tempo.

— Olha quem está falando.

— Como assim? — perguntou Samuel.

— Você voltou a fumar, então por que está me censurando?

— Como sabe disso?

— As marcas de queimado em suas mangas voltaram, como nos velhos tempos — disse ela, sorrindo.

Samuel enrubesceu e pousou a mão sobre a dobra do cotovelo esquerdo do casaco esporte que vestia.

— Sim, mas é só de vez em quando. Não voltei realmente ao velho hábito.

— Claro, é o que todos dizem.

— Só quando estou nervoso, como agora. — Então, contou-lhe sobre o crime e o que sabia até ali. — O que acha de tudo isso, Melba?

— É muito cedo. O que diz o relatório da polícia?

— Estou esperando o advogado. Vamos conversar a respeito.

— Qual advogado?

— O que pode me dar informações sobre o caso. Talvez você o conheça. É Janak Marachak.

— Eu vejo o Janak por aqui de vez em quando, mas geralmente é Blanche quem o atende. Já os vi conversando. Acho que são amigos. O que ele tem a ver com isso?

Samuel começou a sentir coceira pelo corpo inteiro e sua temperatura subiu ao pensar em Blanche e Janak conversando na penumbra do bar. "Que idiota sou", murmurou, mas Melba não ouviu porque estava tossindo.

— Janak representa alguns trabalhadores que estão processando o dono do depósito de lixo que foi assassinado.

— Que dono do depósito de lixo?

— Um armênio rico, dono de um depósito de lixo químico em Point Molate.

— Sujeito rico dono de depósito de lixo químico? Então ele era o rei da sarjeta.

— Como assim? — perguntou Samuel.

— Quero dizer que ficou rico fazendo algo que ninguém queria fazer e, uma vez rico, todo mundo quis fazer aquilo que ele fazia. Então, deu merda.

— Gostei da frase. Você se incomodaria se eu a usasse como subtítulo da matéria sobre esse cara?

— A frase da merda?

— Não, a do rei da sarjeta.

— Fique à vontade, Samuel. Sabe que não lhe nego coisa alguma, à exceção da minha filha, é claro — então ela riu.

Samuel mudou de assunto.

— Você ainda não ouviu o pior. Se esse cara era rei, a polícia está interessada em falar com os súditos. Acham que eles o assassinaram.

— Soa como uma revolta do proletariado contra a classe dominante.

— É o que os tiras estão dizendo — falou Samuel.

— Bem, fique à vontade, tome um drinque e fume — disse ela, empurrando o maço de Lucky Strike em direção a Samuel.

— Não, obrigado, não tente me provocar. — E Samuel gritou por sobre os ombros para o barman: — Uísque com gelo.

Naquela tarde, ele ligara para o escritório de Janak, mas o advogado não estava. Então, disse para Vanessa Galo, a gerente do escritório, que a polícia de Richmond queria falar com os clientes mexicanos de Janak que estavam processando Hagopian.

Ela prometeu falar com o patrão assim que ele voltasse. Mas o advogado não o procurou.

Samuel pegou o bloco de notas e bateu com o lápis sobre o tampo manchado da mesa de carvalho. Correu o dedo pelas manchas circulares deixadas por outros copos. Ficou ali sentado, pensando, a ponta de borracha do lápis encostada à boca enquanto observava as luzes do centro financeiro brilhando ao longe. Em sua mente, enumerou o que precisava investigar. Essas listas ajudavam a organizar as suas idéias:
1. Descobrir informações sobre Hagopian. Por onde começar?
2. Quais provas concretas havia sobre quem cometeu o crime?
3. Teria sido mesmo uma execução, como diz a matéria que escrevi e que sairá amanhã?
4. Haveria um motivo maior? Homens de negócios importantes não são mortos sem um bom motivo. Será que os empregados mexicanos realmente estavam envolvidos?
5. Estaria havendo algum romance entre Janak e Blanche?

* * *

Quando estava imerso em seus pensamentos, Janak Marachak entrou no bar. Viu Samuel ao longe e acenou.

— Espere, já falo com você — disse Janak, antes de ir ao banheiro masculino nos fundos.

Ao voltar, Janak pegou uma bebida no bar e o espelho à sua frente refletiu a imagem de um homem alto e forte, rosto enrugado, olhos cinzentos, expressão severa e cabelos castanhos despenteados. A cicatriz que tinha no rosto, resultado de uma garrafada que levara em uma briga nos tempos de universidade, contrastava com uma pele bronzeada pelas partidas de tênis que jogava para queimar energia. Foi até a frente do bar com a bebida e sentou-se à mesa redonda com Samuel. Em seguida, ajeitou as mangas do terno cinza amarrotado e afrouxou a gravata vermelha.

— Janak, esta é Melba, a proprietária — disse Samuel.

Melba começou a se levantar discretamente, mas Janak a deteve com um gesto.

— Fico feliz em conhecê-la afinal, Melba — e estendeu-lhe a mão. — Costumo vir aqui para conversar com sua filha, portanto você não me é estranha.

— Digo o mesmo, advogado. Eu também tenho visto você por aqui. Fico feliz que se sinta em casa. — Ela se levantou. — Venha, Excalibur. Esses meninos têm trabalho a fazer. Vamos deixá-los em paz. — Em seguida, foi até o bar falar com o barman, acompanhada pelo vira-lata, que não a perdia de vista.

— Vanessa disse que você queria falar comigo. Liguei para a redação, mas você já tinha saído. Eles me disseram que eu poderia encontrá-lo aqui — disse Janak, ajeitando a cadeira para os dois terem mais espaço à mesa redonda.

— Fico feliz que tenha recebido a minha mensagem. Acho que já sabe o que aconteceu em Richmond, não? — perguntou Samuel.

— Apenas o que você disse a Vanessa. Acabo de chegar de Los Angeles e não tive tempo para nada.

— O dono do depósito de lixo químico já era. Encontraram-no enforcado esta manhã, em cima do portão.

— Merda — disse Janak. — Nem tive a oportunidade de colher o depoimento dele. Eu o processei, assim como a sua empresa, pelos danos causados à vida daqueles trabalhadores.

— O detetive disse que todos os empregados do processo foram demitidos. Você permitiria que eu os entrevistasse?

— Podemos dar um jeito — disse ele, arqueando uma sobrancelha. — Em face do que acaba de acontecer, ainda não sei o que quero que digam ao público. Talvez fosse melhor se eu lhe desse algumas informações a respeito deles. Extra-oficialmente, é claro. Assim, você nunca terá de revelar sua fonte e eu poderei ser mais franco com você.

— Então está bem — concordou Samuel.

Janak já mudara de idéia. Se condenassem os mexicanos pelo crime, eles poderiam ir para a câmara de gás.

— Você acha que os tiras estão tentando incriminar meus clientes?

— Minha impressão é que estão interessados neles. Mas, honestamente, não sei quais provas têm para incriminá-los, se é que existe alguma além do fato de terem sido demitidos quando começaram a processar o patrão.

— Isso não é o bastante para indiciá-los — disse Janak. — Gostaria de saber o que se passa no Departamento de Polícia de Richmond. Queria saber o que o departamento tem contra eles.

— Bernardi, o detetive encarregado, disse que falaria comigo em uma semana mais ou menos — disse Samuel.

— Preciso saber o que fazer antes disso.

— Com o que está preocupado? — perguntou Samuel.

— Está brincando? Sabe com quem provavelmente acabaremos no condado de Contra Costa? — perguntou Janak.

— Não. Você poderia me falar? — perguntou Samuel.

— Ninguém menos que Deadeye Graves. Ele mandaria a própria mãe para a câmara de gás para conseguir outra condenação se achasse que isso o beneficiaria politicamente.

— Nunca ouvi falar nesse cara. Parece ser um desgraçado — disse Samuel. — Por que tem tanta certeza de que ele vai ser o promotor de seus clientes?

— É algo fácil de prever. Cinco mexicanos, ou mais, e um homem de negócios morto que os mexicanos estavam processando. Posso ver Deadeye lambendo os beiços. Deve estar querendo se tornar promotor público do condado de Contra Costa ou, quem sabe, governador.

— Tem um ego assim tão grande? — admirou-se Samuel.

— Para início de conversa. Mas não sou advogado criminalista. Sou especialista em ilícitos químicos. Esta é a minha área.

— Quem vai representá-los, então, caso sejam envolvidos nessa sujeira? — perguntou Samuel.

— É uma boa pergunta. Sei por certo que nenhum deles tem dinheiro para contratar um advogado. Então, o que posso fazer? — perguntou Janak.

— O que você quer fazer?

— No momento, pretendo protegê-los. Dependendo do que acontecer, decidirei o que fazer.

— Então, daqui por diante, enquanto este caso estiver em aberto, você é quem manda. Farei o melhor para mantê-lo informado — disse Samuel.

— Quando você vai falar com esse cara?

— Refere-se ao detetive Bernardi?

Janak assentiu.

— Ele pediu que eu desse uma semana.

— Você acha que ele é um sujeito correto?

— Gostei dele — respondeu Samuel. — Acho que vai agir de acordo com a lei. Mas você entende mais disso do que eu. Não é o promotor público quem decide?

— É. Por sorte, Deadeye não é o promotor público. Mas aposto que vai fazer de tudo para pegar este caso — disse Janak.

— Talvez você devesse vir comigo para falar com Bernardi.

Janak riu, olhou para o copo de bebida e disse:

— Você acha que o tira vai se abrir sabendo que estou ali para descobrir o que ele tem contra meus clientes?

— É, você está certo. Mas não importa, serei o seu informante.

— Podemos conversar antes de você falar com Bernardi? Assim, posso lhe dar uma lista de detalhes, de modo a sabermos o que ele tem em mente.

— Claro. Podemos fazer isso quando nos reunirmos para falar com seus clientes.

— Por falar neles, preciso voltar ao escritório e saber onde esses caras estiveram nos últimos dias.

Bebeu o resto do drinque e pousou o copo vazio sobre a mesa. Então se levantou, ajeitou a gravata e abotoou o paletó enquanto saía apressado do bar. Eram quase nove da noite.

***

Quando Janak se foi, Samuel foi até o bar para falar com Melba.

— Quero que venha comigo até a casa do Sr. Song.

— Refere-se àquele chinês albino?

— Trate-o com mais respeito, mulher. Ele é um sábio. Tenho certeza de que ele pode fazer alguma coisa em relação a essa tosse de tuberculoso e talvez até ajude você a parar de fumar.

Ela riu e perguntou:

— Assim como o ajudou?

— Falo sério, Melba. Você vai até lá comigo?

— Sim, claro. Marque uma hora que eu vou com você.

Samuel sentiu-se melhor. Tinha uma fé cega no Sr. Song. Estava certo de que ele poderia ajudar sua velha amiga com hipnose e ervas misteriosas. Estava pronto para ir embora, mas vacilou um instante, sem saber como fazer a pergunta que tinha na ponta da língua sem parecer imbecil.

— Quer outra dose? — perguntou Melba.

— Não, já tomei duas.

— Suponho que queira saber onde está Blanche. Ela não está aqui e não volta esta noite — disse Melba, acariciando o copo de cerveja.

— Ei, Melba, me diga uma coisa, Janak e Blanche, quero dizer... — gaguejou Samuel.

Melba começou a rir e tossiu durante um bom tempo. Samuel não esperou pela resposta. Saiu apressado do Camelot e correu de volta a seu apartamento. Foi direto para a cama, pronto a esquecer Blanche, porque não podia competir com Janak. Não que o advogado fosse um Adônis, mas algumas mulheres gostam de homens rudes e Blanche podia ser uma delas. Merda! No dia seguinte marcaria uma consulta com o albino. Perguntou-se se o Sr. Song tinha em sua loja de produtos exóticos ervas que induzissem o amor. Talvez pudesse receitá-las a Blanche... Resolveu descobrir e acrescentou aquilo à sua lista.

* * *

Janak foi até o seu escritório na Market Street número 625, no décimo andar de um edifício em frente ao Palace Hotel. Abriu caminho em meio à minúscula sala de espera, repleta de móveis de segunda mão, passou pelas escrivaninhas das secretárias e entrou no escritório bagunçado, com arquivos espalhados sobre todos os móveis do cômodo. Havia uma capa e um guarda-chuva no chão e um fícus desfolhado secando em um vaso junto à janela. Acendeu a luz, o que apenas acentuou o caos. Teve de ligar a luminária da escrivaninha para ler o arquivo no topo da pilha. Olhou em volta, impressionado com a quantidade de trabalho e com a bagunça daquele escritório que abrira na Califórnia havia dois anos.

Enquanto tentava organizar as poucas matérias de jornal a respeito do crime, lembrou-se de sua infância em Cleveland, Ohio, e do pai nascido na Tchecoslováquia que trabalhava em usinas siderúrgicas depois de escapar dos horrores da Primeira Guerra Mundial na Europa. Também pensou na mãe, que fora professora de piano do pai. Ele sabia ter o aspecto rude do pai corpulento e esperava também ter herdado a sagacidade da mãe intelectual.

Havia tentado um Ph.D. em química na Universidade de Kent State, em Ohio, mas interrompeu no meio e decidiu cursar direito. Depois de se formar, resolveu especializar-se em ilícitos químicos porque sabia muito a respeito do assunto.

Pegou o telefone. Primeiro, ligou para Juan Ramos.

— *Hola, Juan. ¿Como está?* — perguntou em seu espanhol claudicante.

— *Muy bien, señor Licenciado.* Tenho um novo emprego. Não é tão fedorento quanto o depósito de lixo.

— Ouviu falar sobre o que aconteceu por lá?

— *¿Qué pasó?*

— O chefe, Hagopian, foi encontrado enforcado esta manhã. Eles o mataram — disse Janak.

— *Santa María. Que Dios lo tenga en su Santo Seno.* Quem faria uma coisa assim?

— É o que a polícia quer saber. Eles farão um bocado de perguntas para você, Juan. Quando vierem, diga que não falará nada sem a presença de seu advogado. Compreendeu?

— *Sí, sí* — respondeu o homem, assustado.

— Onde estão Miguel e José?

— Voltaram para o México ontem à noite.

— Verdade? A que horas?

— Levei eles ao aeroporto em São Francisco. Tinha um vôo da Mexicana que saía à meia-noite. Chegamos lá por volta das onze.

— A que horas saíram de Oakland?

— Por volta das dez, creio.

— Por que foram embora?

— Você sabe, *licenciado*, eles estavam sem trabalho e Miguel tem aqueles filhos aleijados. Ele achou que devia estar em casa, ajudando a mulher. José foi junto para fazer companhia. Os dois são inseparáveis.

— Quem dera tivessem ido há uma semana — disse Janak.

— Como assim, *licenciado*?

— Não é bom eles terem deixado a cidade justamente quando isso aconteceu — disse Janak.

— Você realmente acredita que eles têm alguma coisa a ver com o enforcamento daquele sujeito? — perguntou Juan.

— Não, claro que não. Mas minha opinião não importa — respondeu Janak. — E quanto a Narcio Padia?

— Ele trabalha comigo no novo emprego, em Emeryville.

— Você viu ele hoje por lá?

— Hoje? Não. Hoje ele não apareceu para trabalhar. Mas ontem ele esteve lá o dia inteiro.

— Sabe por que ele não apareceu?

— Não faço idéia, *licenciado*. Tinha algo a ver com a vida pessoal dele, você sabe.

— A que horas vocês saem do trabalho?

— Às cinco, todo dia útil.

— Ele esteve lá até as cinco?

— Oh, sim, *licenciado*. Saímos juntos.

— Você ficou com ele depois do trabalho?

— Não, não.

— Sabe onde Narcio mora?

— Em algum lugar em Richmond.

— Merda, isso não é bom — disse Janak. — Quisera que fosse mais longe! Você falou com ele desde então?

— Não, *licenciado*. Não vejo ele desde as cinco de ontem.

— Muito bem, Juan, *muchas gracias*. Lembre-se, não fale com ninguém sem que eu esteja por perto. Você tem como entrar em contato com Miguel ou José?

— Não há telefone na casa de Miguel no México. Posso escrever e pedir para que ele ligue para você, mas o correio em meu país é muito lento.

— Obrigado, Juan.

Janak desligou. Sua cabeça estava a mil enquanto escrevia rápidas anotações. Automaticamente, esfregou a cicatriz no rosto como sempre fazia quando estava nervoso. Perguntava-se se os tiras alegariam que Miguel, José ou, mesmo, Narcio e Juan, teriam conseguido perpetrar um enforcamento entre às cinco e às dez e ainda chegado ao aeroporto a tempo de pegar o vôo para o México.

Ligou outra vez para Juan.

— Juan, é Janak de novo. Miguel e José estiveram com você a noite toda até irem para o aeroporto?

— Sim, *licenciado*. Você sabe que eles moram aqui. Os dois estavam em casa com a minha família quando cheguei. Jantamos como fazemos todas as noites. Em seguida, vimos TV até a hora de sairmos.

— Você se lembra do que eles estavam assistindo?

— Sim, era o programa daquele detetive. Qual é mesmo o nome?

— Você quer dizer o da Perry Mason?

— É, esse mesmo. Eu gosto daquele programa. Assisto toda semana.

— A que horas passa? — perguntou Janak.

— Às oito da noite, toda quinta-feira. Nos ajuda a aprender inglês, *licenciado*.

— O fato de vocês assistirem a esse programa também me ajuda, Juan. A gente se fala depois — disse Janak antes de desligar.

A seguir, o advogado ligou para Narcio. A mulher dele atendeu e disse que o marido estava trabalhando em Point Richmond. O expediente ia das seis e meia até depois da meia-noite. O trabalho era em um restaurante perto da casa deles chamado Seafood Merchant.

— Juan Ramos me disse que Narcio não foi hoje trabalhar em Emeryville.

— Sim, levamos nosso filho menor ao médico, no Hospital Universitário de São Francisco.

— Algo a ver com os problemas a respeito dos quais eu os represento?

— Foi por causa daquela perna deformada com a qual ele nasceu, *licenciado*. Você nos deu o nome desse médico.

— É, eu sei. Como vai seu filho?

— É difícil para ele, *licenciado*. E para nós também.

Enquanto Janak conversava com a mulher, desabotoou o paletó e jogou-o de qualquer jeito sobre o braço do sofá vermelho de segunda mão.

— Esta semana ele voltou direto para casa após o trabalho?

— Por que pergunta isso, *licenciado*? É claro que sim. Ele é um homem casado e responsável. E, você sabe, Narcio fica muito cansado. Imagine trabalhar dia e noite.

— Muito bem, *señora*. Pode pedir para ele me ligar amanhã? E, a propósito, se os tiras telefonarem, diga apenas que vocês têm um advogado. Diga para eles ligarem para mim.

Janak deu seu número de telefone e desligou. Tirou a gravata, esfregou as mãos, foi até a janela e olhou para a rua vazia mais abaixo, concentrando-se no reflexo do letreiro de néon do Bank of America. Sabia que estava no meio de uma briga. Só não sabia direito que briga era aquela. Seria preciso prever o maior número possível de obstáculos antes de começar.

Com uma tremenda dor de cabeça, escreveu o nome "Hagopian" diversas vezes no bloco amarelo tamanho ofício. Sentia-se cansado. Coçou a cicatriz do rosto e perguntou-se onde Vanessa guardava as aspirinas. Finalmente, ligou para o repórter.

Samuel estava adormecido em seu modesto apartamento, depois de requentar e comer a comida chinesa da véspera. O telefone o despertou de um sonho e a voz de Janak trouxe Samuel de volta à realidade. Janak contou rapidamente o que descobrira sobre o paradeiro dos mexicanos.

— Se todas essas histórias se comprovarem, seus clientes estarão protegidos? — perguntou Samuel.

— Depende das provas — respondeu Janak. — Já sabe quando Hagopian morreu?

— Ainda não, mas vou descobrir o quanto antes — disse Samuel.

— Estou ligando por causa de Hagopian. Descobriu algo sobre ele? Tem de haver um motivo para a sua morte. Ele tinha de estar envolvido com alguma coisa — disse Janak.

— Eu me faço a mesma pergunta. Pois bem, ele vai ser objeto de minhas investigações nos próximos dias. Você estaria disponível para dar seguimento a qualquer coisa que eu venha a descobrir?

— Pode apostar, Samuel. Farei o meu trabalho — disse Janak.

* * *

O condado de Contra Costa é uma mistura incomum de colinas bucólicas e um extenso litoral que se estende de Richmond, a oeste, até além de Carquinez Straits, a leste, ao longo da baía de São Francisco. Martinez, centro administrativo do condado, localizado nos Straits, fora mais importante no século XIX. Os veleiros de dois mastros que navegavam toda a extensão da baía até Sacramento paravam ali todas as noites. Os navios maiores que não podiam ir além ficavam no porto, para reparos em dique seco. Os prédios da cidade, com exceção do tribunal de justiça, datavam daquela época e estavam bem depauperados, alguns deles caindo aos pedaços.

Nos anos 1960, os marujos que desembarcavam dos grandes transatlânticos trombavam à noite com os operários que saíam das refinarias de petróleo e dos moinhos de cana-de-açúcar que pontilhavam a paisagem litorânea. Eram bandos de alcoólatras desordeiros que imitavam bandidos de antigos filmes de caubói. O lugar precisava de ordem e, sempre que pegavam um criminoso, os policiais locais eram rigorosos na aplicação da lei. Freqüentemente, o capturado pagava o preço de dois ou três que conseguiam escapar. Era o cenário perfeito para Deadeye.

Earl J. Graves nascera em Dakota do Sul, mas se considerava um californiano porque seus pais vieram para a Califórnia nos anos 1930, quando ele tinha apenas 10 anos. Era a época da Depressão e os tempos eram difíceis. Estabeleceram-se na vazante do Vale Central, perto de Bakersfield, onde Earl concluiu o ensino médio. Então, Deadeye matriculou-se na Universidade de Fresno State e formou-se em pedagogia. Mas a vida acadêmica não o agradou, motivo pelo qual se alistou na Marinha ainda a tempo de pegar a Guerra da Coréia. Depois da guerra, usou o auxílio aos veteranos para freqüentar a faculdade de direito na Universidade de São Francisco. Ao se formar, conseguiu um emprego como assistente da promotoria do condado de Contra Costa. Ele gostava da atmosfera rural do condado, que o fazia lembrar-se de sua casa perto dos campos de petróleo de Bakersfield — lugar selvagem repleto de vagabundos esperando para serem punidos por alguém com manifesta autoridade. Ele era alto, tinha cabelos ondulados prematuramente grisalhos e olhos cor de aço. Deram-lhe o apelido de Deadeye — Olho Morto — porque se acidentara quando criança. Certa noite, chocou-se violentamente com um arame fino estendido entre dois postes e o nervo da pálpebra esquerda foi danificado, de modo que ficava meio fechada.

Demonstrava sua grande admiração pelo Oeste americano usando sempre um terno preto que combinava com as botas pretas com biqueiras de metal. O traje também incluía uma gravata em estilo country, com uma presilha com motivo navajo e uma enorme turquesa ao centro. A depender de sua vontade, usaria o chapéu Stetson cinza diariamente, mas até mesmo Deadeye sabia que isso seria um exagero. Portanto, somente o usava em ocasiões especiais.

O escritório da promotoria pública ficava no novo tribunal de justiça, construído em 1932. Era um prédio baixo e comprido e parecia-se vagamente com uma má imitação de ruína grega com pilares imponentes a sugerirem que a justiça imperava lá dentro, o que nem sempre era verdade.

Às sete e meia, Deadeye subiu as escadas até o seu escritório no segundo andar e sentou-se diante de sua escrivaninha com café, um bolinho e o jornal matutino. Começou a beber e a mastigar enquanto lia a matéria de Samuel sobre a morte de Hagopian. Quanto mais lia, mais excitado ficava. Engoliu os pedaços do bolinho sem mastigar, limpou os lábios com as costas das mãos e bebeu o resto do café quente. Então, desceu o corredor e irrompeu no escritório do promotor público.

— Senhor, acabo de ler sobre um crime terrível no jornal e gostaria de pedir que me passasse este caso.

Surpreso com a interrupção, o promotor público baixou o relatório de orçamento que analisava e olhou por sobre o aro dos óculos para o homem inquieto à sua frente.

— Do que está falando, Graves?

Deadeye recuperou a compostura.

— Do enforcamento do Sr. Hagopian. Você se lembra dele — disse o assistente com um ligeiro sotaque texano do qual vinha tentando se livrar ao longo dos anos. — Era aquele cavalheiro com quem sempre podíamos contar para incrementar a doação de brinquedos no Natal. Sujeito adorável. Família adorável. Uma verdadeira tragédia.

— Enforcado? Quando aconteceu?

— Parece que foi na noite de anteontem. Deixe-me ler para você algumas linhas do jornal — e começou a ler as passagens mais sugestivas daquilo que Samuel escrevera em sua matéria.

— Meu Deus, isso é uma vergonha. A polícia de Richmond está cuidando do caso?

— Sim, senhor. O tenente Bernardi é um dos melhores — disse Deadeye enquanto olhava para fora da janela de modo que o chefe não percebesse sua ansiedade.

— Você está certo. Ele é um dos melhores — exclamou o promotor, agora completamente envolvido no assunto. — Por que *você* está me dizendo tudo isso agora?

— Porque quero cuidar do caso, senhor — disse Deadeye, voltando a cabeça da janela e olhando para o velho promotor com uma pose estudada de "dou conta de qualquer serviço".

— Isso parece um crime capital, Sr. Graves. Precisamos entrar em contato com a polícia de Richmond e obter mais detalhes para que eu decida quem vai cuidar do assunto. Você sabe que é um caso de Richmond. Vou recompensar seu interesse permitindo que cuide provisoriamente do caso, mas esclareça tudo com o assistente da promotoria de lá. — Então ele se sentou e tirou os óculos, pousando-os no mata-borrão à sua frente. — Acha que tem experiência de julgamento suficiente para ser promotor de um caso dessa grandeza?

— Pode apostar! Obrigado pela confiança, chefe. Vou lhe mostrar que estou à altura do caso.

— Muito bem. Consiga o que puder com Richmond e volte a falar comigo amanhã. Então, decidiremos o que fazer.

— Sim, senhor — disse Graves.

— E deixe este jornal comigo — pediu o promotor público.

Graves saiu do escritório do chefe e voltou à sua saleta. Entrou assobiando "The Streets of Laredo" e olhou sorridente para as pinturas nas paredes. Uma delas mostrava um grupo de jovens indígenas que cavalgavam sem sela e um caubói a cavalo mais atrás, apontando-lhes um rifle Winchester. O promotor esticou o polegar e o indicador, mirou com o olho morto em direção ao bando de índios e disse baixinho: "Bum!"

***

Deadeye deixou de lado o livro de caubói de Louis L'Amour que lia nas horas vagas, ligou para o Departamento de Polícia de Richmond e perguntou pelo tenente Bernardi.

— Aqui é Earl J. Graves, do escritório do promotor público — disse ele em um tom de voz sereno e sem pressa. — O velho me pediu para obter informações sobre o caso Hagopian.

— Sim, Sr. Graves. O que ele quer saber? — perguntou Bernardi, que por acaso estava com o arquivo do caso aberto na mesa à sua frente. — Estava justamente revisando o que temos até agora. A propósito, este não é um caso de Richmond?

— Claro — disse Deadeye. — Mas o velho me pediu para dar uma olhada preliminar.

— Por mim, tudo bem — disse Bernardi.

— Alguma prova? — perguntou Graves.

— Temos digitais nas garrafas de Coca-Cola encontradas no corpo do falecido.

— Garrafas de Coca-Cola?

— Sim, senhor, havia quatro delas repletas de produtos químicos.

— Estranho — disse Deadeye. — O que acha disso?

— Ainda não sei. Estamos examinando os produtos químicos. Achamos que talvez expliquem por que estavam nas garrafas.

— Alguma identificação das digitais?

— Parecem pertencer a ex-empregados do depósito de lixo onde o corpo foi encontrado.

— Isso não é o bastante para prendê-los?

— Depende de vocês. Mas devo dizer que não levo muita fé nessas provas — disse Bernardi, que acabara de pegar um bloco de notas da gaveta para anotar a hora e a data de sua conversa com o assistente da promotoria.

No outro extremo da linha, Deadeye comemorava a sorte de ter provas consistentes e alguém a quem incriminar. Mal podia esperar para desligar o telefone e voltar a falar com o velho. Mas Bernardi ainda não acabara. Explicou que as provas pareciam muito superficiais. As digitais e os produtos químicos nas garrafas provavelmente apontariam para as mesmas pessoas que estavam processando a empresa. Parecia-lhe que os perpetradores de um crime tão sofisticado não deixariam tal tipo de provas.

— Você acha que isso foi tramado por outra pessoa? — perguntou Deadeye.

— É exatamente o que penso, mas ainda não sei onde procurar.

— O velho quer ver as provas e um relatório completo do caso. Quando você terá tudo isso?

— Assim que terminar — disse Bernardi.

— A propósito, sabe onde estão os suspeitos?

— Não os chamaria de suspeitos. Digamos que estamos de olho neles. Temos nomes e endereços. Tomaremos depoimentos hoje caso consigamos localizá-los.

— O que digo ao velho? — insistiu Deadeye.

— Diga-lhe que terá um relatório completo daqui a dois dias, com exceção dos exames toxicológicos. A necropsia revelou que a vítima morreu por enforcamento. Mas isso é apenas verbal, ainda não temos um relatório.

— Quando o sujeito morreu?

— Difícil dizer com precisão. Quando o legista fez os exames, achou que a vítima estava morta havia muitas horas, mas não pôde ser mais preciso.

— Onde foi morto?

— No momento, a idéia é a de que morreu onde o encontramos, mas também estou cético quanto a isso — disse Bernardi.

— Por quê?

— Explico depois. Como eu disse, ainda não temos um relatório.

— Se não estiver no relatório, não se incomode com isso — disse Deadeye. — Seria apenas uma especulação.

— Não diria especulação — atalhou Bernardi, incomodado com o tom de Graves. — Apenas ainda não cuidei disso direito. Digamos que estou trabalhando com uma hipótese bem fundamentada.

— Estaremos esperando pelo seu relatório, detetive. Obrigado por seu tempo.

Deadeye levantou-se, espreguiçou-se e voltou a se sentar. Impressões digitais. É tudo de que preciso, pensou, feliz. Pousou as botas sobre a escrivaninha e pegou o livro de Louis L'Amour. Abriu na página com a orelha dobrada e começou a ler. Decidiu que esperaria um pouco antes de contar o que descobrira ao promotor. Ademais, os relatórios só chegariam às suas mãos dali a alguns dias. Conhecendo o velho como conhecia, sabia que, caso demonstrasse muito interesse, ele não o deixaria cuidar daquilo.

Capítulo 3

Samuel apóia Janak

JANAK SABIA QUE TINHA de agir rapidamente para defender seus clientes, mas primeiro precisava saber qual deles estava sendo acusado de quê. Não podia ser a pessoa à frente da investigação, pois seria reconhecido e as fontes secariam. Esperava poder confiar em Samuel para ter uma visão mais ampla do que estava acontecendo. Depois de ligar para Juan, cedo naquela manhã, e pedir que ele mandasse Miguel e José ficarem no México até segunda ordem, ligou para Samuel e explicou-lhe o dilema.

— Já disse que vou ficar de olho e mantê-lo informado — disse Samuel. — Estou saindo agora mesmo para atravessar a baía e ir ao funeral de Hagopian. Levarei um fotógrafo comigo. Vou tentar tirar algumas fotografias dos personagens principais deste drama, e talvez tenha alguma idéia do rumo a tomar a seguir. Vejo você à noite no Camelot, quando provavelmente terei um bocado a dizer.

— No momento, não vejo como possa fazer isso sem você — disse Janak. — Obrigado por sua ajuda.

— De nada — disse Samuel. — Vejo você mais tarde.

A verdade era que Janak estava quebrado. Ganhava apenas o bastante para se manter. Havia dias em que ele não sabia de onde viria o próximo pagamento. Em mais de uma ocasião, a leal Vanessa, que se tornara seu braço direito, emprestara-lhe o próprio salário para que ele pudesse pagar as contas do mês. Janak não cobrava por hora porque seus clientes, que eram muito pobres, não podiam pagar por seus serviços. Caso ganhasse o caso, o advogado recebia uma porcentagem dos honorários. Esse sistema de honorários contingenciais era arriscado, mas tinha a vantagem de funcionar quando menos se esperava. Por sorte, o aluguel de seu escritório era barato e Vanessa mantinha um controle cuidadoso de seus gastos. Mas ele estava preocupado com o fato de não ser capaz de conseguir dinheiro bastante para defender adequadamente seus novos clientes, porque isso exigiria quantias elevadas que nenhum dos pobres mexicanos tinha à disposição. Por isso, foi fácil tomar a decisão de mandar Miguel e José ficarem no México.

Samuel não fazia idéia dos problemas financeiros de Janak, mas aquilo não faria diferença. Desejava ajudá-lo porque confiava nele e o admirava, embora não tivesse conseguido evitar sentir uma ponta de ciúme quando o imaginou conversando com Blanche em um canto do Camelot. Sobre o que falavam quando estavam a sós? Era melhor não pensar naquilo. Estava curioso quanto ao crime, que estava se tornando uma matéria muito interessante para seu jornal. Desde os assassinatos que ele noticiara mais cedo naquele ano, em uma série de reportagens que chamou de "O mistério dos jarros chineses", não tivera nada de sensacional sobre o que escrever.

***

Samuel chegou à Igreja Ortodoxa Armênia, em Oakland, meia hora antes de começar a missa das dez, acompanhado de seu fotógrafo, Marcel Fabreceaux, que recebera instruções de entrar em ação quando Samuel apontasse para alguém. Havia uma multidão de centenas de pessoas do lado de fora da igreja. A maioria dos homens vestia ternos escuros, muitos usavam barba. As mulheres também vestiam roupas escuras, chapéus e algumas cobriam o rosto com véus. Samuel passou os primeiros 15 minutos examinando a multidão e apontando pessoas para o fotógrafo. Viu o detetive Bernardi com o mesmo terno marrom que usava quando o encontrou na cena do crime. Conversava com um sujeito alto que usava um chapéu Stetson cinza e botas de caubói. Samuel aproximou-se do detetive e os saudou. Bernardi sorriu ao reconhecê-lo.

— Olá, Sr. Hamilton. Está aqui para obter mais informações para o público?

— Sim, senhor. Este é o meu trabalho.

— Apresento-lhe Earl Graves, do escritório da promotoria pública. Ele está cuidando da investigação preliminar deste crime.

Samuel cumprimentou o estranho e sua mão diminuta desapareceu envolvida pelos dedos longos do promotor. Olhou para o sujeito e concluiu que estava bem vestido, embora ele não fosse a pessoa indicada para julgar estilos de indumentária. O chapéu e o prendedor de turquesa da gravata em estilo country o impressionaram. Ao ver-lhe a pálpebra caída, intuiu que aquele era o homem que Janak chamava de Deadeye.

— Como vai, Sr. Hamilton? Meu nome é Earl J. Graves. E-a-r-l J. G-r-a-v-e-s — soletrou lentamente de modo que o repórter escrevesse seu nome corretamente no jornal.

— Poderia me dar um depoimento, Sr. Graves? — perguntou Samuel.

— No momento, nada tenho a dizer — disse Deadeye. — Assim que o tenente Bernardi nos entregar seus relatórios, o promotor público dará uma coletiva. Aqui está meu cartão. Ligue para mim amanhã e eu lhe direi quando será. — Acenou com o chapéu e saiu dali para ser notado por outros presentes que considerava mais importantes para a sua causa.

— Esse aí deve ser Deadeye — disse Samuel.

— Exato — confirmou Bernardi. — Vejo que sua reputação o precede.

— Ele está cuidando do caso? — perguntou Samuel.

— Disse que não, mas aposto que vai acabar cuidando.

— Ouvi dizer que está tentando — disse Samuel.

— Quem disse isso? — perguntou Bernardi.

— Fontes — disse Samuel. — Fontes. O falecido era casado?

Bernardi meneou a cabeça. Sabia que não conseguiria qualquer informação sobre as fontes de Samuel, portanto parou de perguntar sobre elas.

— Vê aquele grupo de mulheres conversando? A mais baixa, de vestido preto, chapéu e véu pesado é a mulher de Hagopian. A mais alta, com vestido cinza-escuro, chapéu elegante e com o véu mais leve é a irmã, Candice. As outras são apenas familiares.

Samuel apontou para o grupo de mulheres e Marcel as fotografou.

— Hagopian tinha filhos? — perguntou Samuel.

— Sim, duas filhas, mas estão estudando na França. Não chegariam a tempo para o funeral.

— Já falou com alguma delas? — perguntou Samuel.

— Tive uma longa conversa com a irmã, no dia em que o corpo foi encontrado, e vou me encontrar com a esposa esta tarde.

— Posso ir com você? — perguntou Samuel. — Preciso saber algo sobre a família para acrescentar à matéria que estou escrevendo.

— Sabe que não posso falar por elas, Samuel. De qualquer modo, o que me disserem constará do relatório da polícia que virá a público.

— Posso ligar depois para você e obter mais antecedentes familiares? — perguntou Samuel.

— Claro, eu lhe direi o que descobrir. Mas, como disse, tudo constará do relatório da polícia.

— Sei disso, tenente. Só queria adiantar meu trabalho. Tenho prazos de fechamento a cumprir.

— É, compreendo. O público tem o direito de saber — disse Bernardi, com ironia.

— E quanto àquele grupo ali? Todos aqueles caras barbudos de terno escuro? — perguntou, apontando com o dedo, o que fez o fotógrafo disparar o flash.

— Aqueles são conselheiros. Representam a comunidade armênia na área da baía de São Francisco.

— Deve haver centenas de pessoas aqui. São todos armênios? — perguntou Samuel.

— Não estou certo, mas provavelmente a maioria é. Vieram de toda parte. De Fresno, Los Angeles e acho que há até um grupo que veio da França.

— Por que da França?

— Porque foi o lugar para onde fugiu a família de Hagopian após o genocídio, de acordo com o que sua irmã Candice me contou — disse Bernardi.

— Entendi — exclamou Samuel, coçando o queixo. — Como posso entrar em contato com eles?

— Por meu intermédio. Vou deixá-lo entrevistá-los quando eu terminar. Você fala francês?

— Mal — disse Samuel.

— Então seria melhor trazer um intérprete, embora tenham me dito que elas falam inglês muito bem.

— Quem lhe disse tudo isso? — perguntou Samuel.

— Candice.

— Descobriu algum podre sobre Hagopian? — perguntou Samuel. — Ele não podia ser perfeito. Devia ter alguma falha ou, ao menos, alguns inimigos, não acha?

Bernardi pensou um instante e coçou a cabeça. Seu rosto, geralmente inexpressivo, esboçou um sorriso.

— Sabe, também andei pensando nisso. Todas essas pessoas são armênias, e estão todas do mesmo lado. Tem de haver outro lado. Talvez você possa me ajudar. Se ouvir alguma voz dissonante vai me dizer?

— Claro, detetive — disse Samuel, que desabotoou o paletó azul do terno que vestia e olhou para a fachada simples da igreja. Outras igrejas ortodoxas que ele vira eram muito mais exuberantes em termos de arquitetura, geralmente em estilo rococó, mas aquela tinha uma simplicidade espartana. Os sinos tocavam, indicando que era hora de entrar no santuário para o início do funeral. Lá de dentro, ouvia-se o coro entoando um canto nada familiar.

— Meu único problema é não saber onde começar a procurar — prosseguiu Samuel. — Haverá alguma comunidade turca por aqui? Talvez tenham uma visão diferente de Hagopian, não acha?

— Com certeza, mas não tive tempo de procurar — disse Bernardi, enquanto os dois subiam lentamente a escadaria de cimento em direção aos portões de madeira onde a multidão se concentrava, esperando a vez para prestar suas últimas homenagens. — Mas concordo com você. Gostaria de saber se havia outro lado na vida desse cara.

Estavam agora dentro da igreja, caminhando em direção aos bancos da seção de observadores nos fundos da igreja que lhes haviam sido apontados por um porteiro. O ataúde de Hagopian estava fechado em frente ao altar. O sol atravessava as janelas em arco, destacando os santos nos vitrais coloridos. Em ambos os lados do altar, havia candelabros repletos de velas votivas.

— A idéia não foi minha — disse Samuel, pensando no que Janak lhe dissera. — Mas vou descobrir.

— Estou interessado em qualquer informação que possa me fornecer — disse Bernardi.

— Mesmo quando o promotor público tirar o caso de suas mãos?

— Sempre. Este é o nosso trabalho, descobrir os fatos.

O serviço foi ministrado por um padre, um homem alto com uma barba bem aparada, cabeça coberta por uma mitra, que usava uma batina decorada com fios de ouro e púrpura. Recitava em armênio e era secundado por um coro no balcão, que entoava cantos gregorianos. Durante a cerimônia, Samuel ficou de olho no pequeno grupo de familiares sentado no banco da frente, diante do altar.

Quando acabou a cerimônia, o repórter saiu e ficou em frente à porta da igreja, no topo da escadaria. Quando o grupo de familiares deixou o templo, Samuel avançou diretamente para a viúva de Hagopian, que havia parado para falar com um homem que parecia ser um conselheiro.

— Desculpe, senhora. Meu nome é Samuel Hamilton. Sou do jornal matutino — disse ele, entregando-lhe um cartão. — Poderia me dar uma entrevista sobre o ocorrido?

Samuel surpreendeu-se. Apesar do chapéu e do pesado véu, dava para ver que a mulher parecia ser uns vinte anos mais jovem do que o marido. Era magra e tinha menos de 1,50m, mas um corpo bem-proporcionado. Tinha cabelos pretos quase à altura do ombro e usava um vestido preto fechado. Por um instante, ergueu o véu e o repórter percebeu que estava muito maquiada, o que não era algo adequado a uma viúva inconsolável. Em verdade, não havia traço de tristeza em seu rosto juvenil. Ela voltou-se para Samuel com grandes olhos castanhos e disse:

— É muito difícil falar agora — disse ela com um sotaque carregado. Então, voltou-se para a cunhada e passou a falar rapidamente em francês.

— Você poderia ligar para ela daqui a alguns dias? — disse Candice, traduzindo o que a viúva dissera.

— Onde poderei encontrá-la? — perguntou Samuel, sorrindo para a mulher mais alta. — Você é irmã do falecido, certo?

— Sim. Podemos falar com você, mas não hoje. Espero que compreenda que esta não é uma hora adequada — disse ela gentilmente, entregando-lhe o número de telefone.

— Claro, senhora — respondeu Samuel, embaraçado.

Ele pegou o número de telefone e as mulheres lhe deram as costas e caminharam até o Cadillac fúnebre que estava estacionado ali perto. Samuel fez sinal para que o fotógrafo o acompanhasse. Seguiriam o cortejo até o cemitério.

— Você fotografou todas as pessoas que apontei na igreja? — perguntou Samuel.

— Sim, senhor — disse Marcel, pegando as chaves do carro.

— Bom. Qual a idade deste carro? — perguntou Samuel.

— Eu o tenho há dez anos. E continua andando — explicou o fotógrafo, orgulhoso.

— Como consegue ter um carro em São Francisco?

— Não vivo em "San Fran". É muito caro para mim. Moro em South City.

— Está explicado — disse Samuel, antes de mudar de assunto.
— Precisamos arranjar um meio de identificar as pessoas nestas fotografias. Quantas pessoas acha que fotografou?

— Perto de 25. Posso aprontar as fotografias para esta tarde, mas não posso ajudá-lo a identificar ninguém.

— Alguém em particular chamou a sua atenção? — perguntou Samuel.

— Talvez. Vou lhe mostrar algumas fotografias que tirei por conta própria.

* * *

Naquela noite, quando Samuel chegou ao Camelot, não viu Melba em seu lugar habitual à mesa redonda. Em vez disso, surpreendeu-se ao ver a filha dela, Blanche, vestindo calça de malha e camiseta branca de atleta, atrás do balcão do bar, falando seriamente com o barman. Seu coração sempre se alegrava quando ela estava por perto.

Ninguém podia dizer que eram um casal compatível. Ele era baixo, 1,67m quando estava descalço, tímido e preguiçoso, e jamais praticara esporte na vida. Blanche tinha ao menos 1,77m, era magra, e tinha um cabeleira loura que geralmente penteava para trás. Era a imagem da saúde, segura de si, uma vegetariana fanática pela vida ao ar livre. O que Samuel mais gostava era de seus luminosos olhos azuis, olhos nos quais achava poder ver-lhe a alma, mas que ele sentia que jamais o enxergariam como algo além de um amigo casual. Ao se aproximar dela, Samuel estava radiante.

— É ótimo ver você, Blanche. Achei que estivesse trabalhando como instrutora de esqui em Tahoe.

— E estava — disse ela sorridente, também feliz em vê-lo.
— Mas mamãe apareceu com bronquite e vai ficar de cama al-

guns meses. Por isso, pediu-me para cuidar do Camelot até ela voltar.

— Acho que isso acontece porque ela fuma demais. Lamento as más notícias. Estou tentando marcar uma consulta para ela com o Sr. Song. Acha que Melba concordaria em vir?

— É melhor esperar que ela melhore.

— Tudo bem. Que tal jantarmos juntos?

— Adoraria, mas preciso dar um jeito nas coisas primeiro. Como está indo no jornal?

— Nada mal — respondeu Samuel. — No momento, estou investigando o caso de um armênio que foi encontrado enforcado no portão do seu depósito de lixo.

— Não diga! Foi suicídio ou assassinato?

— Assassinato. Estou trabalhando com uma pessoa que conheço, Janak Marachak — disse Samuel, com um falso tom de indiferença.

— Janak? É um grande sujeito — disse Blanche com entusiasmo demais para o gosto de Samuel.

— Por que diz isso? Ele me parece uma pessoa muito rude e não é nada simpático — respondeu Samuel, aborrecido.

— Rude? De modo algum, Samuel. Ele tem um coração de missionário. É um idealista, trabalha para os pobres e já me fez diversos favores. Somos bons amigos.

— Apenas amigos?

Blanche não pôde responder porque o barman interrompeu, anunciando uma ligação telefônica para ela. De qualquer modo, não teria tempo para Samuel naquela noite. Ele, então, voltou à mesa redonda que costumava ocupar para conversar com Melba. Pediu o uísque com gelo de sempre, dando-se conta de que também sentia falta de Excalibur. Aquele vira-lata pulguento tinha personalidade.

* * *

Quando Janak Marachak chegou ao Camelot, Samuel já tomara dois uísques, o segundo sendo o último da noite, de acordo com as regras que impunha a si mesmo. Já tivera problemas demais com álcool quando era jovem.

— Cara, você está péssimo — disse Samuel ao ver Janak, que apareceu com o terno amarrotado, cabelos despenteados e as orelhas vermelhas.

— É, não foi um dia dos melhores — disse Janak.

Blanche se aproximou e beijou-lhe as faces, sob o olhar atento de Samuel. A seguir, voltou ao trabalho sem dar uma segunda olhada para Janak, que também não se aproximou do bar para conversar com ela. Talvez fossem apenas amigos, pensou Samuel. Ou estariam disfarçando?

— Pensei que fosse cooperar comigo — disse Samuel, com uma expressão amarga. — Ouvi dizer que prenderam dois de seus clientes. Tentei encontrá-lo antes do fechamento do jornal mas ninguém respondeu em seu escritório. Tive de escrever uma matéria incompleta, apenas com o que a promotoria pública me forneceu.

— Espere. Deixe-me contar toda a história. Depois que o relatório da polícia saiu, as coisas começaram a acontecer rapidamente. Deadeye fez questão de ter acesso ao relatório primeiro e manipulou a situação para que o velho lhe entregasse o caso, em vez de confiá-lo ao assistente da promotoria em Richmond, o que seria o protocolo. Meus clientes, Juan Ramos e Narcio Padia, foram presos e indiciados por homicídio. Miguel e José Ramos também foram indiciados, mas não foram encontrados.

— Merda — disse Samuel. — Deadeye prometeu cooperar comigo quanto à divulgação do relatório da polícia. Tentei ligar à tarde, mas, assim como você, ele não retornou as minhas ligações.

Quando tentei falar com Bernardi, ele me disse que fora instruído por Deadeye a não divulgar informação a não ser que fosse aprovada por ele. Portanto, você é minha única fonte agora.

— Exigi e recebi uma cópia do relatório porque represento dois dos réus — disse Janak. — Passei o resto do dia lendo o relatório antes de nosso encontro esta noite.

— Deve ser um relatório enorme, porque já passa das sete.

— Veja, eu lhe disse que foi um dia difícil — disse Janak, impaciente. — O crime foi terrível. Eles o emascularam.

— Eles o quê? — perguntou Samuel.

— Cortaram o pênis e os testículos do sujeito. Quem quer que tenha cometido esse crime estava furioso.

— O relatório culpa apenas uma pessoa?

— Não, não. Já disse que eles prenderam dois de meus clientes e que estão procurando pelos outros dois. — Ele se recostou na cadeira e cruzou os braços. — Está tudo no relatório.

— Você o analisaria comigo? — perguntou Samuel.

— Vamos para os fundos, onde não seremos interrompidos.

Caminharam em direção a uma mesa isolada perto dos banheiros.

— Quer uma bebida primeiro? — perguntou Samuel.

— Não, obrigado. Tenho muito trabalho a fazer, preciso estar lúcido.

Sentaram-se, e Janak abriu o volumoso documento.

— Diz aqui que as digitais de Miguel e José Ramos foram encontradas nas garrafas de Coca-Cola que estavam nos bolsos da vítima.

— Havia quatro garrafas, certo? — perguntou Samuel.

— É. As digitais de Narcio Padia foram encontradas no ancinho que foi usado para alisar o chão depois que o corpo foi pendurado.

— É por isso que os estão acusando? — perguntou Samuel.

— Ao que eu saiba, é tudo o que têm contra eles. Mas aquele depoimento da irmã no sentido de que eram empregados ingratos e que o irmão dela era um santo é pura balela — explicou Janak.

— Algo mais? Vejo que você está furioso — disse Samuel. Janak respirava com força pelo nariz e estava curvado sobre a cadeira.

— Já disse, eles o emascularam. Posso ouvir Deadeye argumentando no julgamento que meus clientes escolheram esta vingança por terem ficado estéreis devido aos produtos químicos do depósito de lixo.

— Seus clientes ficaram estéreis?

— Essa foi a última coisa que aconteceu com eles. Foi um processo lento. Primeiro, os produtos químicos entraram em seus organismos e, ao terem filhos, estes nasceram com deformações muito graves. Um dos filhos de Miguel Ramos nasceu com uma perna atrofiada e o outro sem as mãos. O de Narcio Padia é aleijado e tem todo tipo de problemas neurológicos. Os médicos da U.C. atribuíram tais problemas aos produtos químicos do depósito de lixo. Providenciei que fossem examinados e descobrimos que os três estão estéreis. Veja, esses caras ainda nem completaram 30 anos.

— E quanto a Juan? — perguntou Samuel.

— Ele não. Por enquanto, não foi prejudicado e não tem filhos. Nunca foi examinado para verificar se é estéril porque não estava processando o dono do depósito. Nem sei por que o acusaram, a não ser que tenham alguma prova que não conste do relatório. Aposto que estão tentando pegá-lo para que denuncie os sobrinhos. Garanto que isso não vai acontecer.

— Como se caracterizam as acusações? — perguntou Samuel.

— Como assim?

— Indiciamento, denúncia?

— Denúncia. O promotor público não conseguiu que o júri emitisse um indiciamento contra Juan Ramos apenas com base nos fatos.

— E quanto às fotografias? — perguntou Samuel.

— Vou tê-las amanhã de manhã e gostaria de compará-las com aquelas que você tirou ontem no funeral.

— Está procurando algo em particular? — perguntou Samuel.

— Qualquer pista, mas estou particularmente interessado na etiqueta francesa no interior do terno de Hagopian, a pegada na cena do crime e a fotografia do inseto.

— Inseto? — perguntou Samuel.

— Sim, inseto. O relatório diz que havia um inseto azul na perna da calça da vítima. Vou me encontrar com um entomologista na U.C. de Berkeley amanhã à tarde — disse Janak.

— Verdade? Para quê?

— Você esteve no depósito de lixo e viu que não há vida em Point Molate. Portanto, o inseto tem de ter vindo de algum outro lugar. Se descobrirmos de onde, isso pode nos levar ao lugar onde ele foi morto, ou a quem realmente o matou.

— Você acha que ele não foi morto no depósito de lixo?

— A cena do crime foi montada como um cenário. Não há sinal de luta. Acho que ele foi morto e castrado em algum outro lugar e, então, pendurado no arco do portão.

— O relatório diz isso?

— Não, mas aposto que estamos certos. O inseto pode provar essa tese.

— Lembro-me da estranha sensação que tive ao perceber que não havia pássaros aquáticos por perto. E quanto à etiqueta francesa? Que importância tem neste caso?

— Ainda não sei. Mas vale a pena dar uma olhada — disse Janak, que se calou um instante, parecendo estar em outro lugar.

— No que está pensando? — perguntou Samuel.

— Em uma coincidência curiosa. Conheci uma garota armênia em Paris há alguns anos.

— E?

— Fiquei muito apaixonado por ela, mas não deu certo. Era uma pessoa muito especial, duvido que algum dia eu encontre outra pessoa assim.

— Qual o nome dela?

— Lucine. Penso um bocado nela. Escrevi diversas cartas, mas ela nunca me respondeu.

— Lucine tem algo a ver com isso?

— Absolutamente nada. Quando começamos a falar da etiqueta francesa, pensei nela, isso é tudo. O que é importante aqui é a conexão entre Hagopian e a França. Um de nós vai ter de ir até lá investigar. Estou incluindo você na minha equipe, Samuel. É muita pretensão de minha parte?

— De modo algum. Quero ajudar. Primeiro, por ter exclusividade na história, mas também porque acredito que você esteja certo. Seus clientes estão sendo processados injustamente. Tem certeza de que vai conseguir as fotografias amanhã?

— Sim, Deadeye autorizou Bernardi e ele vai liberá-las para mim amanhã. Pode vir ao meu escritório por volta das dez?

— Claro. Vou levar as fotografias do funeral.

Janak levantou-se e Samuel o seguiu com o copo na mão até a mesa redonda na entrada do bar. Samuel percebeu que o amigo parecia cansado. Olhando-o por trás, dava para notar que seus ombros largos estavam caídos. Janak ergueu as lapelas do terno para se preparar para a fria noite de inverno que estava a ponto de enfrentar. Foi embora do Camelot com a cabeça baixa, carregando duas maletas pesadas de couro.

Samuel sentiu uma simpatia renovada por aquele homem que estava apenas começando a conhecer. Pelo que intuíra, Janak estava experimentando uma situação de amor impossível, exatamente como ele. Perguntou-se quão profundo fora aquele seu relacionamento em Paris e por que não dera certo. Se Janak ainda pensava em Lucine, talvez não tivesse interesse real em Blanche. Aquilo o acalmou um pouco, mas não muito. Era uma pena que Lucine morasse em outro continente. Ele olhou pela janela, para as luzes do centro financeiro brilhando do outro lado do parque, e rodou o último cubo de gelo dentro do copo, perguntando-se se devia tomar outra dose. Não, definitivamente não. Relutante, deixou o copo sobre a mesa e olhou para ver se poderia falar com Blanche. Mas ela estava muito ocupada. Despediram-se, mas não antes de ele certificar-se de que voltaria a vê-la. Combinaram de se encontrar dentro de alguns dias.

Capítulo 4

Muitos problemas

Quando Samuel chegou no dia seguinte, a sala de espera do escritório de Janak estava lotada de trabalhadores, todos vítimas de seqüelas provocadas por produtos químicos. Alguns tinham feridas na face, um braço ou uma perna enfaixada ou estavam cegos. Pairava no ambiente um clima de desesperança. Aquele era um lugar aonde as pessoas iam para obter respostas sobre o que lhes acontecera em seus locais de trabalho. E por quê. E Janak Marachak era um dos poucos advogados na área da baía de São Francisco que tinha respostas e que podia ajudá-los a melhorar suas vidas prejudicadas.

Marachak ainda não chegara e Vanessa Galo, a gerente do escritório de Janak, recebeu Samuel na recepção. Ela era de Manágua, Nicarágua, mas estava na Califórnia havia tanto tempo que falava inglês sem nenhum sotaque. Também falava espanhol, idioma que usava para se comunicar com os clientes, e atuava como intérprete para o chefe quando necessário. Foi contratada assim que respondeu a um anúncio que Janak publicara em um jornal de advocacia. Ele nem pediu referências, porque os inteligentes olhos castanhos e o modo preciso como a moça respondeu às perguntas que lhe foram feitas bastaram para ele. Era alta para uma latina, esbelta, e bonita mesmo sem maquiagem. Vestia-se com simplicidade despretensiosa, talvez porque seu orçamento fosse limitado.

Ela não tinha experiência como secretária de advogado, o que foi uma sorte para Janak, que estava com pouco dinheiro. Seu palpite revelou-se correto e, seis meses após ser contratada, Vanessa já administrava o escritório como uma veterana, além de cuidar dos assuntos particulares do patrão, como se trabalhasse para ele havia anos. Ficou tão envolvida com os casos do escritório que, em um ano, tornou-se uma advogada sem licença. Nada havia que não soubesse como fazer. Janak dizia para quem quisesse ouvir que ela era a pessoa mais importante de sua vida.

Vanessa acompanhou Samuel até a biblioteca. O lugar estava lotado de estantes, repletas de casos da Califórnia, e havia uma mesa de quase 2 metros com três cinzeiros cheios de pontas de cigarro. Vanessa pegou-os e levou-os para fora da sala, balançando a cabeça em sinal de contrariedade.

A um canto, havia um advogado curvado sobre uma mesinha, diante de uma grande pilha de livros de direito. Era um homem pequeno, com ombros caídos, que certamente era mais jovem do que aparentava. Estava em mangas de camisa, mas usava uma gravata e seu terno esporte surrado estava pendurado no encosto da cadeira. Não prestou atenção em Samuel quando o repórter entrou. Samuel também o ignorou.

O nome do sujeito era Bartholomew Asquith. Fora sócio de uma grande empresa de advocacia em São Francisco, responsável pelo departamento de apelações, mas teve um colapso nervoso porque era incapaz de falar em público. Tinha uma fobia absoluta de ser o advogado principal em um tribunal e ter de expor seus argumentos em voz alta. A coisa era tão séria que ele também deixou de falar em outras ocasiões, e teve de parar de comparecer ao tribunal. Após tratamento psiquiátrico, decidiu abandonar a empresa. Não trabalhou durante seis meses e gastou todas as suas economias. Por isso, relutante, respondeu a um anúncio que Janak publicara no *The Recorder*, o jornal de advocacia da área da baía de São Francisco, procurando por um advogado assistente. Janak imediatamente reconheceu-lhe o talento e deixou-o à vontade, assegurando-lhe que ele jamais teria de aparecer no tribunal para falar. Seu único trabalho seria fazer pesquisa jurídica, redigir súmulas e assessorar Janak no tribunal caso houvesse um complicado problema legal que o advogado não soubesse como responder. Nesse caso, ele poderia soprar-lhe a resposta sem ser responsável pelo que fosse dito no tribunal.

Bartholomew saiu para pegar uma xícara de café enquanto Samuel revia a lista que redigira havia alguns dias. Nesse instante, Janak entrou na sala com um pacote de fotografias que pegara com Bernardi e deu um tapinha amistoso no ombro de Samuel.

— O que disse o detetive? — perguntou Samuel.

— Foi muito lacônico. Insisti até ele me dizer que Deadeye tirara o caso das mãos dele. E não disse mais nada.

— Isso é mau. Quando falei com Bernardi na última vez, ele parecia aberto a outros suspeitos e possibilidades.

— Talvez. No momento, porém, está seguindo as regras da empresa.

Janak usava um terno cinza impecável, uma camisa branca engomada, uma gravata listrada, e parecia mais descansado do que na noite anterior. Mas ainda estava com olheiras por falta de sono. Espalhou as fotografias da cena do crime sobre a mesa. Eram closes de Hagopian tirados de todos os ângulos possíveis, detalhes das provas e da cena do crime. Ambos as analisaram de perto. Janak separou a fotografia do inseto azul, que também incluía a mancha de sangue na perna da calça de Hagopian.

— Vamos analisar esta mais tarde.

Então, pousou outra fotografia diante de Samuel.

— Este é um nó usado por *vaqueros* da área de San Juan de los Lagos, lugar de onde vêm meus clientes. Não há dúvidas quanto a isso. Mas não é um nó de forca. Agora, veja a fotografia do pescoço da vítima. Vê essa esfoladura? Não é o mesmo tipo de corda.

— Como sabe? — perguntou Samuel.

— Dá para ver os sulcos na pele do sujeito, perto do colarinho. Consegue ver essas marcas no pescoço? São diferentes. Seja o que for, foi isso que o matou. Aposto que ele foi enforcado e pendurado ali depois de morto. Quem quer que tenha tentado incriminar meus clientes é um amador ou simplesmente não estava ligando para isso.

— Não estou certo de ter entendido — disse Samuel. — Mas estou ansioso para ouvir o que tem a dizer e, talvez, aprender algo. Posso destacar esse fato em minha matéria?

— Ainda não. Vamos investigar mais. Não quero que saibam o que estou pensando no momento.

— Por falar em investigação, não acha que deveríamos refletir sobre o fato de ele ter sido emasculado? — perguntou Samuel.

— Pergunto-me se é algo cultural, como um ritual, ou se é uma pista falsa para promover a idéia de que meus clientes eram estéreis — refletiu Janak. — A pergunta é: quem vai investigar isso? E por onde começar? Certamente há muito a ser feito.

— Verei o que posso descobrir — disse Samuel.

Janak suspirou aliviado.

— E quanto às garrafas? — perguntou Samuel pegando uma das fotografias. — Veja estas caixas de garrafas de Coca-Cola empilhadas do lado de fora do trailer. Vê as garrafas que faltam? São da caixa de baixo. Há mais quatro em cima dela. Isso significa que alguém com um profundo conhecimento dos hábitos de trabalho dos empregados estava de olho neles. De outro modo, como saber quais garrafas deveria encher de produtos químicos?

— Entendo o que quer dizer — disse Janak. — Se havia um espião no depósito de lixo, observando tudo e tomando nota, aposto que também vigiava Hagopian.

— É exatamente o que parece. A pergunta é: como descobrir quem é essa pessoa? Graças a Deadeye, Bernardi está fora de nosso alcance — disse Samuel.

— Pobre infeliz. Não o invejo por ter de obedecer às ordens daquele babaca — disse Janak.

— Também tenho de falar com o legista. Mesmo que o promotor público tenha controle sobre ele, ainda assim é uma autoridade pública. Quero mostrar a ele o que terá de enfrentar no banco das testemunhas caso alegue que o sujeito foi enforcado com aquele nó mexicano. Por isso não quero que você fale sobre as marcas no pescoço de Hagopian — explicou Janak.

— Certo.

— Vejamos as fotografias que vocês tiraram — disse Janak.

Samuel espalhou-as sobre a mesa da biblioteca.

— Esta não precisa de explicação. É da igreja e da multidão. Havia centenas de pessoas. Este grupo aqui é a família da vítima — disse Samuel.

— Você falará com eles em breve, certo?

— Talvez amanhã.

— Quem é a irmã?

— É esta mulher alta. A mais baixa é a mulher dele, e as duas mais jovens são sobrinhas.

— Onde estão as filhas dele?

— Soube que estavam estudando na França e que a família decidiu não trazê-las para o funeral porque seria muito perturbador para elas — disse Samuel.

— Isso não lhe parece estranho? — perguntou Janak.

— Uma das muitas coisas estranhas neste caso.

— Além dos antecedentes, precisamos de uma lista de todos os empregados — disse Janak. — Se a família não a fornecer, então terei de obtê-la em juízo. Na verdade, apenas expedirei interrogatórios. É uma idéia melhor do que baixar as cartas agora.

— De qualquer modo, acho que posso pedir a lista à família — disse Samuel. — Se bem me lembro, os interrogatórios têm o prazo de um mês para atendimento, e precisamos da informação antes disso.

— Tudo bem, tente. E quanto a este grupo de homens na fotografia? Quem são?

— Não sei, mas meu fotógrafo os achou suspeitos.

Janak riu.

— Por quê? Por usarem barbas?

— Não é só isso. Tinha a ver com o modo como permaneciam juntos. Pareciam isolados do resto da multidão, como se não pertencessem àquele lugar. Meu fotógrafo é um sujeito muito perspicaz. Eu daria ouvidos a ele se fosse você.

— Muito bem, com quem obteremos informações a respeito desses sujeitos? — perguntou Janak.

— Já pensei nisso — disse Samuel. — Podemos começar com o padre da igreja. Ele conhece os paroquianos melhor do que qualquer um.

— Boa idéia, Samuel. Siga esta pista enquanto falo com o entomologista. Vamos nos encontrar no Camelot, na sexta-feira.

* * *

Janak pegou o bonde F de São Francisco para Berkeley, o modo mais rápido de atravessar a baía, uma vez que corria por trilhos próprios, no nível inferior da ponte. Dentro do bonde, Janak distraiu-se observando os veleiros na água e as cargas sendo desembarcadas nas docas de Oakland, em East Bay. Então, o bonde dirigiu-se para o norte, atravessou Emeryville e finalmente chegou à parada da Shattuck Street, em Berkeley. O advogado saltou e subiu a colina até Wheeler Hall, no campus de Berkeley da Universidade da Califórnia. Uma vez lá, ouviu os sinos da torre que tocavam de hora em hora. Encontrou o escritório do entomologista no segundo andar do prédio antigo e bateu com o nó dos dedos no painel de vidro da porta.

Foi recebido por um homem grisalho que usava óculos sem aros e vestia um casaco esporte surrado embora ainda intacto, com reforços de couro nos cotovelos. Parecia um discípulo de Charles Darwin. Havia insetos presos com alfinetes em quadros de cortiça, partes de insetos maiores dentro de recipientes de vidro e pilhas de livros de referência em toda parte, a metade escrita pelo professor. Ao entrar, Janak sentiu-se envolvido por um aroma bolorento de passado. O homem se apresentou como Jonathan Higginbotham, professor de entomologia da Universidade da Califórnia.

Janak explicou o motivo de sua visita e fez-lhe um resumo do crime e do lugar onde o corpo fora encontrado. Em seguida, tirou algumas fotografias de dentro de sua pasta e espalhou-as na mesa, explicando que queria saber o máximo possível sobre aquele inseto azul. O lugar estava bem iluminado pela luz que entrava pela janela e o professor estudou as fotografias de perto com o auxílio de uma lupa.

— Para saber mais sobre este inseto, terei de fazer pesquisas. E isso vai lhe custar dinheiro — disse afinal.

— Se você descobrir que este inseto não é de Richmond e, sim, de algum outro lugar, precisarei que testemunhe em juízo.

— Entendo. E quando será isso?

— Ainda não estou certo. Terei de avisá-lo.

— Onde será o julgamento?

— Em Martinez.

— Quero que entenda que terá de me pagar pelo meu tempo, exatamente como está fazendo agora — disse o professor, que já não parecia mais o velhinho simpático que Janak vira ao entrar no escritório.

— É, compreendo — disse o advogado.

O professor levantou-se lentamente, indicando que o encontro terminara.

— Os advogados sempre querem o serviço, mas raramente pagam por ele — disse o entomologista, estendendo a mão para Janak. — Você me parece um sujeito honesto, portanto terei prazer em ajudá-lo. Mas devo lembrá-lo das regras.

— A vida de meus clientes pode depender de seu testemunho, professor. Portanto, não é uma questão de dinheiro para mim.

* * *

Nesse meio-tempo, Samuel foi à igreja armênia de Saint Vartan, em Oakland. O ônibus o deixou na Spring Street, a uma quadra do templo. O compromisso com o padre Agajanian estava marcado para as duas da tarde, mas ele estava adiantado, de modo que desceu a rua calmamente, olhando para as construções de ripas de madeira dos anos 1920 pintadas em desbotados tons pastel até encontrar um restaurante chinês perto da igreja.

Ao atravessar as portas de vidro, deu de cara com um grande aquário repleto de carpas douradas, o que o fez lembrar-se do Chop Suey Louie's, um lugar que freqüentava na Chinatown de São Francisco. Da cozinha, exalava o cheiro familiar de arroz frito. Ele não era muito habilidoso com os hashis e sempre deixava pingar um pouco de chow mein gorduroso na camisa.

Pensou no quanto sentia falta de seu velho amigo Louie e lembrou-se das apostas que faziam nos resultados de jogos de futebol americano. Em todos os anos de convivência com o amigo, Samuel jamais ganhara uma aposta.

Sentiu-se culpado ao lembrar-se de como Louie fora assassinado pela máfia chinesa. O alvo era ele, Samuel. Louie fora baleado por engano. Ao pensar nisso, sentiu um calafrio na espinha. Aquilo parecia ter acontecido havia muito tempo, mas, na verdade, fazia menos de um ano.

Voltou à realidade ao abrir o biscoitinho da sorte que acompanhava a refeição. Dizia que ele ficaria mais rico do que jamais poderia imaginar. Samuel riu da ironia, guardou o papelucho no bolso do paletó e pagou a conta de US$ 1,75.

À hora marcada, foi até os fundos da igreja e bateu à porta, como lhe fora instruído por telefone. O mesmo padre que ministrara o serviço para Hagopian havia alguns dias convidou-o a entrar em uma sala repleta de estantes de livros com títulos que Samuel não conseguia ler, mas que achou estarem escritos em armênio. Havia também uma grande Bíblia aberta sobre um suporte.

— Boa-tarde, padre Agajanian. Sou Samuel Hamilton, do jornal matutino. Obrigado por seu tempo.

— Em que posso ajudá-lo? — perguntou o padre, percebendo a mancha de gordura na camisa do visitante. Samuel sorriu, e passou a mão no lugar.

— Terá de desculpar meus modos à mesa, padre. As manchas parecem me seguir por toda parte.

— Não se preocupe, meu jovem — disse o padre.

— Como repórter, freqüentemente entro em contato com muitas pessoas e culturas diferentes e preciso de ajuda para compreendê-las.

— Nós, armênios, não somos tão diferentes de outras culturas de sua sociedade — respondeu o padre. — Mas, por algum motivo, somos considerados orientais. Em verdade, somos uma raça ariana e o governo federal nos classifica como brancos desde 1923. É por isso que há tantos de nós por aqui. Sem tal designação, não seríamos bem-vindos a seu país em tão grande número.

— Não sei se entendi bem o que quer dizer, padre.

— As pessoas pensam que fazemos parte do misterioso Oriente, isso é tudo. Nossa designação oficial é *"Os outros"*.

— Entendo. Estou certo de que, caso haja alguma grande diferença cultural, você me esclarecerá. Vamos começar com o Sr. Hagopian. Você o conhecia? — perguntou Samuel.

— Ele era um grande doador desta paróquia, que cobre a maior parte da área da baía de São Francisco, e era um bom homem. Eu, pessoalmente, batizei os filhos dele. Nos víamos uma ou duas vezes por mês. Caso eu precisasse de ajuda especial em um projeto, sempre podia contar com ele. E não apenas para conseguir dinheiro. É o que estou tentando dizer. O homem tinha consciência social.

Aquilo era interessante, pensou Samuel, um tanto surpreso, embora fosse difícil duvidar da sinceridade do padre. Seus pensamentos se desviaram para as crianças deformadas dos clientes de Janak.

— Sabe alguma coisa sobre os negócios dele?

— O que deseja saber?

— Ele era dono de um importante depósito de rejeitos industriais, muito requisitado e altamente lucrativo.

— Sim, claro — disse o padre.

— Ele tinha inimigos? Você sabe que o sucesso provoca inveja entre os competidores, e há gente que despreza qualquer um que consiga progredir e que chega a tramar contra o sucesso alheio.

— Pessoalmente, não sei de ninguém que quisesse mal a Hagopian. Verdade, ele era muito estimado. E não apenas pela comunidade armênia. Por outro lado, se alguém quisesse fazer mal a ele, eu seria a última pessoa a saber.

— É, eu achei que deveria ser esse o caso — disse Samuel. — Você sabe onde ele estava na noite ou na madrugada em que foi morto?

— Infelizmente, não. Terá de perguntar à família dele.

— Sabe se ele estava tendo algum problema familiar?

— Isso também é algo que você terá de discutir com a família dele. Mesmo que eu soubesse de algo, não teria liberdade para falar.

— Vou encontrar a família de Hagopian amanhã. Perguntarei, então. Tenho algumas fotografias tiradas no dia do funeral, padre. Poderia me ajudar a identificar algumas pessoas?

Samuel pôs a fotografia com o grupo suspeito sobre a mesa.

— Essa gente. Sabe quem são ou de onde vieram?

— Não tenho certeza, Sr. Hamilton. Eles não são da área da baía. Não são de nossa paróquia. Suponho que tenham vindo prestar as últimas homenagens a Hagopian.

— Sabe o nome de algum deles?

— Não. Talvez a Sra. Candice ou a viúva possam lhe dar mais informações.

— Tem alguma idéia de por que essas pessoas viriam ao funeral de Hagopian?

— A prática é muito comum. Se você tiver outras fotografias da multidão, poderei apontar famílias vindas de lugares como Los Angeles e, especialmente, de Fresno, onde há uma grande comunidade armênia. Muitas famílias têm parentesco entre si, seja por laços sangüíneos ou de casamento.

Os olhos do padre desviaram-se da fotografia e Samuel percebeu os ombros dele ficarem tensos. Imediatamente, sentiu que sua voz ficou evasiva.

— Como eu disse, terá de verificar com a família — respondeu afinal.

— E quanto aos empregados do Sr. Hagopian? Conhece alguém que trabalhava no depósito de lixo?

— Apenas a irmã dele, Candice, e, claro, seu primo, Joseph, que era muito chegado a Armand e à família. Acho que vieram juntos para os Estados Unidos. É o único homem na fotografia, ao lado da mulher e da irmã do falecido. Ajudou um pouco no depósito, mas voltou para sua fazenda em Fresno. Além deles, não conheço ninguém mais que tenha trabalhado lá.

Samuel espalhou as demais fotografias da multidão sobre a mesa. O padre começou a dizer os nomes das pessoas e Samuel os anotou foneticamente no verso de cada fotografia, tão rápido quanto podia.

— Alguma dessas pessoas tem alguma ligação especial com Hagopian? — perguntou Samuel.

— Não sei. Eu os reconheço por causa de sua relação com a igreja.

Quando Samuel voltou a baixar casualmente a fotografia do grupo suspeito sobre a mesa, viu que o padre voltou a ficar nervoso e desviou o olhar para a Bíblia.

* * *

Samuel combinara com o fotógrafo do jornal para irem juntos ao apartamento de Hagopian, em Pacific Heights, a vizinhança mais elegante de São Francisco. Normalmente, pegariam um ônibus, mas, uma vez que tinham um carro, atravessaram a Broadway em seu antigo Ford 1947 em busca de uma vaga. Eram quatro da tarde quando chegaram.

Encontraram o elegante prédio de dez andares com seus bronzes polidos, madeiras lustrosas e mármores impecáveis. O lugar era preservado como uma jóia. Fora construído antes da Primeira Guerra Mundial e depois reformado, ganhando banheiros e cozinhas modernas, novos elevadores e ar-condicionado central. Os arquitetos contratados para a reforma cuidaram de preservar sua elegância sóbria. Não havia inquilinos, como Samuel veio a descobrir, e os apartamentos pertenciam a famílias tradicionais e endinheiradas da cidade. O fato de Armand Hagopian — um imigrante de primeira geração e dono de um depósito de lixo químico — ter conseguido um apartamento naquele lugar demonstrava que ele tinha bons contatos e um bocado de dinheiro. As paredes do saguão eram cobertas de painéis de madeira de lei em três tons com motivos da década de 1910, e o chão era de mármore italiano verde-escuro e marfim. A luz do dia atravessava as janelas de vidro bisotado, amplificando a luz projetada por três candelabros de cristal com todas as lâmpadas acesas.

Tocaram a campainha e foram recebidos por um porteiro que parecia saído de um romance inglês da virada do século. Vestia-se impecavelmente com um terno de três peças da Brooks Brothers que Samuel e Marcel não poderiam comprar mesmo que o adquirissem de segunda mão. O porteiro era magro e solene, com cabelos brancos cuidadosamente penteados para trás. Embora fosse velho, era difícil adivinhar sua idade porque se mantinha muito ereto, mas não restava dúvida de que ele tinha mais de 80 anos. Seu comportamento profissional o fazia parecer intimidador.

— Sou Samuel Hamilton, do...

— Você é o repórter, certo? — interrompeu o porteiro. — A Srta. Candice e a Sra. Hagopian me disseram que vocês viriam às quatro e meia. Creio que chegaram um tanto cedo. Um momento, por favor.

Fez uma discreta ligação telefônica e disse que seriam recebidos a seguir.

— É no décimo andar.

— Obrigado, senhor... Qual é mesmo seu nome? — perguntou Samuel, tentando parecer simpático, uma vez que aquela certamente não seria sua única visita aos Hagopian.

— Carlton é meu nome. Sr. Thaddeus Carlton.

— Foi um prazer conhecê-lo, Sr. Carlton. Aqui está meu cartão. Não se esqueça de quem sou eu — disse Samuel, sorrindo.

— Não se preocupe com isso, Sr. Hamilton. Nunca esqueço um rosto — disse o octogenário, guiando-os até o elevador nos fundos do saguão.

— Você viu o olhar de desprezo que o porteiro nos lançou? — perguntou Marcel, rindo, depois que as portas do elevador se fecharam.

— Esta deve ter sido a primeira vez que um repórter entrou neste prédio. Certamente, não deve ser comum um dos moradores daqui ser enforcado e castrado em um depósito de lixo — comentou Samuel.

— Esse Thaddeus Carlton, ou seja lá qual for o nome dele, deve ter um bocado de informação.

— Tenho certeza de que não conseguiríamos tirar uma palavra sequer dele — respondeu Samuel.

O elevador abriu as portas e ambos viram-se em uma pequena sala de espelhos, dentro do apartamento dos Hagopian. Uma empregada com um uniforme preto e avental branco os recebeu.

— A Sra. Hagopian os está esperando — disse ela com um forte sotaque francês, e guiou-os até uma sala grande repleta de mobília elegante, tapetes persas e cortinas pesadas.

— Gostariam de tomar um chá? — perguntou ela.

— Não, obrigado — responderam os dois em uníssono.

As janelas abriam-se para uma vista espetacular da baía, iluminada pelo sol de inverno. Samuel viu dois grandes navios cargueiros diante da ilha de Alcatraz, um indo em direção à Golden Gate; o outro, para as docas ao sul da Market ou, talvez, Oakland. Marcel, com o casaco de bolsos repletos de equipamento, carregando a bolsa e a câmara com flash, assobiou, admirado, ao ver o panorama.

Pouco depois, duas mulheres entraram na sala, ambas vestidas de preto e pesadamente maquiadas: batom vermelho, delineador preto nas pálpebras e uma base alaranjada, o que fazia com que parecessem estar usando máscaras. Apesar do excesso, eram atraentes. A mais alta e mais elegante falou:

— Sou Candice Hagopian, irmã de Armand. Esta é a mulher dele, Almandine.

Samuel apertou-lhes as mãos, estonteado pelo forte perfume. Voltou a se impressionar com a juventude de Almandine. O aquecimento estava no máximo e estava inaceitavelmente quente dentro do apartamento, mas a jovem viúva estava vestida para enfrentar a neve: um suéter de casimira com gola rulê que lhe subia até as orelhas, meias de lã e botas.

— Como disse, Sra. Candice, gostaria de lhes fazer algumas perguntas e talvez tirar algumas fotografias caso concordem.

-— Tudo isso tem sido muito desagradável para nossa família — disse Candice. — Passamos um bocado de tempo respondendo às perguntas da polícia.

— Compreendo o que estão passando e a importância de sua privacidade — disse Samuel, o mais compassivo que podia. — Não estou aqui para interferir em sua vida particular. Gostaria de saber que tipo de homem era seu irmão. Procuro uma explicação para o ocorrido, e espero que isso nos leve a quem cometeu este crime.

Ela fez um gesto de desprezo com uma mão perfeitamente manicurada.

— O promotor público nos assegurou que alguns dos homens que fizeram isso já estão na cadeia.

— O Sr. Graves? — perguntou Samuel, enquanto escrevia em seu bloco de notas.

— Sim, ele nos disse que a justiça será rápida.

— Ele falou que tipo de provas tem contra aqueles homens?

— Apenas que suas digitais foram encontradas na cena do crime, e que não há muita dúvida de que foram eles que o cometeram.

— Ele disse isso? Estaria falando sobre os empregados que estavam processando a empresa e seu irmão?

— Sim, eles mesmos. Gente ingrata! Ninguém tem queixas contra meu irmão afora esses vagabundos que, ainda bem, estão na cadeia — disse Candice com uma careta, pegando um lenço de papel de uma caixa sobre a mesinha de centro para enxugar os olhos.

Almandine estava sentada à beira do sofá, com as pernas e as mãos apertadas umas contra as outras. Estava de cabeça baixa, ausente e desinteressada da conversa, embora, de tempos em tempos, Candice buscasse sua aprovação com o olhar.

— Pode me dizer algo sobre sua família?

— Eu era casada, mas meu marido morreu. Então, voltei a usar o nome de solteira e vim de Paris para ajudar meu irmão, Armand, e nosso primo, Joseph, a administrar os negócios da família.

— Você é francesa? Percebi que tem um ligeiro sotaque.

— Somos armênias. Não creio que conheça bem nosso povo.

— Francamente, não. Poderia me dar algumas informações para que eu possa contar sua história? É importante esclarecer o público.

— Venha comigo. Preciso mostrar-lhe um mapa. — Ela os levou à biblioteca onde havia um grande mapa do Oriente Médio Mediterrâneo. Apontou para lá e pediu que se sentassem diante do mapa. — Precisam saber um pouco daquilo que nosso povo passou, de modo a compreender a magnitude do que aconteceu com meu irmão. Somos um povo cristão que vivia em paz com o Império Otomano. Houve uma perseguição no fim do século passado, mas as coisas se acalmaram.

"Somos um povo muito empreendedor e laborioso. Acrescentamos muito à cultura dos lugares onde vivemos. No início do século XX, estabelecemos uma ampla área de influência no Oriente Médio que se estendia da Turquia e partes da Síria até o mar Negro, em um território que hoje pertence à União Soviética.

— Por que foram embora? — perguntou Samuel, ao parar de fazer suas anotações.

— Nosso pai era um homem de negócios muito bem-sucedido em Erzerum. Bem aqui — ela indicou o lugar no mapa. — Todos os membros de nossa família nasceram lá. Meu irmão Armand, em 1910, Joseph, nosso primo, em 1912, e eu em 1915. Nasci justamente quando a situação começou a sair de controle.

"Os turcos escolheram o lado errado na guerra. Alinharam-se com o Eixo. Em 1915, recomeçaram um terrível genocídio contra nosso povo, que eles haviam começado anos antes. Apenas em nossa região, havia mais de 200 mil armênios. Quando, em 1922, os turcos e os curdos terminaram o serviço, sobravam apenas mil e quinhentos de nós. E tudo isso aconteceu enquanto o resto da humanidade observava com indiferença.

"A princípio, nosso pai achou que sua riqueza e posição o tornariam imune ao extermínio, mas sua ingenuidade custou-lhe a fortuna e a vida. Por sorte, conseguiu tirar alguns de seus bens do setor armênio, e escapamos com nossa mãe, um tio e seu filho, nosso primo Joseph, pelos desertos da Mesopotâmia.

Ela indicou a rota de fuga através de Basra e do Golfo Persa.

— Fugimos em um navio francês e conseguimos asilo na França, onde os sobreviventes de nossa família começaram nova vida. Nos fim dos anos 1930, com a ameaça nazista, tudo começou outra vez. Minha mãe, Armand, nosso tio e sua família fugiram para os Estados Unidos pouco antes da Segunda Guerra Mundial. Eu era casada com um professor universitário na época, e passamos a guerra na Inglaterra, onde meu marido trabalhava para a espionagem inglesa. Depois da guerra, voltamos à França. Quando meu marido morreu, em 1950, vim para os EUA. Meu tio, seu filho Joseph, minha mãe e Armand vieram para Los Angeles.

— Por que Los Angeles? — perguntou Samuel.

— Porque tínhamos parentes distantes morando naquela cidade.

— Quantos de seu povo foram exterminados?

— Quando os turcos e os curdos terminaram, haviam matado mais de um milhão e meio de armênios. — Sua voz falseou. — Eles nos mataram com a certeza da impunidade. Éramos cristãos e eles, muçulmanos. Estávamos em seu território, por assim dizer, e eles tinham todo o poder sobre nós. Não foi diferente do que os nazistas fizeram com os judeus na Segunda Guerra Mundial.

Os turcos e curdos tinham inveja de nós. Éramos bem-sucedidos em tudo aquilo em que nos envolvíamos. Mas seu império estava uma bagunça e eles tinham de responsabilizar alguém. Fomos os cordeiros do sacrifício.

— Qual a situação de seu povo agora?

— Nada boa. O que sobrou da Armênia está agora atrás da Cortina de Ferro, na União Soviética. Depois da guerra, pedimos nosso território de volta na Conferência de Paz de Versalhes, mas não deu em nada. E os turcos nunca reconheceram sua brutalidade. Tampouco se desculparam.

— Lamento muito — disse Samuel. — Por favor, diga-me como sua família entrou para o negócio de depósito de lixo químico.

— Começamos em Los Angeles. Outros grupos de imigrantes que chegaram antes já controlavam as atividades mais desejáveis, portanto não tínhamos muita escolha além dos negócios de coleta de lixo e depósito de rejeitos químicos. Os armênios pegam o que têm em mãos.

Samuel pensou na descrição que Melba lhe dera de Hagopian, chamando-o de "rei da sarjeta".

— Como seu irmão acabou em Point Molate?

— Nosso tio era um bom homem. Os negócios em Los Angeles funcionavam bem sob a sua direção. Quando meu irmão terminou a universidade, foi para o norte a fim de abrir seu próprio depósito de lixo. Nosso primo Joseph cuidava dos negócios em Los Angeles e também tinha uma fazenda em Fresno, na Califórnia Central.

— Ouvi você dizer que ele não está trabalhando em Richmond agora.

— Ele está em Fresno. Os filhos dele cuidam dos negócios em Los Angeles.

Quando acabou de falar, era evidente que Candice estava emocionalmente exausta. Samuel calculou que não conseguiria que posassem para fotografias.

— Sua família ainda tem laços fortes com a França?

— Sim, alguns de nossos parentes moram lá, e as filhas de Armand estudam na França. São frutos de seu primeiro casamento.

— E vocês os visitam com freqüência?

— Ao menos uma vez por ano.

— A propósito, as filhas dele não virão aos Estados Unidos por causa da morte do pai?

— Não. Ele já foi enterrado e todos concordaram que seria muito difícil para elas virem agora.

— Havia algum conflito entre os membros da família?

— Nenhum. — Candice olhou por sobre o ombro para a cunhada, que ainda estava na sala ao lado, sentada na beirada do sofá, como uma estudante obediente.

— Posso falar um pouco com a Sra. Hagopian? — perguntou Samuel ao perceber os olhares de Candice e a atitude passiva da viúva.

— Almandine foi profundamente afetada pelo que ocorreu. O médico deu-lhe pílulas para dormir e tranqüilizantes. Ela é muito jovem, como pode ver.

— Ela parece ser uns vinte anos mais jovem que o marido — disse Samuel.

— Vinte e quatro anos, exatamente. Mas é muito madura para a idade que tem. No momento, ela está sob o efeito de tranqüilizantes, Sr. Hamilton. Voltando à sua pergunta: creio que em todas as famílias há problemas, especialmente naquelas em que há filhas adolescentes, mas na nossa não há nada que mereça ser mencionado.

— As filhas vêm para cá nas férias de verão?

— Sim, geralmente ficam aqui um ou dois meses. Vivem muito ocupadas com seus estudos.

— Pode me dizer quantas pessoas trabalham no depósito de lixo?

— Três de nós trabalham no escritório, todos membros de nossa família. Um primo e uma sobrinha trabalham para mim e temos dez empregados na área do depósito de lixo. Tomo conta do pessoal do escritório e dos pagamentos. Armand era o chefe.

— Os empregados eram todos mexicanos?

— Também temos empregados armênios e alguns americanos.

— Como podemos entrar em contato com eles, incluindo seus primos?

— Lamento muito, Sr. Hamilton, mas o promotor público pediu que não déssemos autorização para nossos empregados falarem com ninguém. Terá de conseguir isso com ele — respondeu ela com firmeza.

— Entendo — disse Samuel enquanto escrevia e sublinhava a palavra "merda" em seu bloco de notas.

Candice voltou-se para a cunhada e trocou algumas palavras com ela em segredo.

— Importa-se se eu publicar uma fotografia de sua família no jornal?

— Lamento, mas não posso consentir — disse Candice, enquanto limpava a maquiagem borrada sob os olhos inchados. — E não queremos que as filhas de Joseph sejam expostas ao público.

Desapontado, Samuel pegou as fotografias do grupo suspeito e acrescentou:

— Outra coisa: você reconhece alguém nessas fotografias?

Candice e a viúva olharam atentamente para as fotografias durante um minuto mais ou menos, e então balançaram as cabeças em negativa.

Samuel voltou a se desapontar. A reação das duas mulheres fora tão estranha quanto a do padre Agaganian. Samuel queria saber por quê. Tentou incluir a viúva na conversa, mas Candice continuou interrompendo e ele não conseguiu falar com ela. A única coisa que descobriu foi que ela não estava casada com Hagopian havia muito tempo.

Depois de passarem alguns minutos comentando o triste episódio, Samuel e o fotógrafo deixaram o apartamento luxuoso.

— Aquele filho-da-puta do Deadeye Graves está estragando tudo! — exclamou Samuel no elevador. — Está tentando evitar que seu castelo de cartas venha abaixo.

— Candice também não ajudou muito — disse Marc.

— Ela nos fez uma palestra sobre os armênios que pode vir a ser útil. Mas você está certo: ela está tentando esconder algo. Ela e Deadeye estão tornando meu trabalho impossível.

Ao chegarem ao térreo, depararam-se com o fleumático Thaddeus Carlton, que os acompanhou em silêncio até a porta da frente e despediu-se deles com um ligeiro menear de cabeça, como se achasse que aquela dupla não merecia mais do que isso.

Marcel parou em uma cabine telefônica a caminho do centro para que Samuel pudesse ligar para o escritório de Janak. Ele explicou a Vanessa que não conseguira o nome dos empregados de Hagopian. Em vista disso, a secretária redigiu petições indagando o nome de todos os empregados do depósito de lixo nos últimos três anos e assinou-as em nome de Janak Marachak antes de expedi-las.

***

Na manhã seguinte, Samuel estava na redação do jornal revendo suas notas. Por volta das nove e meia, fez uma pausa para o café e começou a ler o teletipo da AP. Então, soltou um berro que ecoou por todo o andar quando viu a notícia que chegava de Fresno: Joseph Hagopian, um conhecido e respeitado fazendeiro da região, fora encontrado morto em seu pomar de ameixas no dia anterior. Fora esquartejado e emasculado, suas partes íntimas enfiadas na boca.

— Isso é incrível! — exclamou antes de ligar para Janak.

Vanessa atendeu.

— É muito importante que eu fale com ele — disse o repórter, ofegante.

— Não há muito que eu possa fazer. Ele está no presídio. Depois, vai falar com o legista.

Os músculos no rosto de Samuel ficaram tensos.

— Houve outro homicídio. Alguém matou outro Hagopian. E o teletipo diz que as digitais de Miguel Ramos foram encontradas na arma do crime, um facão. A notícia menciona o que aconteceu aqui em Point Molate, e diz que as mesmas pessoas estão sendo procuradas em Fresno pelo assassinato.

— Não pode ter sido Miguel ou José. Eles estão no México, e Juan e Narcio estão presos — disse Vanessa.

— Os tiras de Fresno não sabem ou não acreditam nisso — disse Samuel. — Preciso ir até lá para ver o que posso descobrir. Estou indo agora. Conte a Janak o que eu acabo de lhe dizer. Diga que ligo para ele de Fresno esta noite caso tenha algo novo. Senão, eu o vejo amanhã no Camelot.

Samuel desligou e perguntou-se se seria possível que Miguel ou José não tivessem deixado o país ou que tivessem atravessado a fronteira ilegalmente, cometido o crime e voltado ao México. Contudo, se tal possibilidade implausível fosse verdadeira, que motivos teriam para matar um primo de Hagopian que pouco tinha a ver com o depósito de lixo?

* * *

Samuel chegou ao aeroporto de Fresno às duas e pegou um táxi até a redação do jornal local. Pediu para falar com o repórter que estava cobrindo o caso do homicídio de Joseph Hagopian. Após uma breve espera, um jovem alto e magro com cabelos louros compridos emergiu de um dos cubículos da redação e caminhou em sua direção.

— Bucky Hughes — apresentou-se. Tinha um rosto longo, anguloso e sardento e um vão entre os dentes da frente.

Samuel imediatamente gostou dele e decidiu ir direto ao assunto.

— Tenho um problema e preciso de sua ajuda, Bucky. Estou investigando e escrevendo matérias sobre a morte de Armand Hagopian na área da baía de São Francisco. Joseph era primo dele e foi morto de modo muito semelhante a Armand no que diz respeito à emasculação. A exceção é que Armand foi enforcado, em vez de ter sido esquartejado.

— As coisas dele também foram cortadas? Meu Deus! — exclamou Bucky.

— Com certeza. O que vou lhe dizer é assunto confidencial entre dois repórteres de jornal, portanto não poderá ser repetido para os tiras ou publicado sem a minha autorização. Compreendeu?

Bucky meneou a cabeça. Como qualquer repórter, precisava de informações confidenciais e queria continuar ouvindo.

Samuel explicou que algumas das provas do caso de Richmond eram iguais às do caso de Fresno e que Miguel Ramos não estava no país quando os crimes foram cometidos.

— Espere um minuto. É o que eu estou pensando? — perguntou Bucky.

— É. Significa que alguém plantou as digitais ali.

— Como?

— Ainda não estamos certos, mas vamos descobrir.

— Não creio que alguém seria idiota o bastante para deixar a arma com suas digitais na cena do crime — disse Bucky.

Samuel falou sobre Deadeye.

— O promotor público de Fresno não é muito melhor que isso — disse Bucky.

— Pode me dizer algo sobre Joseph Hagopian? — perguntou Samuel.

— Pessoa franca e honesta. Era muito trabalhador e muito rico, um membro da comunidade. Sem podres que tenhamos conseguido descobrir até agora — disse Bucky.

— O primo era igual. Joseph foi morto onde o encontraram?

— É o que parece. Por que pergunta?

Samuel explicou que Armand provavelmente fora levado ao depósito de lixo depois de morto e autorizou Bucky a publicar essa informação sem revelar a fonte.

— Isso é ótimo — disse Bucky, encostando-se em uma parede. — Agora, como posso ajudá-lo?

— Pode me conseguir as fotografias da cena do crime e os relatórios da polícia e da perícia?

— Isso vai demorar um pouco — disse Bucky. — Terá de me dar algum tempo.

— Sem problemas. Conhece algum tira que tenha informações sobre o caso e que possa me atualizar sobre o que aconteceu até agora?

— Não é uma boa idéia. São policiais locais e você sabe como é esse pessoal, eles não gostam de gente de fora. Mas serei o seu homem em Fresno. Gosto da idéia de uma matéria mais ampla, em vez de algo local.

Capítulo 5

El Turco

Enquanto Samuel se preparava para desvendar a história de horror de Fresno, Janak estava em Martinez para falar com o legista. Não tinha dinheiro para manter um carro, de modo que pediu emprestado o de Vanessa. Antes do encontro, foi à cadeia do condado para fazer uma visita a Juan Ramos. O presídio ficava perto do tribunal, um prédio de pedra cinza de três andares que havia muito atingira sua lotação máxima e estava superlotado de internos oriundos da crescente população suburbana do condado.

Chegara cedo e, por isso, teve tempo para passar na cantina do porão, uma pequena sala com paredes amarelas e sem janelas. Havia cinco mesas espremidas no espaço estreito, uma geladeira barulhenta com porta de vidro e prateleiras repletas de bebidas. À direita, ficava a máquina de café com duas jarras sobre os aquecedores e a bandeja costumeira de doces e salgados servidos em papel-manteiga. O cheiro de café e confeitos preenchia o ambiente.

Havia um homem à porta, diante de uma caixa registradora. Tinha um rosto de desenho animado — nariz bulboso, rugas profundas, dentes amarelos e, em alguns lugares, pretos ou ausentes. Cada olho tinha uma cor diferente — um era verde e o outro, uma combinação pontilhada de branco e cinza. Pelo aspecto distorcido e ausente de seu rosto, era óbvio que não via muita coisa, embora se movesse com a certeza de alguém que conhecia o território. Sua atitude com os clientes era alegre e conciliadora.

Janak aproximou-se dele, entregou-lhe 1 dólar e disse que queria um café e o jornal matutino. O homem levou a nota até muito perto do olho esverdeado, então a guardou em um dos compartimentos da caixa registradora aberta, e devolveu 75 centavos a Janak.

— Tenha um bom dia, advogado.

— Como sabe que sou advogado? — perguntou Janak, surpreso.

— Sua atitude. Você age como se estivesse pronto para a briga — disse o cego, sorrindo.

Janak saudou-o com a mão livre e disse:

— Em breve passarei muito tempo aqui embaixo com você.

— Seja bem-vindo — disse o cego. — Qual o seu nome?

— Janak Marachak. E o seu?

— Donald. Foi um prazer conhecê-lo.

O advogado se sentou a uma das mesas para beber o café enquanto lia o jornal matutino até a hora de voltar à penitenciária.

* * *

Janak atravessou a porta alta com barras de ferro e entregou seu cartão ao xerife assistente que estava de plantão na recepção.

— Estou aqui para ver Juan Ramos. Sou advogado dele.

O assistente levou-o até os fundos do primeiro andar do prédio, onde uma pequena cela fora convertida em sala de visitas advogado-cliente. Juan Ramos estava sentado atrás da única mesa, de frente para as grades. O assistente abriu a porta da cela, mandou Janak entrar e trancou-a em seguida.

— Visitas de advogado duram meia hora. Se precisar de mais tempo, basta gritar que estendo o prazo. Mas lembrem-se: há apenas uma sala para os advogados e um bando deles esperando para entrar — disse o assistente pelas grades.

— Tudo bem, obrigado. Serei o mais breve possível.

Juan Ramos olhou para Janak com uma expressão de pânico nos olhos castanhos. Tinha o rosto de um mestiço, cabelos pretos ligeiramente ondulados, barba por fazer.

— Não posso crer que estejam me acusando de algo tão terrível, *licenciado*. Nunca fiz mal a outra pessoa em meus 37 anos de vida. Minha família está sofrendo muito!

— Sei que é difícil para você, Juan, mas é preciso ser forte para superar tudo isso. Preciso obter de você o máximo de informações sobre o que aconteceu no depósito de lixo.

— Farei o melhor que puder, *licenciado*. O que quer saber?

— Há gente que quer culpar você, seus dois sobrinhos e Narcio por esse crime. Para mim, eles tinham alguém lá dentro para plantar as provas contra vocês. Precisamos descobrir quem foi e então pegar aqueles que estão por trás dessa pessoa. Estou certo de que a pessoa que matou o Sr. Hagopian não trabalha no depósito de lixo. Portanto, vamos começar. Fale-me sobre seus colegas de trabalho.

— Éramos cinco mexicanos. Você conhece a todos, exceto Mauricio, talvez.

— Aquele que se tornou capataz quando você foi embora?

— Foi o que me disseram, *licenciado*. Também contrataram novos sujeitos que eu não conheço.

— Além dos mexicanos, quem mais trabalha lá?

— Havia dois *gringos*, Bob e Johnny. E havia um sujeito que chamávamos de *El Turco*.

— El Turco? Deve estar brincando. Um turco trabalhando em uma empresa armênia? — perguntou Janak, incrédulo.

— Eu não entendo dessas coisas, *licenciado*. Tudo o que sei é que o chamávamos de El Turco.

— Esse sujeito falava espanhol?

— Como os *gringos* falam, você sabe, uma palavra aqui, outra ali.

— Ele era mais amistoso com vocês do que os *gringos*?

— *Sí, señor*. Estava sempre conosco, perguntando como se dizia isso ou aquilo. Também comíamos juntos. Era verdadeiramente interessado em nossa comida e em nossas tradições. Como eu disse, fazia várias perguntas. Na maioria das vezes, apontava para alguma coisa e tentava dizer a palavra em espanhol que algum de nós lhe havia ensinado.

— Como era o sujeito?

— Era mais alto do que qualquer um de nós e pesava cerca de 65kg. Cabelos pretos e olhos escuros. Sobrancelhas grossas. Falava uma língua que nunca ouvi antes, mas sabia pouco inglês.

— Qual o nome dele?

— Já disse. El Turco.

— Ele tinha de ter um nome de verdade.

— Não sei, *licenciado*. Só o conhecíamos como El Turco.

— E quanto aos gringos?

— Não nos relacionávamos com eles. Ficavam isolados. Dirigiam os tratores, movendo pilhas de rejeitos químicos.

Janak tirou diversas fotografias da pasta. Ele separou as de Hagopian com a corda ao redor do pescoço.

— Outra coisa é esse nó esquisito ao redor do pescoço de Hagopian.

— *Madre de Dios!* — exclamou Juan fazendo o sinal-da-cruz e empalidecendo ao ver o rosto retorcido do cadáver com o pedaço de corda ao redor do pescoço. — *Pobre señor*. Quem faria uma coisa dessas? — Ele precisou de alguns segundos para se acalmar. — Perdão, *licenciado*, o que me perguntou?

— Reconhece este nó?

— *Sí, señor*. É um nó que usamos no México para trazer o gado do pasto. É forte e o gado não tem como fugir.

— Você não fez este nó, certo? — perguntou Janak.

— *No, señor*. Mas Miguel, José e eu ensinamos El Turco a fazê-lo. — Juan curvou a cabeça, impressionado com a fotografia.

— Alguma vez um de vocês fez um desses nós e entregou-o a El Turco?

— Não me lembro, *licenciado*. Mas nós mostramos para ele diversas vezes.

— Por quê?

— Porque ele pediu que nós o ensinássemos a recolher o gado.

— Sem mais nem menos, ele pediu isso a vocês?

— *No, señor*. Estávamos falando sobre o tipo de trabalho que fazíamos em San Juan de los Lagos e dissemos para ele que laçávamos as vacas, você sabe. Então ele pediu para mostrarmos como fazíamos. — Juan mexeu ambas as mãos, fingindo fazer o nó mexicano.

Janak observou com interesse. Então, mostrou as outras fotografias.

— Vê as garrafas de Coca-Cola? Há produtos químicos dentro delas. Você, Miguel ou José puseram alguma coisa nessas garrafas?

— *No, señor*, eu certamente não fiz isso. Não sei dos outros, mas por que fariam algo assim? Portanto, imagino que não puseram.

— Sabe que as digitais de Miguel e José estão nessas garrafas?

— Todos nós bebíamos Coca-Cola no trabalho. Ao terminar, guardávamos as garrafas nas caixas do lado de fora do escritório.

— Refere-se às caixas desta fotografia?

— *Sí*.

— Aposto que El Turco também bebia Coca-Cola com vocês, certo?

— *Sí, señor*. Todos os dias.

— Você sabe quais produtos químicos causaram as deformações nos filhos de seus sobrinhos?

— *No tengo idea, licenciado*.

— Eu achava que não sabia mesmo — disse Janak. — Diga a Narcio que virei vê-lo em alguns dias. Conte-lhe o que conversamos aqui hoje. Mas tome cuidado para não falar quando houver alguém por perto. Há um bocado de informantes na cadeia e o assistente da promotoria, Deadeye Graves, é um sujeito malvado. Ele fará com que se aproximem de vocês para induzi-los a dizer algo que os prejudique. Compreendeu? Vocês não têm amigos, portanto não falem com ninguém a esse respeito.

— Compreendo, *licenciado*. Ficaremos de boca fechada.

— Muito bem, Juan, vejo você na semana que vem. — Voltou a guardar as fotografias na pasta e assobiou para o assistente deixá-lo sair da cela de visitas.

Juan voltou-se para ele pouco antes de a porta da cela se abrir.

— Sabe, *licenciado*, tenho medo que minha mulher arranje outro homem.

* * *

Quando Janak deixou a prisão, foi até ao escritório do legista e explicou à mulher na recepção que tinha um encontro marcado com o chefe. Ela consultou a agenda e pegou o telefone, anunciando que o Sr. Marachak havia chegado. Um homem alto saiu de trás de uma porta com uma janela de vidro opaco. Tinha cabelos grisalhos, olhos castanhos, sobrancelhas pretas e bastas. Sua pele, ligeiramente amarelada, era marcada pela acne.

— Olá, senhor, sou Janak Marachak.

— Sei quem você é. É bom ser rápido. Estou muito ocupado. Tudo o que precisa saber sobre a morte do Sr. Hagopian está no relatório que fizemos.

— Tenho certeza disso — falou Janak. — Mas há algumas discrepâncias que precisamos esclarecer.

O legista deu-lhe as costas e começou a mexer nos papéis que estavam sobre a escrivaninha da secretária.

— Francamente, não me sinto à vontade para discutir qualquer discrepância com você, Sr. Marachak — disse ele sem se voltar.

— Isso quer dizer que Deadeye disse para você não falar comigo?

— Perdão, está se referindo ao assistente da promotoria Earl Graves? — perguntou o legista.

— Sim, é dele mesmo que estou falando. Você é uma autoridade pública e eu sou um cidadão, assim como o resto das pessoas que vivem neste estado. Quero discutir alguns pontos com você que podem salvar a vida de dois homens. Você é contrário à idéia de falar comigo a esse respeito?

— Não sou contrário a coisa alguma. Aqui está o relatório preparado por meu departamento. A lei lhe dá esse direito. Afora isso, nada tenho a dizer — e olhou para Janak com uma expressão condescendente ao entregar-lhe a pilha de papel.

Janak compreendeu que o encontro terminara.

— Então, como consultá-lo sobre as provas periciais deste caso?

— Obtenha a permissão do assistente da promotoria encarregado. Se ele disser que posso falar com você, falarei.

— Mas você não trabalha apenas para o promotor público, trabalha para todos nós — disse Janak, estreitando os olhos.

— Nada mais tenho a lhe dizer, advogado — disse o sujeito, o rosto coberto de acne agora vermelho. Ele deu-lhe as costas e voltou a entrar pela porta de onde saíra.

Claramente contrariado com o desprezo do legista, Janak estreitou os lábios e olhou para a secretária, o rosto vermelho.

— Ele é sempre simpático desse jeito?

Ela olhou para a mesma pilha de papéis que o legista estivera manuseando e não respondeu. O advogado pegou a pasta e saiu, batendo a porta atrás de si. Enquanto descia as escadas, teve tempo de pensar. Não estava particularmente perturbado. Ele sabia que o legista era um mercenário político. Por isso Janak já providenciara a contratação do próprio patologista.

* * *

Antes de voltar ao escritório, Janak aproveitou o fato de estar com o carro de Vanessa e parou na delegacia de polícia de Richmond. Foi até o pequeno prédio amarelo de alvenaria com a enorme antena de rádio no topo e perguntou ao policial atrás do balcão se podia falar com o tenente Bernardi. Após alguns minutos, o detetive corpulento, vestindo o mesmo terno marrom de sempre, veio até a sala de espera.

— Olá, Sr. Marachak, sou o detetive Bernardi. Fico feliz em finalmente conhecê-lo. Ouvi falar um bocado a seu respeito — disse ele sorrindo largamente e estendendo-lhe a mão direita.

— O prazer é meu, detetive. Também ouvi falar um bocado a seu respeito.

— Siga-me — disse Bernardi, apontando para uma porta. — Podemos conversar em meu escritório.

Levou Janak a um pequeno escritório repleto de arquivos. No meio do cômodo, havia uma escrivaninha manchada atrás da qual Bernardi se sentou. A luz difusa do sol atravessava as amplas janelas com molduras de alumínio e iluminava a escrivaninha, alegrando o ambiente. Nas paredes, havia fotografias do detetive vestido como jogador de futebol e lutador de luta livre. Janak sentou-se em uma das duas cadeiras no outro lado da escrivaninha e pousou a pasta no chão.

Em uma mesinha lateral, havia a fotografia de uma grande família em um piquenique, com um homem muito velho sentado no meio do grupo.

— Este é meu avô no dia de seu centésimo aniversário — disse ele, nostálgico. — O que tem em mente, advogado?

O rosto enrugado de Janak estava mais tenso do que o habitual.

— Você sabe o que tenho em mente. Estou cuidando da defesa em um caso de assassinato em primeiro grau e a lei me dá permissão para ter acesso às provas. Algumas dessas provas estão em suas mãos — disse ele, apontando um dedo para o detetive.

— Acalme-se, Sr. Marachak — disse Bernardi, que pegou alguns papéis sobre a escrivaninha e balançou-os no ar. — Vou lhe dar uma cópia deste relatório que acabei de receber do laboratório de perícia.

— O que diz aí?

— Não faço idéia. Recebi-o esta manhã e pretendia lê-lo junto com o relatório do legista. Já leu o relatório dele?

— É, acabo de vir de seu escritório. Devo admitir que, seja lá quem esteja cuidando disso, fechou o fluxo de informações. Mas isso não vai continuar porque, se for necessário, irei ao tribunal. E, se isso não funcionar, inventarei algo mais — disse Janak, o rosto vermelho.

— Você sabe que não posso fazer comentários a esse respeito. Mas posso falar extra-oficialmente.

— Certo. Extra-oficialmente está bem — anuiu Janak.

— Não sou favorável a esta política.

— Bom. Diga-me o que sabe.

— Não posso fazê-lo sem perder meu emprego. Mas posso lhe dar aquilo a que tem direito e talvez um pouco mais antes que vá embora.

— Não estou certo se entendi o que quer dizer com um pouco mais, mas tudo bem. Primeiro, quero uma lista de todos os empregados que trabalharam para Hagopian no último ano antes de sua morte.

— Veio ao lugar certo, advogado. Tem caneta e papel à mão?

Janak tirou um bloco amarelo da pasta e uma caneta do bolso da camisa.

— Pode dizer.

Bernardi leu diversos nomes e endereços, até mesmo números de telefone, e Janak anotou-os apressadamente.

Janak sabia o que estava procurando.

— Esse sujeito, Nashwan Asad Aram. Ainda trabalha lá?

— Não, não conseguimos encontrá-lo até o momento.

— Quer dizer que ele desapareceu?

— Digamos apenas que não o estamos encontrando. Mas encontraremos.

— Este nome não é armênio, certo? — perguntou Janak.

— Acho que não. Ouvi dizer que é curdo.

— Isso explica um pouco do mistério — disse Janak.
— Perdão?
— Nada. Estava apenas falando sozinho. Posso ver o relatório da perícia?
— Claro. Aqui está — e Bernardi entregou a Janak uma cópia. O advogado folheou as trinta páginas do documento.
— Há aqui algo em particular que mereça a minha atenção, detetive?
— Sei algo a seu respeito, Sr. Marachak. Você está diversos passos à nossa frente, estou certo disso.

Janak sorriu.

— Tenho uma pergunta para você, advogado. Onde está Miguel Ramos?
— Não posso discutir o paradeiro de meu cliente com você.
— Achei que diria isso.
— Obrigado — disse Janak ao guardar o relatório na pasta surrada e se levantar. — Voltaremos a nos encontrar, tenente.

Apertou a mão de Bernardi e fez menção de sair do escritório do detetive, mas Bernardi disse:

— Há algo mais que você precisa saber. Houve outro assassinato. Dessa vez foi Joseph Hagopian, o primo de Armand. Foi encontrado brutalmente assassinado em sua fazenda em Fresno.
— O que isso tem a ver com meus clientes? — perguntou Janak, tentando absorver o choque da notícia.
— As impressões digitais de Miguel Ramos foram encontradas na arma do crime, um facão.

Janak empalideceu. As palmas de suas mãos ficaram suadas e a pasta começou a escorregar de seus dedos.

— Isso é impossível!
— Por que diz que é impossível, advogado?

— Acredite, é impossível. Devem ter sido plantadas pela mesma pessoa que matou Armand Hagopian.

— Estou disposto a examinar esse argumento — disse Bernardi. — Mas só se você me der algo em que eu possa me basear.

— Posso fazer isso — disse Janak. — No momento, porém, preciso saber mais sobre o que acabou de me revelar.

— Disse que lhe daria algo mais além daquilo a que você tinha direito. O resto é por sua conta.

Janak saiu do pequeno escritório balançando a cabeça e foi até o carro de Vanessa. Pousou a pasta marrom no banco a seu lado e pisou no acelerador em busca de um telefone público. Ligou para o escritório e Vanessa contou-lhe o que Samuel lhe falara sobre o crime em Fresno.

— Acabo de ouvir o mesmo de Bernardi. Uma vez que Samuel está cuidando disso, só me resta inspirar profundamente e esperar que ele volte — disse Janak.

— Tome uma aspirina, chefe — disse Vanessa.

Ele desligou o telefone e voltou ao carro. Ficou ali sentado no banco do motorista com a cabeça entre as mãos, e fechou os olhos alguns instantes até os pensamentos assentarem.

Pegou o relatório da perícia e começou a folheá-lo, parando ao chegar às fotografias da pegada parcial na borda da área alisada pelo ancinho junto ao portão do depósito de lixo e da impressão em gesso. Calculou que o sapato era tamanho 43.

* * *

Janak foi ao Camelot na noite seguinte com o objetivo de encontrar Samuel, de quem não ouvia falar havia alguns dias, para falar das provas que se acumulavam contra seus clientes. Um vento frio soprava pelas ruas de São Francisco, mas, dentro do bar, prevalecia a atmosfera quente e relaxada de uma sexta-feira. Os clientes celebravam o fim da semana de trabalho com mais bebida do que o recomendável. A maioria era de homens em mangas de camisa com as gravatas afrouxadas e os paletós pendurados no ombro. Alguns deixariam o Camelot tarde da noite, trocariam os trajes formais por outros de couro e iriam a lugares secretos e marginais ao sul da Market, onde se reunia a incipiente comunidade gay. Também havia mulheres solteiras, mas podiam ser contadas nos dedos. Vestiam saias e casacos, blusas de algodão e saltos altos, o uniforme executivo obrigatório. Havia diversas matérias publicadas a respeito do problema do alcoolismo entre mulheres solteiras em São Francisco. Vez por outra, Melba ou Blanche tinham de embarcar uma delas em um táxi e mandar de volta para casa em completo estado de embriaguez.

Ao entrar pela porta da frente e olhar para além da multidão que cercava a mesa redonda, Janak viu Samuel no bar em forma de ferradura conversando com Blanche e não conseguiu evitar a expressão de descrédito. Ele não compreendia por que Samuel agia daquela maneira. Era óbvio que era louco por ela. Qualquer outro sujeito no lugar dele já teria tomado uma iniciativa, mas a única reação de Samuel era ficar ao lado dela com cara de cachorro tristonho. Oh, bem, aquilo não era problema seu. Afinal, quem era ele para dar conselhos, uma vez que também não tinha muita sorte com as mulheres?

Abriu caminho em meio aos clientes até se aproximar de Samuel e deu-lhe um tapinha no ombro. Samuel não se assustou porque Blanche indicara-lhe com os olhos que Janak estava se aproximando.

— Tenho más notícias — disse Samuel.

— Oi, Blanche — disse Janak, inclinando-se por cima do bar para beijá-la no rosto. Então, voltou-se para Samuel. — Também tenho más notícias e creio serem as mesmas. Joseph Hagopian?

— Exato.

— Você está parecendo o Drácula, Janak. Quer um drinque por conta da casa? — interrompeu Blanche, entregando-lhe um uísque.

— Obrigado, você é um anjo.

— O tempo voa. Este caso é trabalhoso. Precisamos conversar, Samuel.

— Você nunca me ofereceu uma bebida, Blanche — disse Samuel, em tom de brincadeira.

— Que péssima memória a sua! A mamãe só cobra metade de tudo o que você consome. Com mais clientes como você, o Camelot iria à falência.

— Melba, sim. Já você me trata como um estranho.

Blanche encheu um copo d'água, pousou-o diante de Samuel e piscou.

— Creio que desejem falar em particular. Podem usar meu escritório.

Os dois homens foram até os fundos do bar, passaram pela mesa de aperitivos e pararam diante de duas portas de mogno lustroso. Uma levava à cabine telefônica, a outra ao escritório. Samuel abriu a segunda porta e ambos entraram.

No escuro, Samuel tateou até encontrar a escrivaninha na parede dos fundos e acender uma pequena luminária com fitas cor-de-rosa ao redor da cúpula que Melba comprara em uma loja de objetos de segunda mão. Como Blanche mesmo dissera, sua mãe não podia ser acusada de ter bom gosto. A luz revelou a bagunça da sala estreita, uma poltrona giratória e uma cadeira de cozinha comum junto à escrivaninha. Janak olhou para a parede dos fundos, repleta de pregos e revestida de papel alcatroado entre as vigas. A diferença entre aquela pequena sala e a elegância do bar era notável. Samuel sentou-se na poltrona giratória, limpou um canto da escrivaninha para poderem escrever, e indicou que

Janak devia ocupar a outra cadeira. Suado, o advogado pousou a pasta no chão e abriu o zíper da capa de chuva marrom.

— Você primeiro. Diga-me o que descobriu ontem em Fresno.

Samuel falou de seu encontro com Bucky Hughes.

— Precisamos saber se havia um facão no depósito de lixo de Molate. Caso contrário, precisamos saber se há um meio de as digitais serem transferidas de um item para outro, usando fita adesiva ou algo assim — disse Janak.

— Sei o que quer dizer — disse Samuel. — Está tudo no ar no momento, até termos os relatórios de Bucky. Diga-me o que descobriu.

Janak falou o que descobrira por intermédio de Juan Ramos e de Bernardi, e Samuel anotou tudo em seu bloco de notas. Então, Samuel contou sua conversa com o padre armênio e com as Hagopian.

— Temos de descobrir quem são as pessoas nestas fotografias. Você deve cuidar disso — disse Janak. — Até agora, minha descoberta mais importante é sobre esse tal de Nashwan, um curdo, apelidado de El Turco. Passou um bocado de tempo com meus clientes e aprendeu a fazer o mesmo nó que foi encontrado ao redor do pescoço de Hagopian. Não consegui nada com o legista porque ele não quer falar comigo. Outra coisa que julgo importante é um vestígio de pegada tamanho 43 no depósito de lixo.

— E quanto ao inseto?

— No momento, ainda não temos a informação. O entomologista está trabalhando no assunto. O que acha de tudo isso, Samuel?

— O mais preocupante são as digitais na arma do crime de Fresno. Precisamos saber se Miguel manipulou um facão em Richmond. Se o fez, então obviamente estamos lidando com uma armação. Mudando de assunto, a mulher de Hagopian é muito jovem.

— Muitos homens ricos têm mulheres jovens, Samuel
— Com filhos adolescentes?
— Acrescente isso à nossa lista de coisas a estudar — disse Janak.
— Fiquei surpreso como você conseguiu o nome do turco tão rapidamente — disse Samuel. — Sua assistente, Vanessa, ia tentar obter os nomes e endereços de todos os funcionários, mas me disse que demoraria um pouco.
— O nome é só o começo. Precisamos encontrar o sujeito — disse Janak.
— A irmã de Hagopian me falou sobre armênios e turcos. Acho estranho o fato de ele ser curdo, mas ser chamado de El Turco, você não acha? — perguntou Samuel.
—Também achei estranho, por isso perguntei a Vanessa. Ela é da Nicarágua e me disse que os imigrantes do Oriente Médio são chamados de turcos na América Latina porque todos chegam com passaportes turcos. Portanto, não faz qualquer diferença de qual país vieram originalmente. Os curdos, assim como os armênios, são chamados de turcos.
— Deve ser um insulto para eles.
— É cultural. Ninguém se ofende com essas coisas na América Latina. De qualquer modo, temos de descobrir o paradeiro do tal Turco.
— Depois de minha conversa com Candice Hagopian, fui até a biblioteca Bancroft na UCLA para saber mais sobre a história do genocídio armênio. Não é tão absurdo encontrar um curdo no meio deles. Os turcos também tratavam muito mal os curdos, e ainda tratam. Quero dizer, se esse cara de fato era turco e os Hagopian foram idiotas o bastante para contratá-lo, posso imaginá-lo explodindo o depósito de lixo ou algo assim.
— Vamos mudar de assunto e falar sobre a conexão francesa. Isso parece importante — disse Samuel.

— Como assim? — perguntou Janak.

— Como você disse antes, um de nós deve ir à França para ver se descobrimos algo sobre os Hagopian. Precisamos saber se há algum esqueleto no armário da família que possa ter levado a tudo isso.

— Adoraria ir a Paris. Tenho assuntos não resolvidos por lá — disse Janak, melancólico. — Infelizmente, não posso. Há muita coisa acontecendo por aqui. Você poderia ir, Samuel? — acrescentou ele, quase implorando.

— É possível — disse Samuel, sorrindo e, obviamente, adorando a idéia. — Mas terei de ir por conta própria. O jornal jamais pagaria uma viagem assim. O chefe me chutaria para fora de seu escritório se eu pedisse algo parecido. É claro que, caso eu descubra algo importante, algum dia serei reembolsado.

Ambos riram.

— Fale mais sobre sua visita ao legista. Não está preocupado com ele?

— Claro que estou. Mas provas são provas. Se ele quiser ignorar fatos físicos para agradar Deadeye, vai se enrolar. Já contratei um patologista e um criminologista que são melhores do que ele. Pelo modo como fala, provavelmente nem é médico — disse Janak. Ele esticou as pernas exibindo as meias cinza e cruzou os braços.

Samuel começou a ler o relatório de provas periciais. Concentrou-se em uma página em particular.

— Não é suspeito o fato de os produtos químicos nas garrafas de Coca-Cola serem os mesmos que vocês alegam ter causado as deformações congênitas nos filhos de seus clientes?

— Exato. E devia ser óbvio para qualquer idiota que trabalhadores mexicanos comuns não teriam a menor idéia de quais produtos químicos seriam esses e nem que efeitos provocariam nas pessoas. Se soubessem, não trabalhariam naquele lugar, certo?

— Esse tipo de informação deve ter vindo de uma pessoa muito mais sofisticada.

— Como quem, por exemplo? — perguntou Samuel.

— Como o próprio Hagopian, ou alguém com acesso aos documentos legais do caso que conheça alguma coisa de química.

— Em outras palavras, alguém pode ter ido ao tribunal e lido os arquivos. É isso que quer dizer?

— Isso — disse Janak. — Ou o arquivo do promotor público na ação ordinária.

— Não se faz um registro de quem teve acesso a arquivos jurídicos?

— Vamos descobrir isso já — disse Janak.

— Você poderia me dar cópias de todos esses documentos para que eu possa estudá-los? — perguntou Samuel.

— Apareça no meu escritório na segunda-feira pela manhã que as cópias estarão prontas, esperando por você. Há muito a fazer, Samuel. Teremos de dividir as tarefas. Façamos um plano de quem faz o que e de quão freqüentemente deveremos nos reunir para compararmos nossas anotações — disse Janak.

— Detesto mencionar isso outra vez — disse Samuel —, porque sei que serei eu quem terá de fazê-lo. Refiro-me à França... — disse Samuel com ironia. Ambos riram.

* * *

Janak voltou ao escritório para trabalhar até tarde naquela noite enquanto Samuel foi ao bar em forma de ferradura para falar com Blanche. A jovem já estava trabalhando havia muitas horas, servindo clientes no bar quente e barulhento, mas continuava fresca dentro de seu suéter branco, o rabo-de-cavalo amarrado com uma tira elástica. Tinha vestígios de batom vermelho nos lábios e seus olhos azuis ainda brilhavam. Samuel já bebera sua cota de álcool do dia e pediu água mineral, algo que não queria de fato, mas que era sua desculpa para ficar um pouco mais no Camelot.

— Vocês ficaram no escritório mais de uma hora. Sobre o que conversaram? — perguntou Blanche.

— Falamos sobre diversos assuntos ligados ao caso em que Janak está trabalhando. O mais interessante é que parece haver algum tipo de ligação entre Hagopian e a França. Janak e eu achamos que é preciso verificar isso, e a coisa vai acabar estourando na minha mão — disse Samuel, com um suspiro teatral.

— Oh! Pobrezinho! Uma viagem à França! Que horror! Hagopian é aquele sujeito que foi morto no depósito de lixo?

— Ele mesmo.

— Janak lhe falou sobre Lucine? — perguntou Blanche.

— Lucine? Ele mencionou uma garota armênia que conheceu em Paris. Vejo que Janak lhe fala de sua vida particular. Parece que se dão muito bem — disse Samuel. Assim que terminou de falar, viu que soara sarcástico e quase ridículo, mas Blanche pareceu não notar.

— Neste trabalho ouvimos muitas confidências, Samuel, e a regra de minha mãe é que não devemos repetir o que ouvimos aqui. Quando os homens bebem, sentem-se solitários e começam a falar. Janak é muito fechado, mas, às vezes, precisa de um ombro para chorar, assim como qualquer um.

— Diga-me o que sabe, Blanche. Isso tem a ver com um amigo em comum, não estamos fazendo fofoca.

— Só com uma condição.

— Qual?

— Que se você for à França vai procurar Lucine.

— Como espera que eu a encontre? Paris não é uma vila.

— Eu tenho o endereço.

— O endereço dela? Por quê? — perguntou Samuel, com um olhar de surpresa no rosto.

— Porque, na noite em que Janak me falou de Lucine, ele estava com uma carta para ela. O dia seguinte era um sábado, seu escritório estaria fechado, e eu disse que a enviaria. Foi mais prático para ele deixá-la comigo.

— Você leu a carta?

— Como pode pensar algo assim, Samuel? Claro que não. Mas anotei o endereço porque fiquei comovida com o que ele me disse sobre ela.

— O que ele disse?

— Disse que se conheceram na rua, se apaixonaram, e passaram dias intensos juntos. Mas, quando Janak viu que a relação estava ficando séria, ele fugiu.

— Ele a abandonou?

— Exato — disse Blanche. — Ele me disse que voltou à Califórnia sem dar qualquer explicação. É claro que alguns dias depois ele se arrependeu e ligou, mas não conseguiu falar com ela. Então começou a escrever, mas Lucine nunca respondeu. Isso faz dois anos, acho. Lucine deve ter ficado furiosa.

— Orgulho ferido?

— Algo assim, ou ela pode tê-lo esquecido completamente. Mas, se há um fio de esperança, creio que poderemos ajudar Janak.

Samuel enrubesceu e começou a suar, aliviado, porque era evidente que Blanche não estava romanticamente ligada a Janak ou não estaria agindo como madrinha de um caso de amor frustrado. Mesmo que fosse para manter Janak a uma distância prudente de Blanche, ele procuraria a tal Lucine pelas ruas de Paris.

— Dê cá o endereço que eu procuro por ela. E, se ela for armênia, talvez possa nos ajudar com os Hagopian.

— Não diga nada a Janak. Ele me mataria se soubesse que eu me meti nesse assunto. Promete?

— Prometo.

Capítulo 6

A cidade luz

Samuel não fora um bom estudante de idiomas na escola, mas tinha um bom ouvido e se virava no francês com mais ousadia do que destreza. Contudo, usar o francês que tinha para obter informações críticas sobre o caso Janak em um lugar como Paris era algo que superava sua capacidade. Para ele, a viagem de São Francisco pareceu interminável. Ao chegar a Paris, estava exausto e foi direto ao hotel, onde caiu na cama e dormiu 12 horas seguidas.

No dia seguinte, sua primeira parada foi na La Roche et Fils, uma alfaiataria na rue St. Laurent, uma das lojas exclusivas da cidade. Mesmo ali, assim como em vizinhanças menos afluentes, o cheiro matinal de café e de croissants recém-saídos do forno prevalecia. Achou que vinha dos hotéis que pontilhavam a rua. A água corria pelas sarjetas e os garis com suas jaquetas azuis varriam as calçadas com Gauloises pendurados no canto dos lábios.

A alfaiataria ficava perto da loja da Gucci, um nome com o qual ele ainda não se familiarizara. Não conseguiu evitar admirar os sapatos nas vitrinas, embora soubesse que jamais teria dinheiro para comprar um deles. A Gucci assim como a La Roche et Fils não eram para gente como ele, mas o repórter entrou corajosamente na alfaiataria e pediu em inglês para falar com o gerente.

O gerente se apresentou imediatamente. Vestia-se impecavelmente, trajando um terno cinza listrado, gravata conservadora de seda azul e um lenço de seda da mesma cor no bolso da lapela.

— Em que posso servi-lo, monsieur? — perguntou em inglês, para o alívio de Samuel. Mas o repórter sentiu que o homem olhava para seu casaco esporte cáqui, que, no mínimo, precisava ser passado, embora não tivesse queimaduras de cigarros como antigamente.

— Meu nome é Samuel Hamilton. Sou de São Francisco e trabalho para o jornal mais importante da cidade — disse ele, entregando seu cartão ao gerente e mostrando a fotografia da etiqueta no interior do paletó de Armand Hagopian. — Preciso de informações sobre o dono deste terno. O número está bem aqui — disse ele, apontando para o 7934 costurado acima do nome do alfaiate. — Talvez o ajude a identificá-lo.

O gerente pegou uma pequena lupa do bolso do casaco e examinou a etiqueta.

— Perdão — disse ele. — Vou procurar em nossos registros — e saiu da sala.

Samuel examinou os mostruários de tecidos sobre as várias mesinhas e as fileiras duplas de ternos masculinos, guardados em sacos de roupa caríssimos. Em outra parede, havia roupas femininas penduradas dentro de sacos transparentes, para que pudessem ser vistas pelas clientes da loja. Havia um grande sofá verde-escuro e uma mesinha de café de madeira diante da ampla vitrina. Ali, os clientes tanto podiam folhear revistas de moda ou mostruários de tecidos quanto serem admirados pelos turistas que vagavam pelas lojas daquela rua comercial.

Vinte minutos depois, o gerente voltou com uma expressão preocupada no rosto.

— Infelizmente não podemos dar qualquer informação sobre esta roupa ou sobre a pessoa que a comprou.

— Eu sei a quem pertencia. O nome dele era Armand Hagopian — disse Samuel, desapontado.

— Se sabe a quem pertencia, por que está me perguntando? — disse o gerente, surpreso.

— Não me fiz entender — disse Samuel, decidindo que a abordagem direta era a melhor dentro daquelas circunstâncias. — Este homem foi assassinado há pouco tempo, na área da baía de São Francisco, Califórnia.

— Armand Hagopian, assassinado?

— Sim, e estou tentando descobrir se alguém na França tem algo a ver com a morte dele.

— Devo dizer que, se isso for verdade, é um tremendo choque para mim — exclamou o homem, pálido. Samuel percebeu um leve tremor no lápis que o gerente segurava com a mão direita.

— Se o Sr. Hagopian foi assassinado, como acaba de me dizer, você devia estar lidando com a polícia francesa, não comigo. Não podemos dar informações sobre nossos clientes.

Dando as costas a Samuel, o gerente guardou o lápis atrás do lenço de seda no bolso da lapela e começou a manipular etiquetas na mesa de trabalho enquanto o repórter tentava voltar a confrontá-lo. Mas o homem estava irredutível. A conversa terminara. Samuel agradeceu, mas não obteve resposta, de modo que disse afinal:

— *Au revoir, monsieur* — e deixou o lugar.

Não se sentiu desencorajado. Em seu trabalho, as portas freqüentemente se fechavam na sua cara. Agarrou ambas as mangas do casaco esporte e puxou-as para baixo, na tentativa de desamassar o tecido. Pela primeira vez, sentiu frio.

Tentava descobrir o que fazer em seguida, perguntando-se o quanto a diferença de fuso horário entre São Francisco e Paris o deteria. Sentia como se sua cabeça estivesse recheada de algodão. Desceu a rua em direção ao parque perto dos Champs Elysées e sentou-se em um banco vazio.

Quando as coisas clarearam um pouco, decidiu voltar à margem esquerda e almoçar em um ambiente mais hospitaleiro para seu bolso. Uma vez que viera de metrô, não sabia como voltar ao hotel, mas do lugar onde estava sentado viu algumas pontes atravessando o rio e achou não estar perdido. Aproximou-se de um policial e pediu-lhe informações no melhor francês que podia, e o policial o aconselhou a atravessar o Sena na Pont Neuf.

O céu de inverno estava nublado e ele tinha medo de que chovesse ou nevasse a qualquer momento. Ele não tinha um sobretudo, apenas o casaco e um cachecol. Samuel atravessou o Jardin des Tuileries com seus plátanos desfolhados. Esfregava as mãos para mantê-las aquecidas.

No outro lado da ponte, entrou no primeiro restaurante que encontrou, o Le Marinier. O interior era escuro e a única decoração eram modelos de veleiros pendurados no teto. Conseguiu um lugar junto à janela. Em outras estações do ano, deveriam pôr mesas na calçada. Viu um longo muro de pedra do outro lado da rua e, mais além, o Sena fluindo rapidamente, livre de barcos por causa do frio.

Como o nome indicava, era um restaurante de frutos do mar, mas ele queria algo mais substancial e pediu ao garçom brasileiro para lhe trazer um filé com fritas e meia garrafa de vinho tinto. O pedido foi feito mais com gestos do que com palavras, uma vez que cada parte falava uma versão diferente de uma mesma língua estrangeira. Janak dissera-lhe que era impossível comer mal em Paris e logo Samuel compreendeu que o amigo estava certo: as refeições eram bem servidas e a preços bastante razoáveis. Deixou uma boa gorjeta para o rapaz e voltou para o hotel a fim de tirar um cochilo, porque ainda estava incomodado com a mudança de fuso horário.

Após despertar uma hora depois, jogou água fria no rosto, tirou da carteira um pedaço de papel amarrotado e olhou para o endereço de Lucine que Blanche lhe dera. Na recepção do hotel, mostrou o endereço ao atendente e perguntou como chegar lá. O homem consultou um guia de ruas e mostrou-lhe o caminho.

Samuel voltou para o quarto, enrolou o cachecol de lã vermelha no pescoço para enfrentar o frio e foi até o metrô, onde pegaria o trem para Chaussé d'Antin.

Pela informação que Blanche obtivera de Janak, ele sabia que Lucine morava em um prédio atraente, em uma parte confortável da cidade, perto das Galeries Lafayette. Samuel subiu as escadas até o segundo andar da rue de Provence, 12, e bateu à única porta do andar. Uma jovem de 20 e poucos anos atendeu. Samuel explicou estar procurando por Lucine Clarke. Ela balançou a cabeça e explicou em rápido francês que morava no apartamento havia mais de um ano e que não havia nenhuma Lucine ali.

Cansado de lutar com seu francês, ele perguntou em inglês:

— Acha que alguém no prédio pode saber para onde ela se mudou?

— Deixe-me pensar. É possível que uma das meninas que moram aqui há mais tempo a conheça. Venha comigo, monsieur.

Desceram ao primeiro andar, e a jovem bateu à porta. Após algum tempo, uma mulher de cabelos pretos, olhos azuis e um rosto inesquecível atendeu.

— Oh, é você. Esperava por Renée — disse ela, sorrindo.
— Quem é seu amigo?

— Este é um americano que procura Lucine Clarke — disse ela.

— Lucine Clarke. *Mon Dieu*, ela não mora aqui há mais de dois anos. O que quer com ela? — perguntou, olhando desconfiada para Samuel.

— Asseguro-lhes que só trago boas notícias dos Estados Unidos — disse ele, com seu pouco francês, sorrindo o mais tranqüilamente possível.

— Você conhece aquele americano que era amante dela? É isso?

— Trago notícias dele, mademoiselle.

— Não tenho certeza se Lucine vai querer ouvi-las — disse ela com desprezo.

— Pediram-me para dar-lhe um recado.

— Sim, sim. Eles sempre voltam, de um modo ou de outro — disse ela, sorrindo. — Alguns de joelhos, implorando perdão, ou triunfantes, para mostrar sua riqueza ou posição. Qual a categoria do seu amigo?

— Sabe onde posso encontrá-la? — implorou Samuel, sabendo ter vindo à porta certa.

Ela pensou um instante, olhando com interesse para Samuel.

— Você terá de voltar depois. Preciso fazer algumas perguntas.

— Compreendo — disse Samuel. — Volto amanhã. Que tal às dez?

— Não, não, monsieur. É muito cedo para um domingo. Digamos à uma da tarde. *Au revoir*. — E bateu a porta.

Samuel agradeceu à jovem que o ajudara e foi embora do prédio, esperançoso.

* * *

À uma da tarde do dia seguinte, Samuel batia à porta do apartamento térreo. A mesma mulher atendeu.

— Vejo que vocês, americanos, são muito pontuais.

— Tenho um assunto importante a tratar com Lucine — exagerou.

— Sim, claro — disse ela com sarcasmo. — Ela vai atendê-lo. Contudo, nada falei sobre sua missão. Apenas disse que alguém estava procurando por ela, e Lucine me deu seu novo endereço.

— Perdão, mademoiselle, mas eu não lhe disse qual era minha missão.

— Não precisa. O que você quer é fazê-la entrar em contato com o amante há muito perdido. Não é verdade?

— É isso que pensa, mademoiselle?

— É ou não é verdade? — perguntou ela, desafiadora, mãos à cintura.

— Isso tem a ver com algumas cartas enviadas dos Estados Unidos. Uma vez que Lucine se mudou, não creio que as tenha recebido — improvisou Samuel, sentindo-se um idiota, afetado pela rara beleza e perspicácia da jovem.

— Não sei como funciona o correio nos Estados Unidos, mas aqui é muito eficiente — disse ela.

— Ela tem telefone? — perguntou Samuel.

— Sim, claro. Como eu poderia ter ligado para ela? Mas ela me disse para lhe dar o endereço. Aqui está — e entregou-lhe um pedaço de papel.

— Como chego à rue de La Victoire, 20? — perguntou Samuel ao ler o endereço.

— Pode ir a pé. É perto daqui. *Au revoir* — e começou a fechar a porta. Samuel a deteve.

— Obrigado por sua ajuda, mademoiselle. Falarei com Lucine sobre sua gentileza — disse Samuel com seu melhor sorriso, tentando estender um pouco mais a visita. Era difícil dizer adeus a uma garota tão bonita. Ela olhou-o, confusa, então fechou a porta. Dessa vez, entretanto, não a bateu.

Samuel sentou-se no degrau da escadaria do edifício, pegou um mapa de bolso de Paris e verificou que a rua onde morava Lucine de fato era bem perto dali. Começou a andar e logo encontrou o endereço. Inspirou profundamente antes de entrar. O que dizer àquela mulher desconhecida?

Bateu à porta com o nó dos dedos e esperou um minuto até esta se abrir lentamente. Viu-se frente a frente com uma jovem muito atraente, com grandes olhos castanhos, rosto anguloso, e cabelos negros que lhe caíam sobre os ombros. Irradiava elegância e calma. Samuel intuiu que aquela era Lucine Clarke e se surpreendeu porque não esperava que Janak tivesse tanto bom gosto. Entregou-lhe seu cartão de visitas do jornal e apresentou-se como amigo de Janak Marachak.

O rosto dela corou e seus olhos se estreitaram.

— Janak Marachak. É sobre ele? — perguntou, visivelmente furiosa, embora em ótimo inglês.

— Lamento incomodá-la, mademoiselle. É sobre ele, mas ele não sabe que estou aqui.

— Não compreendo.

Samuel tentou encontrar um modo de acalmá-la e manter o diálogo sem causar mais prejuízo ao amigo.

— Como disse, sou amigo de Janak. Sei que ele pensa em você todo o tempo, com afeto e um pouco de angústia, porque perdeu contato com você.

Lucine empertigou-se, os olhos voltaram a se estreitar e ela ficou ainda mais vermelha. Samuel achou que estava tudo acabado e que ela bateria com a porta na sua cara, mas aparentemente a jovem estava pensando no que dizer.

— Janak me abandonou, Sr. Hamilton. Portanto, é quase impossível acreditar que ele se lembre de mim.

— Falo sério. É verdade, mademoiselle. Ele me deu seu endereço — mentiu Samuel. — Mas você não morava mais lá.

Disse que lhe escreveu diversas cartas, mas que nunca recebeu resposta.

— Sim, eu sei exatamente quantas vezes ele escreveu para mim, Sr. Hamilton. — Recuperando a compostura, Lucine limpou as mãos no avental e abriu a porta. — Por favor, entre. É muito rude de minha parte mantê-lo aí fora.

Samuel entrou no apartamento e viu-se em uma sala de estar comum. O ambiente muito iluminado, confortável e alegre. Através das janelas, via os galhos de árvore desfolhados. A casa estava tomada pelo suave aroma de temperos. O motivo da sala de estar era vagamente árabe, mas ele não era requintado o bastante para dizer de onde vinha cada peça da mobília. Um braseiro de bronze no meio da sala funcionava como mesa de centro, cercado por cadeiras dobráveis e almofadas de seda colorida. Havia tapeçarias de lã em duas das paredes que Samuel achou serem caríssimas se fossem tão antigas quanto pareciam ser.

— Janak disse que você trabalhava em um banco — voltou a mentir Samuel, para quebrar o gelo.

— Sim, este é o meu trabalho — disse Lucine.

Samuel sentiu-se momentaneamente confuso. Sobre o que conversar com uma bancária? Revistou a memória tentando lembrar o que Blanche lhe dissera sobre a mulher na casa da qual ele então se encontrava. Uma vez que o convidou a entrar, a atitude de Lucine mudou. Ela o guiou até um velho sofá coberto de linho cru e com duas almofadas de crochê e sentou-se ao lado dele. Ficou aliviado por ela não ter pedido que se sentasse nas cadeiras dobráveis, onde seus joelhos ficariam à mesma altura de suas orelhas.

— O que o traz a Paris, Sr. Hamilton? Suponho que não veio apenas me trazer uma mensagem de Janak, certo? — perguntou ela, observando-o atentamente.

— Em verdade, estou aqui trabalhando para ele. — E explicou os detalhes do crime e a necessidade de obter informação sobre Hagopian.

— É muito generoso de sua parte vir à França para ajudar um amigo. Por que está fazendo isso? — perguntou Lucine enquanto acariciava o tecido da saia.

— Boa pergunta — disse Samuel, admirado. — O importante é salvar aqueles pobres trabalhadores da câmara de gás. Mas devo admitir que, ajudando Janak, conseguirei uma matéria exclusiva para meu jornal.

— Você sabia que eu sou armênia?

— Sim, soube por intermédio de Janak. Mas seu último nome é Clarke, não é?

— Sim, meu pai era inglês, motivo pelo qual falo o idioma. Mas ele também falava francês muito bem, de modo que minha mãe nunca precisou aprender inglês. Infelizmente, ele não está mais entre nós.

— Você fala inglês muito bem — disse Samuel. — Para mim, é um alívio porque, como pode ver, meu francês não é tão bom. Lamento por seu pai.

Samuel percebeu que, apesar da reação negativa inicial, Lucine estava aquecendo, e mostrava-se curiosa. Ele explicou que Janak, como advogado de causas civis, geralmente só se envolvia com processos nos quais produtos químicos causavam dano a consumidores ou trabalhadores.

— Se ele não é um advogado criminalista, por que pegou este caso?

— Porque os acusados já são seus clientes em uma ação ordinária contra o homem que foi morto. Janak e eu estamos convencidos de que são inocentes. Além disso, são pobres e não podem pagar um advogado que os represente.

— Janak não cobra deles?

— Janak trabalha por contingência. Ele cobra uma porcentagem do que consegue para seus clientes em causas civis.

— E em causas criminais?

— Uma vez que os réus não têm dinheiro, não podem pagar um advogado que os represente. Mas Janak disse que os representaria. E, francamente, não acho que esteja pensando em dinheiro.

— Compreendo — disse Lucine, pensativa. — Aceita um chá?

— Sim, obrigado — disse Samuel, aliviado ao ver que a jovem começava a relaxar.

Lucine desapareceu por uma porta lateral. Enquanto estava ausente, Samuel examinou os detalhes árabes da sala de estar. Quando ela voltou, trazia uma bandeja com um bule e duas xícaras, uma pequena jarra de creme, um prato com doces de mel e amêndoas, e outro com fatias de limão. Também trouxe guardanapos de linho branco com flores silvestres bordadas, o que impressionou Samuel, acostumado aos guardanapos de papel do Camelot e dos restaurantes chineses que freqüentava. Lucine serviu uma xícara de chá a Samuel e ofereceu-lhe um doce.

— A vítima era armênia, como expliquei, e tinha laços em Paris. Mas até então não tive sorte na minha pesquisa. — Então, falou sobre a etiqueta nas roupas de Hagopian e de seu encontro com o dono da La Roche et Fils.

Lucine começou a rir.

— Os franceses são muito reservados. Para descobrir as coisas nesta sociedade, você tem de conhecer alguém. Portanto, veio ao lugar certo. Chamamos isso de destino, mas acho que vocês, americanos, chamam de sorte.

— O que quer dizer, mademoiselle?

— Pode me chamar de Lucine. A família de minha mãe veio para cá por causa do genocídio. Você conhece a história dos armênios?

— Sim. Eu li a respeito e tenho uma idéia geral do que aconteceu e do efeito que aquilo teve sobre os sobreviventes.

Lucine meneou a cabeça.

— Minha mãe sabe muito a respeito das famílias que sobreviveram e vieram a Paris. Talvez ela possa lhe dar informações sobre algumas delas.

Ela serviu outra xícara de chá a Samuel, saiu da sala e voltou com uma mulher mais velha trajando um vestido vermelho coberto por um avental. Apresentou-a como Sasiska. Lucine explicou-lhe em francês o que Samuel desejava.

— Diga-me outra vez o nome da família que você está investigando.

— Armand Hagopian. O nome da irmã é Candice, e o nome do primo é Joseph Hagopian.

Sasiska não entendia bem inglês. Mas, ao ouvir os nomes, seus olhos se iluminaram e ela começou a falar rapidamente com Lucine.

— Minha mãe disse que conhece essas pessoas.

— Poderia pedir para ela me falar algo sobre os antecedentes da família?

Samuel esforçava-se para entender o que elas diziam, mas era rápido demais para ele.

— Ela diz que se lembra deles do tempo em que nossas famílias eram refugiadas, depois do massacre de Erzerum.

— Sim, é o lugar de onde vieram — disse Samuel, excitado.

— Minha mãe estudou com Armand, a irmã dele e Joseph. Todos moravam no bairro armênio de Paris.

— Esse bairro ainda existe? — perguntou ele, quase incrédulo. Ele se levantou, inspirou profundamente e desejou fumar um cigarro para acalmar os nervos.

Sasiska deu uma longa explicação a Lucine.

— Sim. Em verdade, há dois bairros armênios em Paris — traduziu Lucine. — O Diamond, no 9ème arrondissement, onde estamos, e o Belleville, no 20ème arrondissement. Pelos nomes, dá para imaginar que as famílias mais abastadas moram no Diamond e as mais modestas, em Belleville.

— Imagino que os Hagopian moravam no Diamond.

— Claro — disse Lucine.

— Pergunte se a família deles tinha inimigos.

— Ela não se lembra de nada assim. Mas, se você tiver algum tempo, ela pode investigar — traduziu Lucine.

— Agradeço qualquer ajuda que venha a ter. Ela acha que o alfaiate do La Roche et Fils teria alguma informação que pudesse nos ajudar?

— Ela vai perguntar. Convidou-o para tomar chá daqui a dois dias.

— *Merci beaucoup,* madame — disse Samuel a Sasiska. — Tenho outra pergunta para ela. Será que saberia alguma coisa a respeito de um curdo chamado Nashwan Asad Aram? — Samuel cruzou os dedos. Achava que seria muita coincidência.

— Este homem tem alguma ligação com o Sr. Hagopian? — perguntou Lucine.

— Trabalhou para Armand, mas provavelmente não era amigo dele. É por isso que estou perguntando.

— Entendo. Vou tentar explicar isso a ela.

* * *

Descendo a rua em direção à estação de metrô para voltar ao hotel, Samuel refletiu sobre a sorte que tivera. Não apenas achara Lucine, como também conseguira uma fonte de informação. Ficou impressionado com Lucine e perguntou-se como Janak podia ter abandonado uma mulher como aquela. O amigo devia esta. maluco.

Ao voltar ao hotel, preparou outra de suas listas, dessa vez uma lista de perguntas que precisava fazer a Sasiska sobre os armênios. Seu livro de anotações era repleto de listas. Não conseguia trabalhar sem elas:

1. Haveria alguém na comunidade armênia que desejasse mal aos Hagopian?
2. Nesse caso, preciso do nome de pessoas, grupos e razões.
3. Alguém com quem ela falou já sabia das mortes dos Hagopian na Califórnia antes de ela contar?
4. Se houver uma pessoa ou grupo que queira mal aos Hagopian, teriam conexões nos Estados Unidos? Teriam coragem de realizar os homicídios? Nesse caso, onde procurar nos Estados Unidos?
5. Haveria uma conexão entre o curdo e a família Hagopian?

Leu a lista algumas vezes e decidiu incluir outra pergunta:

6. Como pôr Janak em contato com Lucine sem me meter em confusão?

* * *

Dois dias depois, Samuel apareceu às quatro para tomar chá com Lucine e Sasiska. A mãe estava vestida para uma visita formal e parecia ter ido ao cabeleireiro recentemente. Aquele toque de sedução em uma mulher que, pela idade, podia ser sua mãe, incitou Samuel. Lucine, por outro lado, estava com as mesmas roupas que usava na primeira vez. Ofereceram-lhe chá e uma grande variedade de doces e conversaram um longo tempo com

Lucine agindo como intérprete, até subitamente Samuel perceber que estava escuro lá fora e olhar para o relógio. Ele monopolizara mãe e filha por mais de quatro horas. Queria insistir em algo que a mãe dissera sobre um empregado, mas, por enquanto, era melhor deixar para lá.

— Lamento ter abusado de seu tempo. Por favor, permitam-me que as convide para jantar.

— Não, não. Em vez disso, você está convidado para um jantar armênio — disse Lucine. — Sabíamos que a conversa iria demorar e minha mãe preparou algo para comermos. Não pode recusar, porque ela vai ficar ofendida. Ela é muito boa cozinheira.

Sasiska estava tão certa de que ele ficaria para jantar que foi para a cozinha.

— Gostaria muito, obrigado — disse Samuel.

Lucine abriu uma garrafa de Chablis, pegou duas taças de cristal na cristaleira e brindaram à sua saúde. Então ela explicou como era a comida armênia.

— Chamamos de *josh*. É sempre servido depois das cinco.

Já eram mais de oito.

Ela o guiou até a sala de jantar, onde Sasiska os esperava. Samuel sentia os diferentes aromas da comida que estava sobre a mesa, assim como o de carne assada vindo da cozinha. Lucine serviu uma taça de vinho para a mãe, falou baixinho com ela, então saiu da sala de jantar um instante, deixando Samuel sozinho com Sasiska. Nenhum dos dois falava a língua do outro e Samuel não tentou falar francês. Entretanto, após quatro horas juntos, sentia-se à vontade ao lado dela e não hesitou em perguntar-lhe o nome dos diversos pratos apontando para as travessas.

— *Ensalade de lolik, varung, giazar, sokh avec panir* — explicava ela, apontando para tomates, pepinos, cenouras, cebolas e queijo em uma salada.

Apontou para as vasilhas de azeitonas pretas sobre a mesa.

— *Zertun* — falou.

A seguir, apontou para três tigelas de iogurte e disse:

— *Mitzun*. — Então ela sorriu, mostrando belos dentes, apenas ligeiramente amarelados pela idade.

Samuel comeu a salada com pão.

— *Hots* — explicou ela, pegando um pedaço de pão da cesta.

Vendo que ele olhava para uma terrina de sopa, acrescentou rapidamente:

— *Spas*.

— O que tem dentro? — perguntou Samuel, olhando a cor vermelho-vivo.

— *Borsch* — ela acrescentou.

Samuel reconheceu o nome. Os armênios deviam ter herdado aquilo dos russos, pensou. Estavam no meio de uma conversa muito limitada quando Lucine voltou.

— Vejo que já está desfrutando da comida. Como pode ver, os armênios são bons de garfo, mas não se engane com o que vê à sua frente. Ainda teremos o prato principal. A salada e a sopa ficam sempre à mesa, e os visitantes são atraídos por elas como moscas pelo mel. Os convidados que não conhecem os armênios exageram, especialmente ao verem os anfitriões comendo tanto pão. Gostamos de nossos *hots*.

— Tenho uma pergunta importante — disse Samuel. — Posso dizer a Janak que estive com você?

Lucine corou.

— Você está lendo meus pensamentos, Samuel. Não o conheço muito bem, de modo que não posso pedir para você fazer isso por mim com certeza de que o fará, mas vou pedir de qualquer jeito. Gostaria apenas que você dissesse a Janak que me encontrou e lhe desse meu endereço atual. Nada mais. Tenho meus motivos.

Durante um longo tempo, eu não quis saber dele. E, antes de começar qualquer tipo de diálogo com ele, preciso ter certeza de que é isso que realmente desejo.

— Você me ajudou muito, Lucine, e a ele também. E, acredite, sou um homem de palavra. Farei exatamente o que você deseja. Mas preciso compartilhar a informação que Sasiska me forneceu.

— Compreendo. Talvez algum dia eu possa lhe explicar meus motivos.

— Não precisa explicá-los a mim, Lucine — disse Samuel, gentil. Limpou o queixo com o guardanapo branco e tomou um gole de vinho. — Sasiska não mencionou o curdo e nem como podemos descobrir algo sobre ele. Seria uma causa perdida?

— "Causa perdida" — repetiu Lucine, confusa. — Não conheço esta expressão em inglês.

— Beco sem saída. Sem informação disponível.

— Ela nada descobriu, mas falaremos sobre isso amanhã — disse Lucine. — Tenho algumas idéias. Ajudei o banco a localizar muita gente, portanto deixe-me entrar em contato com minhas fontes para ver se descobrimos alguma coisa sobre esse sujeito.

Sasiska trouxe o prato principal da cozinha e os três brindaram o aromático assado de porco cercado de beringela grelhada, batatas, cebolas e todo tipo de pimentas.

— Chama-se *Khorovatz* — disse Lucine. — A carne ficou marinando em um molho especial desde ontem. Vê quantas pimentas coloridas?

— Foi bom você ter me avisado de que havia outro prato, ou eu teria me enchido de pão, salada e sopa.

Samuel devorou o assado de porco, desfrutando cada pedaço e tomando goles de Chablis.

— Desde que Sasiska o mencionou, tenho pensado nesse tal de Hector Somolian, empregado dos Hagopian quando moravam em Erzerum. Seria possível falar com ele amanhã?

Lucine consultou Sasiska brevemente.

— Teremos de ir com você, porque ele não fala francês muito bem. Somolian provavelmente não é o nome verdadeiro dele. É um dos nomes que adotou por medida de segurança.

— Compreendo — disse Samuel. — Acha que o encontraremos em casa?

— Oh, sim, ele é inválido desde Erzerum. Mora em Belleville com vários parentes em um pequeno quarto de hotel. Fazem sapatos, portanto estão sempre lá. Em verdade, ele e a família fabricam nossos sapatos há muitos anos.

— A que horas começamos? — perguntou Samuel.

Depois de marcarem um encontro para as dez no dia seguinte, Samuel levantou-se, mas Lucine o deteve com um gesto porque ele não experimentara a *torte* que sua mãe trouxera da cozinha. Ela cortou uma fatia para Samuel. Era recheada com nozes e frutas, coberta com chocolate e com um grosso glacê de baunilha. Era uma *bombe*, que Lucine apresentou com orgulho.

— Minha mãe é campeã de *tortes*. Ninguém em Paris as faz melhor que ela.

Samuel não tinha como discordar: a torta era deliciosa. Ao terminá-la, sentiu-se tentado a pedir outro pedaço, mas mudou de idéia.

— Perdoe a minha curiosidade, Lucine. Mas, agora que a conheço, não consigo imaginar o que houve entre você e Janak para provocar tanto ressentimento. Conheço Janak já há alguns anos e o admiro. É um homem íntegro, com um senso de justiça inabalável, sempre tentando defender os mais fracos. O que ele fez para desapontá-la tanto?

— Foi mais que isso, Samuel. Mas isso é passado — respondeu Lucine, dando-lhe as costas para que ele não percebesse as lágrimas que escorriam de seus olhos.

Samuel deu-se conta de que fora longe demais. Em um impulso, foi até ela e abraçou-a.

* * *

Depois que Samuel foi embora, Lucine serviu-se de outra taça de Chablis e olhou a esmo pela janela, tomada pelas lembranças. Janak não apenas a desapontara. Ele a traíra. Quando ela o conheceu, era estudante da Sorbonne e ele, um turista americano que lhe pedira informações. Atraída pelo contraste entre sua aparência rude e a suave expressão de seus olhos, decidiu acompanhá-lo. Bastaram apenas quatro quarteirões de caminhada e uma tarde de conversa em um café para ambos se darem conta de que estavam apaixonados. Alguns dias depois, descobriram que se amavam. Ao menos ela o amava. É uma história comum, pensou Lucine. Uma garota se apaixona por um estranho, engravida apesar das precauções que tomou, e sua vida muda para sempre.

Foi um acidente. Acontece às vezes. Pode acontecer com qualquer um, disse ela a Janak, sentindo-se estúpida e culpada.

Não sabia que você queria isso, Lucine. Eu certamente não quero. Não se dá conta de que não podemos nem pensar em ter um bebê?

Ela começou a chorar baixinho. Ele a tomou nos braços e explicou outra vez que mal estava começando sua carreira, que ainda não estava estabelecido. Não podia sustentar uma família. É claro que acrescentou que cuidaria do problema financeiramente. Era a única coisa razoável a fazer.

Ela respondeu que o aborto era ilegal na França e que, de qualquer modo, não tinha certeza de ser favorável àquilo.

Você não pode arruinar sua vida tornando-se uma mãe solteira, Lucine, disse ele com firmeza. Foi quando ela percebeu que Janak não era o homem que ela pensava ser. Ele nem mesmo assumira sua parcela de responsabilidade. Aos seus olhos, aquilo era problema dela.

Alguns dias depois, um táxi os levou a uma pequena rua no Marais, até um endereço que Lucine conseguira com uma amiga. Localizaram a escadaria nos fundos e subiram-na lentamente. Cada degrau aumentava o terror da jovem. Janak bateu à porta gradeada e a *faiseuse d'ange* — fazedora de anjos —, como era chamada, abriu a porta. Puxou Lucine pelo braço e a fez entrar em uma sala pintada de verde-claro com uma lâmpada fluorescente no meio do teto. Havia um ventilador barulhento movendo-se de um lado a outro e um rádio um tanto fora de sintonia tocando músicas de Edith Piaf, vez por outra interrompida por comerciais.

Uma mulher de meia-idade com mechas prateadas no cabelo e olhos cansados os saudou com um sorriso reconfortante. Vestia um uniforme de enfermeira amarrotado que pedia uma boa lavada. Sentou-se atrás do que parecia ser uma escrivaninha de professor antiga e que provavelmente arrematara em uma liquidação de móveis usados de alguma escola.

Bon Jour, ma chérie, disse ela, pousando o Gauloise que fumava em um cinzeiro, olhando para Lucine e sem dar a menor atenção a Janak. *Não se preocupe, logo vai acabar. Apenas ponha os 500 francos na escrivaninha.*

Janak colocou o dinheiro ali. A enfermeira contou as notas de 10 e 20 francos que ele deixara sobre a mesa.

Tout est prêt, disse ela, e piscou para a garota. *Siga-me.*

Levou Lucine a uma sala adjacente, também pintada de verde-claro. Havia uma mesa com correias e fechos, e uma única e poderosa lâmpada fluorescente bem acima. Janak recuou e Lucine começou a tremer, apavorada.

Espere aí fora, monsieur. Isso é trabalho de mulher, disse a enfermeira, fechando a porta na cara dele.

Lucine tirou o roupão e vestiu a camisola que a mulher lhe dera. Ao subir à mesa, fez o sinal-da-cruz e murmurou: *Que Deus me perdoe!*

Relaxe, garota. Está fazendo a coisa certa, e nem vai saber que aconteceu, assegurou-lhe a enfermeira.

Ela lavou as mãos, aplicou-lhe uma injeção na veia e disse para Lucine começar a contar.

Quando Lucine deu por si, Janak a ajudava a se levantar da mesa. Estava muito grogue e ele teve de vesti-la.

Que horas são?, perguntou.

9h15, respondeu Janak.

Da manhã ou da noite?

Da manhã. Você ficou pouco tempo desacordada. Limpando a garganta, a enfermeira deu a Lucine um pacote de toalhas de papel e algumas pílulas de antibiótico. *Se o sangramento não parar em dois dias, vá a um médico. E tome os antibióticos duas vezes por dia a partir desta noite. Já lhe dei uma dose na veia, que deve durar todo o dia. Vá com calma no começo e não faça sexo durante seis semanas. Deixe-me dizer, chérie, você logo se esquecerá de tudo isso. Adieu et bonne chance!*

Merci, Madame, murmurou Lucine, nauseada pelo cheiro do Gauloise que a enfermeira acabara de acender.

Janak levou-a para casa e ela nunca mais voltou a vê-lo.

* * *

No dia seguinte ao jantar memorável, Samuel pegou Lucine e Sasiska em casa e caminharam até a estação do metrô. Sasiska usava um vestido de seda verde e um lenço branco na cabeça. Lucine parecia ter tido uma noite ruim, tinha olheiras e uma expressão cansada no rosto. Mas Samuel percebeu que aquela não era hora de bisbilhotar.

Desceram a escadaria da estação do metrô e Samuel comprou três bilhetes de ida e volta para o bairro de Belleville. Desceram ao subsolo com o restante da multidão e o *poinçonneur* perfurou seus bilhetes. Pararam em frente a um mapa na parede de tijolos e Lucine apontou quais seriam as paradas intermediárias até o lugar aonde iriam. Seguiram a placa até o Porte de Mairie de Montreuil. A caminho da plataforma, Samuel viu o cartaz de um homem vestindo roupas de executivo, um nariz vermelho e uma barriga enorme sentado em um carrinho de mão.

— Isso significa o que estou pensando? — perguntou Samuel.

— Provavelmente. Temos problemas com gente que bebe vinho demais — disse Lucine. — É uma desgraça nacional.

— Interessante — disse Samuel. — Achava que vocês exportavam todo o vinho que fabricavam.

— O quê? Não seja tolo! Os melhores vinhos ficam na França.

Embarcaram em um carro de madeira com pneus de borracha e sentaram-se.

— Você não parecia muito feliz hoje pela manhã — disse Samuel, incapaz de conter a curiosidade.

— Sua visita me trouxe muitas lembranças.

— Sobre Janak?

— Sobre o tempo que passamos juntos em Paris. Não foi de todo mal, você sabe... Mas é algo que prefiro não comentar.

Àquela altura, chegavam à estação Republique, onde se transferiram para a linha 11 e logo estavam na estação Jourdain, com seu típico arco de azulejos. Subiram a escadaria até a rue de Belleville lotada de pessoas vestidas com roupas típicas de outros países.

— De onde são essas pessoas? — perguntou Samuel.

Lucine riu.

— De toda parte. São gregos, poloneses, judeus e um bocado de armênios.

— E quanto aos turcos?

— Não vivem nesta vizinhança. Não seriam bem-vindos. Em verdade, seria perigoso para eles, e não apenas por causa dos armênios. Sabia que eles também têm diversos problemas com os gregos?

— O que é aquilo do outro lado da rua? — perguntou Samuel, apontando.

— Aquilo é a *Shuka* — respondeu Lucine.

Havia quase cem metros de estandes abertos voltados para a calçada, separados por corredores que levavam ao interior do mercado. Os estandes visíveis da rua exibiam uma grande variedade de vegetais e frutas frescas, embora estivessem no meio do inverno. Também havia vendedores oferecendo carne fresca e produtos secos em alguns dos corredores, e diversos estandes de kebab.

— De onde vêm todos esses produtos frescos? — perguntou Samuel.

— Das fazendas dos vendedores ou de suas terras natais. Vêm de caminhão, trem, navio, até de avião. As pessoas pagam mais para ter comida de seus países de origem.

— O que há atrás dos estandes de produtos alimentícios? — perguntou Samuel.

— Roupas, itens de cama e mesa, móveis, temperos, o que você puder imaginar. Os vendedores de carne têm suas lojas principais dentro do mercado. Os estandes do lado de fora são apenas para chamar a atenção do público. Quer parar e tomar chá ou café armênio?

— Não, obrigado. Quero falar com Hector Somolian, ou seja lá qual for o nome dele.

Depois de passarem pelo *Shuka*, Samuel percebeu que os prédios tornaram-se velhos e malconservados. Suas fachadas de madeira ou pedra, pintadas de diversas cores ao longo dos tempos, estavam descascando e necessitando de novas mãos de tinta. Os brancos, amarelos, verdes e marrons esmaecidos davam aos prédios a aparência de estarem abandonados, mas as pessoas continuavam a entrar e a sair deles. Continuaram a caminhar pela rue de Belleville até acharem a rue des Fêtes. Finalmente, chegaram diante de um arco de pedra com uma placa de ferro que dizia apenas: "Hotel." A entrada era uma porta de madeira pintada de preto que ocupava todo o arco da fachada. Tinha tantas camadas de tinta que sua superfície chegava a ser irregular. Sasiska gesticulou e Samuel girou a grande maçaneta de metal para abrir a porta.

Uma vez lá dentro, olharam para um candelabro empoeirado que iluminava o escuro saguão de entrada com as poucas lâmpadas que lhe restava. Aquilo dava ao lugar o aspecto de uma caverna penumbrosa.

— Este lugar é assustador — disse Samuel.

— As pessoas que vivem aqui são pobres, portanto o lugar não é bem conservado — disse Lucine. — Estamos quase chegando.

Desceram o corredor e passaram pelo balcão da recepção do hotel, um grande retângulo de mogno escuro com um topo surrado já sem brilho e coberto com as iniciais dos nomes de diversas pessoas entalhadas a faca. No topo do balcão, havia um velho telefone preto e, na parede mais atrás, um gabinete com diversos escaninhos. Outrora, abrigavam a correspondência e as chaves dos quartos, mas agora estavam vazios, acumulando poeira.

Sasiska os guiou pelo corredor escuro até chegarem à terceira porta à esquerda, onde ela parou, ouviu um instante e bateu. A porta se abriu ligeiramente e uma mulher com traços árabes e um modesto lenço na cabeça olhou para fora. Ao ver Sasiska, tirou a corrente da porta e ambas se abraçaram, falando rapidamente em armênio.

Ele e Lucine podiam ver o interior do aposento e sentir uma mistura de cheiro de comida, cola e couro pela porta entreaberta. Sete pessoas estavam sentadas em bancos de trabalho improvisados, fazendo sapatos. Sasiska e a mulher com o lenço caminharam de mãos dadas até um homem de uma perna só sentado atrás de uma máquina de costura industrial. Suas muletas estavam encostadas à bancada de trabalho. Os cabelos brancos chegavam-lhe aos ombros e seu rosto bronzeado e enrugado denotava a idade avançada. Estava curvado sobre a máquina, concentrado em um sapato.

Sasiska tocou-lhe o ombro. Ele se voltou, reconheceu-a, lançou-lhe um sorriso banguela, então desligou a máquina. Pousou a perna boa no chão para elevar o corpo, pegando as bordas do assento com ambas as mãos e dando pequenos pulos até estar à altura dela.

— Como você disse, é uma fábrica de sapatos — disse Samuel a Lucine em um sussurro.

— Apenas durante o dia. Todas essas pessoas são parentes. Aqui eles moram e trabalham. Ao fim do dia, trazem as camas para baixo. Cozinham sua refeição naquele canto — explicou ela, apontando para uma panela sobre um pequeno fogão.

— E os banheiros?

— Ficam no fim do corredor. Todos os inquilinos do andar têm de compartilhá-los e conservá-los. Muitos prédios antigos são assim, Samuel. Banheiros particulares são um luxo moderno.

— Este é Hector Somolian? Acha que ele falará comigo? — perguntou Samuel.

— Sim, por isso o trouxemos até aqui.

— Pergunte quão bem ele conhece os Hagopian.

Sasiska fez a pergunta. O velho ficou muito animado e falou durante vários minutos com a voz fraca. Então Sasiska traduziu para o francês e Lucine traduziu para o inglês o que ele estava dizendo.

— Ele falou que, quando jovem, trabalhou para os Hagopian. Quando a situação ficou muito ruim em Erzerum, pouco antes de os turcos fazerem uma varredura de casa em casa matando a todos, a família Hagopian fugiu apressada, na calada da noite. Ele viu o homem que os guiou em sua fuga. Não era armênio; era turco, um policial militar de alta patente. A princípio, Hector achou que a família de seu mestre fora traída e que haviam sido levados para ser executados. O Sr. Hagopian disse aos empregados para levarem o que quisessem da casa. Os empregados acharam que era mais seguro ficar ali do que se esconder em algum outro lugar, de modo que apagaram as luzes e ficaram no porão durante vários dias até serem atacados.

— Os turcos finalmente os pegaram?

— Não. Foram outros armênios. Vieram e mataram todos os empregados, com exceção de Hector. Eles o atacaram com uma espada, cortaram-lhe a perna e... — ela hesitou. — Também cortaram suas partes íntimas e as enfiaram na boca dele, abandonando-o para que morresse ali.

Samuel ficou horrorizado.

— Por que os armênios fizeram isso com os empregados?

— Ninguém sabe. Hector obviamente não morreu, como pode ver. Sua família veio à residência dos Hagopian, o tirou dali e o escondeu em uma caverna na periferia de Erzerum até ele poder viajar. Fugiram pela Bulgária e acabaram aqui em Paris. Mudaram seu sobrenome para Somolian para se proteger de sabe-se lá quem estava tentando matá-los.

— Conseguiram descobrir quem era? — perguntou Samuel.

— Não, e acabaram resolvendo que não era seguro investigar. Se o fizessem, as pessoas saberiam que Hector estava vivo e viriam atrás dele e de sua família.

O velho estava confortavelmente sentado em sua cadeira, tomando uma xícara de chá. Tinha uma expressão calma e simpática no rosto enrugado, o que deixava claro que estava em paz consigo mesmo e muito grato por ter sobrevivido àquilo e vivido tanto tempo.

— Você me diria seu nome verdadeiro? — perguntou Samuel.

Pela primeira vez, Samuel viu medo no rosto do velho. Seus familiares começaram a falar ao mesmo tempo.

— Eles não querem que ninguém saiba que Hector ou qualquer outro membro de sua família está vivo e a salvo em Paris. Além disso, não sabem quem você é, Samuel.

— Diga-lhes que sou um repórter de jornal tentando descobrir quem matou Armand e Joseph Hagopian. Não direi a ninguém onde Hector e sua família moram — disse Samuel.

A família inteira ofegou quando Sasiska traduziu-lhes a notícia de que Armand e Joseph estavam mortos. As mulheres empalideceram.

— Querem saber se está falando dos dois jovens Hagopian — perguntou Lucine.

— Sim, mas diga-lhes que já não são os jovens dos quais se recordam. Eram homens maduros e foram assassinados.

O fato de Samuel ser repórter de jornal e os Hagopian terem sido assassinados não agradou a família. Explicaram que preferiam ficar anônimos. Hector baixou a cabeça e começou a girar a cadeira de volta para a mesa de trabalho. As três mulheres gesticulavam e conversavam com Sasiska ao mesmo tempo. Lucine interrompeu, tentando acalmá-las, então falou com Samuel.

— Não se preocupe. Voltarei a visitar Hector. Espero que ele se acalme e, com o tempo, nos dê a informação. Vou assegurá-lo de que tudo que me disser será confidencial, mas acho que vai demorar um pouco.

— Você parece muito segura, como se já tivesse feito esse tipo de trabalho — disse Samuel, tentando medir a tensão que suas palavras haviam precipitado.

— Como eu disse, faço pesquisas incomuns para o banco o tempo todo. Vamos conseguir o que deseja. Mas precisa protegê-los, compreende?

— Sim. Desde que eu saiba do que eu os estou protegendo.

— A família está se preparando para uma refeição de *spas* e *hots* — disse Sasiska em francês. — Estão nos convidando.

Lucine e Samuel se olharam. Era óbvio que, para a família Somolian, era importante que aceitassem sua hospitalidade. Ficaram e fizeram a refeição frugal de pão e sopa. Sasiska conversava sem parar em seu idioma nativo, às vezes tomando um pouco de sopa, enquanto Samuel observava, admirado, aquelas três gerações de armênios em um pequeno quarto de hotel, unidos apesar de tudo.

* * *

Após visitar os Samolian, Samuel preparou-se para deixar Paris. Fizera bom uso de seu tempo por lá, adiantando sua matéria e ajudando Janak na defesa do caso. Lucine concordou em se encontrar com ele em um café perto do mercado Bucci no dia anterior ao seu vôo para São Francisco, para acertarem os últimos detalhes.

Mal equipado para o clima frio de Paris, Samuel vestia o mesmo casaco esporte cáqui amarrotado, a mesma camisa de algodão e o cachecol de lã vermelha enrolado no pescoço. Por milagre, não pegara um resfriado e estava quase certo de que devia aquilo às misteriosas ervas chinesas que o Sr. Song lhe vendera, que tomou sem perguntar o que eram, uma vez que sabia que jamais receberia qualquer resposta do sábio albino.

Estava sentado perto da vitrina, dentro do Café Palate, junto a uma mesa quadrada de nogueira com o tampo manchado, bebendo seu *café americaine* e lendo o *Herald Tribune* quando Lucine entrou. Tirou o casaco de lã escura e o boné de pele branca, e guardou as luvas de couro no bolso. Samuel apontou para outra cadeira e chamou o garçom.

Após um longo tempo, apareceu um jovem com o olhar vago. Lucine pediu um café expresso e um croissant. Samuel achou ter percebido que o rosto do rapaz se animou ao notar que não mais teria de lidar com aquele pálido turista que assassinava o mais belo idioma do mundo. Ele atendeu Lucine com muito mais rapidez, pousando o prato com croissant e a xícara de café diante dela. Ela dissolveu o cubo de açúcar na xícara e, delicadamente, tirou um pedaço do croissant.

— Quero agradecer por toda a sua ajuda, Lucine — disse Samuel. — É quase inacreditável o quanto você fez por mim e por Janak.

— Você é muito bem-vindo. Mas ainda não terminamos. Preciso de seu endereço para poder lhe enviar mais informações.

Samuel escreveu seu endereço e número de telefone em uma página do bloco de notas, arrancou-a e entregou a ela.

— Primeiro, procurarei a certidão de nascimento do curdo. Se ele nasceu na França, tem de estar registrado em algum cartório aqui em Paris.

— Se a encontrar, conseguiria para mim uma cópia autenticada com um selo do governo? — perguntou Samuel, dando-se conta de que estava pedindo demais.

— Claro — disse Lucine. — Acredito que tal documento possa ser importante em um procedimento legal.

— Acha mesmo que vai conseguir que Hector revele seu nome verdadeiro? — perguntou Samuel.

— Acho que sim. Creio que posso convencê-lo de que, após todos esses anos, ninguém está procurando por ele. Mas é importante manter seu paradeiro em segredo. Se você usar apenas o nome dele, ninguém saberá se ele está vivo ou morto. Considerando o modo como o deixaram, estou certa de que ninguém acha que ele sobreviveu para contar o que aconteceu.

— Alguém feriu aquele homem, assim como a outras pessoas. Se você descobrir mais alguma coisa sobre os amigos e os inimigos dos Hagopian, avise-me imediatamente.

Fizeram uma pausa saboreando seus cafés, pensando que fazia poucos dias desde que haviam começado aquela amizade.

— Precisamos discutir outra vez o que vai dizer a Janak a meu respeito? — perguntou Lucine, buscando o olhar de Samuel.

— Acho que não. Como disse, quando falamos sobre isso pela primeira vez, sou um homem de palavra. Janak receberá seu novo endereço e um pedido para que lhe escreva, mas nenhum detalhe sobre sua vida particular. Farei como pediu. Se quiser, não digo nem isso. Sem você, Lucine, não teríamos descoberto nada. É claro que, se me enviar algo de novo, terei de falar a ele onde obtive a informação.

— Não estou preocupada com isso. Só não quero que Janak saiba muito a meu respeito. Não estou certa de meus sentimentos por ele. Durante algum tempo achei que o odiava, mas agora não estou certa. Ainda não posso falar sobre isso, Samuel.

— Francamente, Lucine, posso lhe assegurar que Janak é um homem diferente daquele que você imagina. Sei que ele pensa em você constantemente.

— Veremos, Samuel — disse ela, com alguma severidade nos olhos castanhos.

Capítulo 7

Mordiscando as bordas

Enquanto Samuel estava em Paris, Janak Marachak preparava-se para o julgamento. Passara dias inteiros com Bartholomew Asquith na biblioteca, estudando as fotografias da cena do crime, relendo os relatórios da necropsia, da polícia, do legista e do laboratório da perícia, assim como as diversas matérias dos inúmeros diários do condado de Contra Costa. Deadeye Graves estava usando os jornais contra os clientes de Janak sem lhes dar oportunidade de defesa.

Janak sabia que precisava fazer algo a respeito daquilo ou não conseguiria selecionar um júri imparcial. Ele foi à corte e pediu uma ordem para evitar os vazamentos, mas o juiz não estava convencido de que vinham do escritório do promotor público e a moção foi negada. Janak compreendeu que teria de recorrer a outros métodos para conter o fluxo de indiscrições.

Antes de ir para Paris, Samuel certificara-se de que os relatórios da perícia e da polícia sobre o assassinato de Joseph Hagopian enviados por seu colega Bucky Hughes, em Fresno, fossem encaminhados a Janak. O advogado e seu assessor selecionaram as páginas importantes dos dois relatórios e as fixaram com fita adesiva nas lombadas dos livros das estantes, para ficarem à mão. Asquith fazia hora extra, mas parecia mais controlado. Esquecera momentaneamente o medo mórbido de comparecer a tribunais. Aliviado dos efeitos dessa fobia, seu entusiasmo era contagiante e o escritório aprovou e agradeceu-lhe a atitude.

Janak confrontava-se com uma decisão difícil. Sabia que o julgamento seria caro e que não poderia confiar em seu instável fluxo de caixa para financiar o caso, motivo pelo qual pediu que a mãe lhe doasse algumas de suas ações, suas únicas economias além da casa que os avós de Janak haviam deixado para ela. Com as ações como garantia, o advogado conseguiu um empréstimo de 5 mil dólares do Hibernia Bank a uma taxa de juros razoável. Aquilo permitiu que pagasse os peritos dos quais precisaria e contratasse um investigador para pesquisas de última hora e para ficar de prontidão durante o julgamento a fim de intimar testemunhas e cuidar do inesperado.

Não tinha de se incomodar com as tarifas do júri porque era o povo quem as pagava. Afinal, todo réu tinha direito a um julgamento financiado pelo Estado. Contudo, as transcrições das sessões diárias eram responsabilidade dos litigantes, a não ser que a corte as requisitasse, algo que ele reivindicaria na esperança de reduzir suas despesas. Concluiu que um investigador para descobrir os vazamentos de Deadeye consumiria todo o fundo reservado ao julgamento. Em vez disso, precisava encontrar uma solução criativa para o problema.

Era quinta-feira. O julgamento começaria em cerca de três semanas, e Samuel voltaria no dia seguinte. Ele, Janak e Asquith deveriam se reunir no domingo. Nesse meio-tempo, Janak e Asquith tentavam descobrir quais seriam as testemunhas de Deadeye, em que ordem seriam chamadas e o que cada uma diria.

Asquith também trabalhava em diversas moções *in limine* para evitar que provas prejudiciais a seus clientes fossem mencionadas durante os procedimentos. Apresentaria as moções ao juiz antes de o júri ter sido escolhido ou antes de serem prestados os primeiros testemunhos. As moções eram particularmente importantes porque Janak não queria que se inserisse qualquer evidência que incriminasse José ou Miguel Ramos, que estavam ausentes. Também não queria que o promotor tentasse submeter evidências de que havia cumplicidade entre eles e os réus Juan Ramos e Narcio Padia. E certamente não queria que houvesse qualquer menção ao homicídio em Fresno ou ao fato de as digitais de Miguel terem sido encontradas na arma que matou Joseph Hagopian. A admissão de qualquer uma dessas evidências seria prejudicial a seus clientes, que estavam com a vida em risco.

Tudo dependeria do júri designado para o caso. O juiz Lawrence Pluplot era o mais qualificado e ambos desejaram que ele fosse escolhido. O outro era Alfred Pickering, um juiz de partilha muito conservador que não sabia muito de direito penal. Janak achou que até mesmo o promotor público o contestaria, porque poderia cometer algum erro na apresentação de provas ou na instrução do júri. Aquilo tornaria o caso vulnerável a uma apelação se o Estado ganhasse. Contudo, com Deadeye Graves representando o povo, qualquer coisa podia acontecer.

* * *

Samuel não perdeu tempo. Na tarde de sua chegada a São Francisco, foi até o escritório de Janak, embora estivesse grogue por causa da viagem e da diferença de fusos horários. Entregou a Janak uma folha de papel com o endereço de Lucine. Asquith estava sentado no outro lado da mesa, diante de uma pilha de livros de direito.

— Como a encontrou? — perguntou Janak assim que se recuperou da surpresa. — Este é um endereço diferente daquele que tenho.

— Eu não sou seu detetive? — respondeu Samuel, sorrindo com malícia.

— Sabe se ela recebeu alguma de minhas cartas?

— Não me faça perguntas. Dirija-se a ela — respondeu Samuel. E recusou-se a falar mais, como prometera a Lucine. — Depois digo como a encontrei. Vamos tratar do que descobri.

Samuel explicou a Janak o que acontecera com o empregado depois que a família fugiu de Erzerum. Provavelmente os Hagopian nem ficaram sabendo.

— O homem não quis me dar o nome verdadeiro, mas meus contatos em Paris acham que podem descobrir. Ele se chama Hector Somolian.

— Como assim, "seus contatos"? — perguntou o advogado.

— Exatamente o que eu disse. Tenho contatos trabalhando para mim a fim de obter mais informação — respondeu Samuel.

— Precisamos saber quem atacou Samolian. Isso pode ser importante. — admitiu Janak.

— Foi a primeira coisa que perguntei — disse Samuel. — Mas ele não quis me dizer por causa daquela gente que tentou matá-lo e que ele acha que ainda pode fazê-lo. Temos de ser pacientes. Primeiro, vamos descobrir a identidade dele e, então, lhe faremos perguntas.

— Não temos muito tempo — disse Janak, concentrado nas anotações que fazia.

— Não depende de nós. Como eu disse, estão trabalhando nisso em Paris. Também estão tentando descobrir algo sobre o passado do curdo.

— Do que você está falando? O cara é curdo, não francês — disse Janak.

— Tenho um palpite — disse Samuel. — Gostaria de saber se ele tem ligação com a França ou com a comunidade armênia em Paris. É parte da investigação, algo pode sair daí.

— Olhe isso — disse Janak, entregando uma matéria de jornal a Samuel.

O repórter leu atentamente durante alguns minutos.

— Meu Deus, isso é uma calúnia, coisa de imprensa marrom. O autor ferrou com seus clientes. De onde veio essa informação?

— Só pode ter vindo do escritório da promotoria. E isso não é o pior. Todo mundo que ler isso vai saber que não apenas as digitais de Miguel estavam em uma arma que nem mesmo faz parte deste caso, como também nas garrafas de Coca-Cola encontradas no corpo de Armand Hagopian. Embora Miguel não esteja no tribunal, seus colegas estarão e serão considerados culpados por associação. Muito bem pensado, não acha? Depois, os réus serão acusados de atravessar a fronteira ilegalmente e roubar empregos de trabalhadores americanos. A sugestão é que, se Hagopian tivesse empregados americanos, esse crime terrível jamais teria acontecido.

Samuel devolveu o jornal a Janak.

— O que você fará a respeito?

— Precisamos de sua ajuda, Samuel.

Então, os dois passaram quase uma hora discutindo a estratégia. Samuel estava cansado demais para pensar como realizar qualquer uma das idéias sugeridas naquele dia e não tinha idéia de por onde começar. Deixou o escritório e desceu a Market até o ponto de bonde na Powell Street e foi até Camelot dizer olá a Blanche. Deu-lhe um resumo sobre o caso Lucine e pediu que ela mantivesse aquilo em segredo, então voltou a seu apartamento para lutar contra a exaustão e o sono.

Depois que Samuel e Asquith se foram, Janak ficou sentado sozinho à mesa da biblioteca, segurando o papelucho com o endereço de Lucine. Sorriu para si mesmo, tocando a cicatriz na face que ela beijara mais de uma vez no curto período em que estiveram juntos. Fazia mais de dois anos, pensou. Ficou feliz por não ter abandonado a esperança. Ele queria escrever uma carta para ela naquele instante, mas deu-se conta de que não seria o bastante. Devia-lhe uma explicação, pessoalmente.

* * *

No dia seguinte, Samuel despertou ao nascer do sol. Desfez a mala de roupas amarrotadas usadas na viagem a Paris e vestiu uma calça cáqui recém-lavada e uma nova camisa azul. Lustrou os sapatos marrons com Shinola, disfarçando os arranhões que fizera nas ruas de Paris. Ao se olhar no espelho, sorriu. Parecia muito bem para alguém que acabara de voltar de sua primeira viagem ao outro lado do mundo.

Uma vez que era muito cedo, caminhou alguns quarteirões a mais, da periferia de Chinatown, onde morava, até North Beach, e sentou-se a uma mesa do Café Trieste, que tinha um ar mais europeu que os lugares que costumava freqüentar. Também gostava do café mais forte ao qual se habituara em Paris. Pediu um cappuccino e um croissant, que não se comparava com aqueles que comera na semana anterior, mas dos quais gostou do mesmo jeito, e leu o jornal de ponta a ponta, tentando ver o que os colegas repórteres haviam feito em sua ausência.

Perto das dez, voltou a Chinatown e foi até a loja AS MIL ERVAS CHINESAS DO SR. SONG, na Pacific Street, entre Kearny e Stockton, que estava abrindo naquele momento. Ele entrou, a campainha da porta soou, e o assistente do Sr. Song, um chinês usando um casaco azul, saudou-o com um sorriso banguela. Nada mudara na loja: fileiras de jarros de cores terrosas alinhavam-se nas paredes, o balcão de laca preta com paisagens chinesas em seus painéis frontais e, atrás dele, as mesmas caixas fechadas empilhadas até o teto. Lembrou-se do odor pungente de ervas, penduradas no teto de 6 metros de altura.

— O Sr. Song está?

O homem ergueu a mão pedindo que Samuel esperasse, e desapareceu atrás da cortina de contas azuis. Logo as contas se abriram e o dono apareceu. Como sempre, Samuel chocou-se com a estranha aparência do herbanário albino. Song vestia um casaco de seda preta com gola de mandarim e a figura de uma montanha bordada no tecido. Usava o mesmo solidéu preto de sempre e óculos que aumentavam seus olhos rosados. Não pareceu surpreso ao ver Samuel, como se soubesse que, cedo ou tarde, ele viria consultá-lo. Em vez disso, sorriu e meneou a cabeça ligeiramente.

— Preciso falar com você — disse Samuel.

O Sr. Song ergueu a mão e chamou o assistente. Murmurou algo e o homem saiu apressado pela porta da frente.

— Sem cigarro? — perguntou, fixando o olhar penetrante em Samuel.

— Não. Quase um ano agora, graças a você e à sua hipnose, Sr. Song. Bem, a verdade é que tive algumas recaídas. Por que mentiria para você?

O sábio apontou-lhe um dedo longo que mais parecia uma vela.

— Sem cigarro! — ordenou.

Este foi o fim de sua conversa até que a sobrinha dentuça do Sr. Song, vestindo uma saia quadriculada com o emblema da escola batista no bolso da camisa branca engomada, apareceu à porta.

— Olá, Sr. Hamilton. Não o vemos há algum tempo. Mas ouvi dizer que é um repórter bem-sucedido agora.

— É o que dizem? — perguntou Samuel, enrubescendo.

— Oh, sim. Todos lêem suas matérias. São traduzidas para o chinês e publicadas na imprensa de Chinatown. As pessoas ficam muito interessadas, especialmente quando você escreve sobre crimes.

— Ouvi dizer que os chineses se interessam por essas coisas. Em verdade, o motivo de eu estar aqui é pedir ajuda a seu tio em um caso que estou trabalhando em Martinez.

— Aquele do armênio? — perguntou ela.

— Sabe a respeito?

— Eu lhe disse que gostamos de histórias de mistério, Sr. Hamilton.

— Ora essa! Muito bem. Perguntaria ao Sr. Song se posso conversar francamente com ele a esse respeito?

Ela falou com o Sr. Song um instante e respondeu:

— O Sr. Song disse que, se você mantiver a palavra de parar de indicar a loja dele para aqueles sujeitos horríveis, ele o escutará. Depois de ouvir o que você tem a dizer, ele decidirá se pode ajudá-lo.

— Estou trabalhando em uma matéria que sua sobrinha conhece — disse Samuel, apoiando os cotovelos no balcão de laca preta e segurando o queixo com ambas as mãos enquanto se inclinava para a frente a fim de falar com o herbanário. — Meu amigo, o advogado Janak Marachak, representa dois trabalhadores mexicanos acusados do assassinato de um proeminente homem de negócios armênio. Uma pessoa muito ruim, o assistente da promotoria do condado de Contra Costa, tem publicado matérias que estão prejudicando os clientes do Sr. Marachak. Precisamos detê-lo.

A sobrinha traduziu o que Samuel dissera, movendo os braços dramaticamente. O Sr. Song não disse nada durante vários minutos, mas Samuel percebeu que ouvia atentamente, uma vez que meneava a cabeça de tempos em tempos enquanto ela falava.

— Meu honorável tio diz que é muito interessante você vir pedir a ajuda dele em um assunto que nada tem a ver com Chinatown ou São Francisco. Por que acha que ele pode ajudar em algo que aconteceu tão longe daqui? — perguntou a dentuça.

— Diga-lhe que sei que ele tem influência em toda a área da baía. Foi por isso que recorri a ele.

— Ele, assim como eu, conhece o caso. Também sabe das matérias publicadas no condado de Contra Costa.

— Como descobriu?

— Do mesmo modo que eu, Sr. Hamilton. Leu na imprensa chinesa.

— Será que ele conhece alguém no condado de Contra Costa que possa nos ajudar a impedir a má publicidade?

— Ele disse que sim. Em verdade, ele sabe o que você deve fazer a respeito.

— Ele deve estar brincando.

— Não. Meu honorável tio não brinca nunca, Sr. Hamilton. É um sábio muito sério.

O Sr. Song foi para trás da cortina de contas azuis e Samuel foi deixado a sós com a sobrinha. Diversos minutos se passaram, o que pareceu uma eternidade para Samuel, mas o velho voltou afinal com a mesma expressão inescrutável e as mãos metidas dentro da túnica.

A dentuça traduziu.

— Ele tem um plano que você pode usar para desacreditar seu inimigo do escritório da promotoria, e ele já falou com alguém em Martinez por telefone com quem você deve entrar em contato. Essa pessoa o está esperando.

— Seu tio sempre me surpreende — disse Samuel, atônito.

— O Sr. Song sabe muitas coisas. Ele diz que a pessoa que o espera lhe dirá qual é o plano. Até mais, Sr. Hamilton!

— Quanto devo a seu tio?

— Nada, não. Ele disse que você é cliente dele apenas no que diz respeito às ervas. Informação é grátis. Também está grato por você ter mantido o malvado Sr. Perkins e seus homens longe deste lugar.

O repórter não imaginara que a presença de Perkins, o assistente da promotoria federal que interviera nos assassinatos de Chinatown — a respeito dos quais Samuel escrevera no ano anterior, em uma série de artigos intitulada "O mistério dos jarros chineses" —, tivesse tal efeito sobre o Sr. Song. Perkins confiscara diversos jarros da loja do albino, o que o Sr. Song considerou um insulto pessoal, porque aquilo poderia lhe custar a confiança de seus clientes. A loja era como um banco onde os clientes depositavam seus bens mais valiosos em jarros de cerâmica. A reputação do Sr. Song estaria ameaçada caso seus clientes percebessem que alguém estava levando os jarros sagrados dali.

Samuel anotou o nome e o endereço da pessoa que o Sr. Song indicou, despediu-se e saiu da loja, sorrindo. "Tenho o instinto de um perdigueiro", murmurou, pensando nos romances de detetive que lera quando tinha 20 anos. Fora à loja atrás de um palpite e o resultado não podia ter sido melhor. Ou seria mesmo apenas um palpite? Talvez o Sr. Song o tivesse chamado telepaticamente. Qualquer coisa era possível com aquele homem.

***

Samuel pegou os recortes de jornal e foi até Martinez com Marcel. O endereço ficava perto da Main, a apenas três quadras do tribunal. Era um prédio de madeira dilapidado e sem pintura, com uma cobertura sobre a calçada, parecido com algo visto em uma cidade deserta do faroeste. Na vitrina à esquerda da porta, lia-se o nome LAVANDERIA MING em grandes letras azuis com bordas brancas. À direita, em letras azuis, uma lista de preços. Samuel riu consigo mesmo quando o fotógrafo estacionou o Ford 47 diante da loja.

— Qual a graça? — perguntou Marcel.

— Finalmente entendi.

— O quê?

— O que o Sr. Song me disse no ano passado: *uma mão lava a outra.*

— De que diabos está falando?

— Deixa pra lá, é uma piada particular. Chamo você quando for a hora de tirar as fotografias.

Samuel entrou na lavanderia e a jovem chinesa atrás do balcão examinou-o dos pés à cabeça.

— Perdão, você fala a minha língua? — perguntou.

— Claro. Em que posso ajudá-lo?

— Fui mandado pelo Sr. Song para falar com Mae Ming.

— Você é o Sr. Hamilton?

— Sim — disse Samuel, surpreso.

— A Sra. Ming está à sua espera. — Ela ergueu a parte central do balcão e acenou para que Samuel a seguisse. Atravessaram uma porta e Samuel viu-se em uma sala ampla repleta de empregados chineses separando pilhas de roupas que outros empregados pegavam e punham dentro de máquinas de lavar industriais na parede oposta. Ele seguia a jovem por um corredor improvisado até os fundos do prédio. Ela bateu à porta junto a uma ampla janela através da qual Samuel viu uma chinesa grisalha sentada a uma escrivaninha, concentrada no trabalho. A jovem abriu a porta e eles entraram.

— Este é o Sr. Hamilton — disse ela.

A outra mulher se levantou e Samuel pôde vê-la melhor. Tinha quase 1,80m de altura, cabelos cortados curtos, e usava um óculos de aros de chifre que repousava sobre as maçãs de sua face. O repórter achou que ela mais parecia uma professora do que a encarregada de uma lavanderia. A mulher estendeu-lhe a mão e sorriu.

— Sou Mae Ming. O Sr. Song me falou de você. Soube que tem um problema no condado de Contra Costa e gostaria de obter alguns conselhos. Talvez de alguma ajuda.

— Sim — admitiu Samuel, seduzido pela perfeita dicção e pela postura da mulher. Olhou atrás dela e viu uma estante de livros que ocupava toda a parede atrás da escrivaninha, repleta de romances e livros de poesia com títulos em inglês, alguns cadernos de anotações com caracteres chineses na lombada, além de diversos boletins científicos. A curiosidade de Samuel o fez aproximar-se o bastante para ler os diplomas da outra parede e surpreendeu-se ao saber que Mae Ming se tornara PhD em biologia pela Universidade da Califórnia em Berkeley, em junho de 1950.

— É você? — perguntou.

— Infelizmente sim. Em uma família chinesa, às vezes é preciso optar entre os pais e a carreira. A minha família é muito tradicional. Há cerca de oito anos, meus honoráveis pais não puderam mais administrar o negócio, muito em razão da saúde de meu pai. Então eu vim trabalhar aqui para estabilizar a situação e a situação saiu de controle. O condado começou a enriquecer e, por isso, os negócios prosperaram. Quando dei por mim, estava longe de minha disciplina havia tanto tempo que não conseguia mais arranjar um emprego. A coisa foi mais difícil do que normalmente teria sido, uma vez que, para início de conversa, sou uma chinesa com um título acadêmico masculino. Mas chega de falar de mim. Falemos sobre seu problema.

Samuel ficou fascinado ouvindo Mae e teve de balançar a cabeça para voltar a se concentrar no assunto.

— Não estou certo de por onde devo começar.

— Sei os antecedentes de seu caso, e conheço Earl Graves — disse ela com um menear de cabeça.

— Então sabe que ele vem plantando aquelas matérias atrozes sobre os clientes do Sr. Marachak na imprensa local.

— Sim, li algumas delas. Embora soubesse o que ele estava fazendo, perguntava-me quanto tempo ele conseguiria prosseguir com aquilo. Nesse sentido, estou feliz que esteja aqui.

Samuel tirou da pasta as matérias que Janak lhe dera e as espalhou sobre a escrivaninha de Mae. Começou a falar sobre o significado de cada uma e de como Deadeye deturpara as provas ou as levara a público quando, em verdade, não poderia fazê-lo. Enquanto falava, ela passou os olhos sobre as outras matérias que não tinha lido.

— Você conhece algum dos repórteres que escreveram estas matérias? — perguntou ele.

— Sim, conheço todos eles. Alguns são nossos clientes, incluindo o Sr. Graves. Trazem a roupa para lavar aqui.

Então, analisaram as matérias uma a uma. Levaram quase uma hora.

— O Sr. Song disse que você saberia o que fazer a respeito. É verdade?

— Sugiro que volte aqui hoje à noite, por volta das dez. Tem uma câmara com flash? — perguntou Mae.

— Certamente. É tudo de que preciso?

— Será mais que suficiente.

Ela se recostou na cadeira, tirou os óculos pesados e massageou o cavalete do nariz. Foi quando Samuel percebeu que ela tinha as sobrancelhas negras mais bem formadas que ele já vira.

* * *

Samuel e Marcel estavam à porta dos fundos da lavanderia às dez e Mae levou-os a seu escritório. Ela trocara o casaco branco de trabalho por uma elegante jaqueta vermelha e calças pretas. Explicou-lhe onde encontrariam Deadeye Graves, como ele era e a que horas geralmente chegava, assim como o que esperar. Samuel já sabia como era Deadeye. Não estava preocupado com aquilo.

— Como sabe de tudo isso? — perguntou.

— Digo depois. Por favor, preste atenção no que estou lhe dizendo e não chegue lá antes das onze.

Samuel e Marcel voltaram ao Ford 47 e esperaram por meia hora. Marcel acendeu um cigarro. Samuel queria pedir um, mas baixou a janela, mesmo com o frio que fazia lá fora. O cheiro da fumaça no carro era muito tentador para um fumante contumaz como ele.

— Esse é um hábito ruim. Por que não visita o Sr. Song e tenta parar? — perguntou Samuel, respirando com prazer o que restava da fumaça no ar.

— Não, obrigado, gosto de fumar.

— É, dá para ver — disse Samuel. — Se este carro não fosse seu, pediria que fosse fumar lá fora. — E ambos riram.

Marcel pegou o mapa que Samuel desenhara no escritório de Mae e ambos o analisaram à luz de um fósforo. Quando chegou a hora, foram até a beira-mar e logo encontraram um prédio com um letreiro de neon de um metro de altura, onde se lia "Bar". O letreiro era barulhento, embora funcional. Abaixo do luminoso, havia um prédio de um andar quase totalmente às escuras, sem janelas para a rua.

— Este lugar parece uma lixeira — disse Samuel.

— Espero que Mae esteja certa — disse Marcel.

— Estou seguro de que a Sra. Ming sabe do que está falando — disse Samuel. — Trouxe os filmes e as lâmpadas de flash?

— Não faça perguntas idiotas. Este é meu trabalho.

— Antes de entrarmos, vamos ver se há outra saída deste lugar — disse Samuel.

Vasculharam cuidadosamente as laterais e encontraram uma porta no lado esquerdo do prédio.

— Espero que não esteja trancada — disse Marcel.

— Deve haver uma saída de emergência que fique aberta no horário comercial. No Camelot é assim. Quando entrarmos, você deve ficar junto à porta — disse Samuel. — Vai reconhecer Graves, você o viu no funeral. Se eu quiser que você o fotografe, sinalizo. E você sabe o que fazer se conseguir, certo?

— Farei como me instruiu, chefe — disse Marcel.

Aproximaram-se das portas duplas que davam acesso ao interior, iluminadas por uma luz fraca embutida na parede. Samuel tentou uma das duas portas, mas estava trancada. Por isso, entraram pela outra e viram-se em um ambiente amplo, repleto de fumaça e com muitas mesas, a maioria ocupada por clientes. A pretexto de usar o banheiro, Samuel foi até a outra extremidade do salão e calculou que havia mais de cinquenta pessoas ali dentro. Passou por uma pequena pista de dança. À sua esquerda, viu a porta de saída que viram do lado de fora e um palco, com os instrumentos musicais sobre as cadeiras. Ali perto, viu um bar com diversas pessoas de costas para ele. Havia dois barmen atrás do balcão. Um à direita de Samuel, no fim do bar, servindo bebidas para as garçonetes que atendiam as mesas. O outro estava parado no meio do balcão, atendendo os clientes que estavam de pé, gritando o que queriam beber. Como em muitos bares, bem atrás dos barmen havia um grande espelho encardido atravessado por várias prateleiras repletas de garrafas de bebida.

Samuel voltou e sentou-se com Marcel a uma mesa pequena junto à porta da frente. Tentou afastar a fumaça com as mãos enquanto observava os clientes do lugar. Concentrou-se no homem alto, em pé entre duas mulheres, que ele vira a caminho do banheiro. Tinha cabelos grisalhos e estava vestido com um terno escuro e botas de caubói. Ria, e estava com ambas as mãos sobre as nádegas das mulheres. Samuel não tinha dúvida de que aquele era Deadeye Graves e que ele bebera demais.

Seria um grande furo caso conseguisse uma fotografia do assistente da promotoria segurando a bunda de duas mulheres, mas Deadeye não estava olhando para a câmara e depois poderia negar que não era ele de fato. E Marcel teria tempo apenas para uma fotografia antes de desencadear uma grande confusão.

Nesse momento, a garçonete se aproximou. Parecia mais uma dona de casa exausta, alguém que precisava do dinheiro extra que ganhava à noite naquele lugar. Certamente as gorjetas eram boas. Ela ergueu uma sobrancelha e olhou para os dois homens sentados diante da pequena mesa circular. Pareciam deslocados ali, especialmente com a volumosa câmara de Marcel em cima da mesa.

— Uísque com gelo para mim — disse Samuel.

— Eu quero uma cerveja — disse Marcel. — Grace Brothers.

— A que horas começa o show da banda? — perguntou Samuel.

— A qualquer momento. Estão parados há mais de 15 minutos.

Aquilo soou encorajador para Samuel. Se pudesse fazer Deadeye se virar, talvez conseguisse o que queria.

Fiel às palavras da garçonete, os membros da banda começaram a voltar ao palco e, em alguns minutos, tocavam música para dançar. Deadeye e as duas mulheres voltaram-se para o salão. Ele abraçou as duas e começaram a se mover em direção à pista de dança. Em um áspero sussurro, Samuel disse a Marcel:

— Tire a fotografia daquele filho-da-puta e vamos dar o fora daqui!

Marcel focalizou a câmara e o flash teve o efeito de um tiro de canhão na penumbra do lugar. À luz azulada da lâmpada do flash, Samuel viu o bar como em um filme *noir* no qual todos os elementos estavam presentes: a fumaça, os clientes pálidos, as garçonetes exaustas, o vilão com as prostitutas; e o repórter e seu fotógrafo. Não pôde divagar a respeito daquela imagem por mais tempo, porque Deadeye se recuperou da surpresa, deu-se conta do que havia acontecido e foi atrás de Marcel, que saiu correndo pela porta da frente. Samuel esticou a perna e Deadeye caiu diante da mesa.

— Lamento muito — disse Samuel, fingindo ajudar Deadeye a se erguer, mas ao mesmo tempo segurando o paletó de seu terno para evitar que fosse a algum lugar. Furioso, Deadeye empurrou o repórter para o lado e saiu pela porta da frente do bar, ainda a tempo de ver o Ford 47 de Marcel dobrar a esquina cantando pneus. Com a distância e a escuridão, era impossível ver o número da placa do carro. Deadeye voltou ao bar para confrontar Samuel, mas àquela altura o repórter já havia saído pela porta lateral e corrido como um coelho para encontrar Marcel, que o esperava um quarteirão abaixo, com o motor ligado.

***

A fotografia ficou pronta na manhã seguinte. Era sensacional. Deadeye não apenas parecia bêbado, como as mulheres que estavam com ele pareciam muito vulgares. Samuel correu até o escritório de Janak com dez cópias e sentou-se à biblioteca, rindo à princípio, mas então ponderando o que fazer com aquilo. Samuel ligou para Mae, como ela pedira.

— Muito bem, Sra. Mae, estou com as ampliações. Ele estava exatamente onde você disse que estaria. Não sei como agradecer à senhora pela ajuda. É mais do que sonhávamos ser possível. Asseguro-lhe que Graves não vai querer que o público tome conhecimento disso. Como podemos fazer para que esta fotografia seja publicada nos jornais do condado de Contra Costa?

— Antes de qualquer coisa, preciso ver a fotografia — insistiu ela.

— Muito bem, vou ver como posso lhe entregar esta foto amanhã, por volta do meio-dia, a não ser que eu consiga encontrá-la antes disso — e desligou o telefone.

— Vanessa, podemos usar seu carro? — gritou Janak.

— Por que pergunta, chefe? Você o usa mais do que eu. De qualquer modo, precisa abastecer — respondeu ela de seu cubículo no outro extremo do escritório.

— Quer que eu vá com você? — perguntou Janak.

— Não creio que seja necessário — respondeu Samuel. — Mas ela disse que você podia usar o carro, não eu.

— Vanessa, tudo bem se Samuel dirigir seu carro?

— Que escolha eu tenho? — gritou ela, em meio a uma risada.

Aproveitando a generosidade de Vanessa, Samuel fez uma rápida viagem até Martinez e bateu à porta dos fundos da lavanderia, onde Mae esperava por ele. Sentaram-se à escrivaninha para examinar a fotografia.

— Muito bom trabalho, Sr. Hamilton.

— Como você sabia que ele estaria lá com aquelas mulheres? — perguntou Samuel.

— Não são mulheres — respondeu Mae. — Por isso eu queria ver as fotografias. São homens.

— Homens? Quer dizer, travestis? — exclamou Samuel, subitamente caindo na gargalhada. — Posso usar seu telefone? — E começou a explicar rapidamente a Janak o que acabara de descobrir.

— E agora? — perguntou Janak, engasgado de tanto rir.

— Ainda não chegamos lá. Mas eu o manterei informado.

— Lembre-se, precisamos de exposição máxima! — disse Janak antes de desligar.

— Preciso saber algumas coisas antes de levarmos isso a público, Sra. Ming — disse Samuel. — Primeiro, como sabia que Graves estaria no bar?

— Normalmente eu não diria. Mas o Sr. Song o enviou e, uma vez que sei o que pretende, vou explicar. A primeira parte é simples — respondeu Mae. — O Sr. Graves é cliente de nossa lavanderia. Meus empregados encontraram uma caixa de fósforos daquele bar em um dos bolsos dele. Também encontraram marcas de batom na braguilha de duas calças, o que me levou a enviar um espião ao bar para ver o que estava acontecendo. O espião foi até lá diversas vezes e viu o Sr. Graves na companhia de Mimi e Max, que, em verdade, são homens vestidos de mulher. Procuram diversão naquele e em outros bares das redondezas. Você veio me visitar justamente no dia em que o Sr. Graves se encontraria com eles.

— Agora, a questão é: como divulgar o que descobrimos, como quer meu amigo Janak? — perguntou Samuel.

— Já pensei nisso. Preparei-lhe uma lista de editores dos jornais mais influentes do condado de Contra Costa. Todos publicaram matérias prejudiciais aos clientes do Sr. Marachak. Vá falar com eles. Diga-lhes quem é, mostre-lhes a fotografia, e garanto que publicarão.

— Acha que a publicarão amanhã?

— Todos estão ansiosos atrás desse tipo de notícia. O Sr. Graves anda pedindo por isso já há algum tempo. Ficaria surpresa se o decepcionassem.

— Posso usar seu nome caso tenha problemas?

— Claro que não. O motivo pelo qual posso lhe dar tanta informação é que ninguém sabe que eu a tenho. Viu aqueles cadernos de anotações atrás de minha escrivaninha, com caracteres chineses nas lombadas? Estão repletos de informação sobre as pessoas mais poderosas deste condado. Como bióloga, estou ciente da importância dos detalhes. Acho que sinto falta do microscópio e esta é minha maneira de compensar.

— Para que usa a informação, Sra. Ming?

— Nunca se sabe. Neste caso, posso devolver um favor do Sr. Song e, por coincidência, posso me vingar do modo grosseiro como o Sr. Graves trata meus empregados — disse Mae, sorrindo.

— Sua lavanderia é a única coisa que essas pessoas têm em comum? — perguntou Samuel, apontando para os cadernos.

— Esta é a melhor e a mais antiga lavanderia deste condado, Sr. Hamilton. O erro que essas pessoas cometeram foi não tirarem dos bolsos as provas que as incriminavam antes de nos mandarem a roupa suja.

* * *

Samuel usou o telefone do escritório de Mae e conseguiu que cinco jornais publicassem a matéria e a fotografia em suas edições de sexta-feira. A única condição era que ele entregasse o material até as quatro. O repórter pediu emprestada a máquina Remington de Mae para escrever a história do Sr. Graves e dos dois travestis. Quando terminou, limpou as manchas de papel-carbono das mangas do casaco cáqui, enviou a matéria para todos os jornais que concordaram em publicá-la, então correu até o editor de fechamento de seu próprio jornal para que a publicasse no dia seguinte.

A revelação caiu como uma bomba. O escritório do promotor público foi inundado de chamadas e teve de fechar a mesa telefônica pelo resto daquela sexta-feira. Deadeye desapareceu no fim de semana, enquanto tentava avaliar o dano causado à sua carreira.

Na manhã seguinte, Samuel, Asquith e Janak estavam na biblioteca do escritório lendo as matérias publicadas.

— Não sei se fico feliz ou furioso — disse Janak.

— Como assim? — perguntou Samuel.

— O que Deadeye fez com meus clientes foi algo terrível, portanto estou feliz com o fato de o termos pegado. Ao mesmo tempo, estou furioso que ele tenha feito aquilo. O prejuízo já foi causado.

— Digamos que foi uma medida defensiva, necessária para que permanecêssemos vivos — respondeu Samuel. — O tipo de publicidade que vai obter com aquela fotografia não pode ser boa para ele nem para a sua imagem como promotor público. Não acha que isso pode nos garantir alguma vantagem durante o julgamento?

— Depende do júri, não de nós — disse Janak.

Enquanto isso, Asquith estava a um canto, pesquisando se Deadeye podia ser desqualificado do processo por depravação moral.

— Não perca muito tempo com isso — disse Janak. — Ele não foi condenado por nada. A não ser que o promotor público decida que o caso será prejudicado pelo escândalo, nada acontecerá.

— Achei que havíamos alcançado nosso objetivo — disse Samuel. — Deadeye não é idiota e deve ter compreendido a mensagem. Nós o pusemos em xeque. Vejamos se tem mais truques sujos na manga.

— Em outras palavras, não demos um xeque-mate nele — disse Janak.

— Não entendo de xadrez — disse Samuel.

— Não, mas tem faro de perdigueiro — riu Janak.

— É exatamente o que penso — disse Samuel, também rindo.

***

Samuel não estava errado quanto a Graves. Pouco antes do meio-dia, o telefone tocou no escritório de Janak. Era Deadeye.

— Sr. Marachak, aqui é Earl Graves, assistente da promotoria do condado de Contra Costa.

— Eu sei quem você é. Em que posso ajudar? — perguntou Janak, no tom mais profissional possível.

— Proponho um acordo de cavalheiros. Você sabe quão indiscreta pode ser a imprensa...

— Refere-se à sujeira que tem sido publicada sobre o envolvimento de meus clientes no caso Hagopian?

— Bem, sobre isso e, também, sobre o escândalo envolvendo minha pessoa.

— Sim, vimos na imprensa. Todo mundo está falando a respeito, Sr. Graves. Lamento.

— Não sou imbecil, Sr. Marachak. Posso imaginar perfeitamente como a imprensa conseguiu aquela fotografia.

— Você tem uma boa imaginação, Sr. Graves. Suponho que também imagine como a imprensa obteve toda aquela sujeira sobre meus clientes nas últimas três semanas.

— Ambos precisamos de uma trégua, Sr. Marachak.

— Sem dúvida, é melhor jogar limpo, Sr. Graves.

— Temos um acordo, então — concluiu Deadeye, tentando esconder o misto de medo e ódio em sua voz.

Quando Janak contou a conversa para Samuel e o restante do pessoal de seu escritório, todos aplaudiram.

— Uma pequena vitória em uma batalha feroz — disse Samuel.

— Acho que é mais que isso — disse Janak. — Significa que Deadeye tem muito a esconder. Também significa que ele acha que sabemos muito mais sobre ele do que realmente sabemos, e que tem medo que divulguemos isso.

— Acho que você está certo, Janak — disse Samuel. — Vou me encontrar com Mae para descobrir o que mais ela sabe sobre Deadeye.

— Não precisamos descobrir mais nada. Ele já foi ferido. Vamos apenas ficar quietos e deixar que ele apodreça. Isso o tornará muito menos efetivo no julgamento.

— Você realmente acredita que ele não vai mais tentar outra tramóia neste caso? — perguntou Samuel.

— Por enquanto, não. Mas acho que ele vai usar todas as cartas que tiver na manga no julgamento. Mas estou preparado para isso. Eu só não estava conseguindo lidar com aquelas ações paralelas.

— Mesmo assim, não faria mal descobrir mais alguns podres sobre ele — disse Samuel.

— Vá em frente, consiga o que puder, mas não o quero fora do caso — disse Janak. — Isso me faz lembrar de uma história que ouvi certa vez, a respeito de um político que governou meu estado natal, Ohio, durante cinco mandatos, e cujo assessor de alto nível vivia se metendo em confusão por causa das tramóias nas quais se envolvia. O governador manteve o patife e continuou a ser reeleito. Quando indagado por que não demitia o assessor polêmico, seu único comentário foi: "Você tiraria o saco de areia de um ginásio?" Deadeye será meu saco de areia.

"Temos apenas uma semana antes do julgamento. Preciso ter certeza de que estará tudo pronto para nossa defesa. Portanto, precisamos rever as evidências e tentar adivinhar quem o promotor público chamará como testemunhas e o que essas pessoas dirão. Contratei diversos especialistas. Se vou usá-los ou não, isso dependerá das provas que Deadeye apresentar."

Capítulo 8

O julgamento

Os parágrafos 187 e 188 do Código Penal da Califórnia dizem o seguinte:

> 187. (a) Assassinar é matar ilegalmente um ser humano com dolo.
> 188. Tal dolo pode ser expresso ou implícito. É expresso quando se manifesta a intenção deliberada de tirar ilegalmente a vida de um semelhante. É implícito quando não se revela estímulo considerável ou quando as circunstâncias do assassinato demonstrarem um coração vazio e maligno.

Quando for demonstrado que o assassinato resultou da intenção de perpetrar um ato com dolo expresso ou implícito como definido acima, nenhum outro estado mental precisa ser demonstrado para estabelecer o estado mental de dolo. Nem a consciência da obrigação de agir dentro de um corpo geral de leis que regulam a sociedade nem o agir apesar de tal consciência estão incluídos na definição de dolo.

* * *

O promotor público do condado de Contra Costa acusou Narcio Padia e Juan Ramos de assassinato em primeiro grau, com dolo. Pedia pena de morte para ambos. Suas intenções eram bem conhecidas na comunidade e houve bastante publicidade a respeito do julgamento que começaria naquela manhã de segunda-feira.

Janak não dormiu bem na noite anterior. Tivera seu habitual nervosismo pré-julgamento, só que muito mais intenso, porque, pela primeira vez em sua carreira, teria de salvar a vida de seres humanos. No meio da noite, decidiu que pararia na prisão estadual antes de ir até Martinez.

Levantou-se cedo e ligou para Samuel, convidando-o a ir ao tribunal com ele e Asquith. O investigador particular levou-os até a entrada da ponte Richmond-San Rafael, onde ficava a prisão estadual de San Quentin, e Janak pediu que o motorista parasse o carro.

— Vamos caminhar, Samuel.

Seguiram a pé pela estrada estreita que levava à prisão. Ao fazerem a curva para oeste, divisaram o colosso laranja. Sentaram-se no banco de uma parada de ônibus.

— Este banco, ou um banco igual a este, deve ter sido usado pelas milhares de pessoas que vieram visitar os detentos nos mais de cem anos de vida deste lugar — disse Janak. — No começo, deviam vir a cavalo, charrete ou pelo mar, depois passaram a vir de ônibus ou de táxi.

— Acho que sei o que **o está perturbando** — disse Samuel. — Gostaria **de poder** fazer algo para ajudar, mas esta é uma dessas horas em que a responsabilidade recai inteiramente sobre seus ombros.

— Por isso pedi que viesse comigo. Sabia que você entenderia. Se eu perder este caso, meus dois clientes serão executados bem aqui, nesta prisão. Se o forem, não sei se serei capaz de conviver com isso. Cuidei de diversos casos complexos envolvendo uso impróprio de produtos químicos, mas nunca de algo assim.

— Você é inteligente e honesto. Já me provou isso — disse Samuel. — Todo mundo passa por períodos ruins na vida. Algum dia eu lhe conto os infernos que atravessei. No meu caso, fiz por merecer. Mas não foi isso que aconteceu com você. Você se meteu nessa sem precisar. Isso o põe acima da contenda e lhe garante um distanciamento entre você e as coisas terríveis que aconteceram neste caso. Simplesmente não deixe que isso o abata. Se você se vir em apuros, basta chamar e eu estarei a seu lado.

— Obrigado Samuel. Acho que sei como lutar pela vida desses homens, e sua ajuda significa muito para mim.

Com os cabelos despenteados soprados pelo vento, Janak inspirou profundamente, enrolou-se no casaco e pensou nas palavras de Samuel, que o observava em silêncio, protegido apenas pelo casaco esporte cáqui.

— Sei que meus motivos são puros.

— Certamente. Você fez a coisa certa. Trata-se de representar inocentes que não podem pagar um advogado criminalista. Se algum incompetente os representar, provavelmente serão condenados e enfrentarão a execução. Se isso acontecer, será quase impossível reverter o processo. E, repito, estou aqui para ajudá-lo como puder.

***

Nas manhãs de segunda-feira, os assuntos do tribunal eram tratados de modo casual, mas, devido ao interesse que o caso Hagopian despertara, o tribunal estava lotado. Para a sorte dos réus, o juiz designado para o caso fora Lawrence Pluplot. Aquilo era um alívio para Janak, uma vez que Pluplot era o juiz calejado que a sua equipe precisava para evitar as velhacarias de Deadeye.

Os advogados se apresentaram no gabinete do juiz Pluplot pouco depois das dez. Ele os instruiu a respeito das regras que queria que fossem obedecidas durante o julgamento, e avisou que todas as moções seriam consideradas naquela tarde. Asquith deixou com a escrivã um documento de diversas páginas que ele preparara, e entregou uma cópia a Deadeye. A promotoria não tinha moções a apresentar. O juiz entregou uma lista de jurados potenciais para ambos os advogados e advertiu-os de que a seleção do júri começaria na manhã seguinte. Também destacou que, a não ser que surgisse alguma dificuldade inesperada, as moções seriam avaliadas naquela mesma tarde.

Janak, Asquith e Samuel foram à cantina para analisar a lista de jurados enquanto o investigador particular ia entregar documentos no condado.

— Oi, Donald, finalmente voltei como prometido — disse Janak ao cego atrás da registradora.

— Olá, Sr. Janak.

— Meu Deus! Não acredito que reconheceu minha voz. Só estive aqui uma vez — disse Janak, admirado.

— Embora seja cego, tenho boas audição e memória. Além disso, eu sabia que você estaria aqui hoje — respondeu o outro, sorrindo, mostrando os dentes deteriorados.

Dois xerifes assistentes ocupavam uma das cinco mesas. As outras estavam vazias. Ao terminarem seus cafés, eles se levantaram, despediram-se de Donald e saíram. Janak e seus companheiros serviram-se de café e sentaram-se a uma das mesas vazias.

— A escolha do júri começa amanhã — disse Donald.

— Exato — disse Janak. — Alguma sugestão?

— Depende de quem vocês têm para escolher — disse ele.

Os homens se olharam, perguntando-se se o cego poderia ajudá-los na seleção de um júri.

— Sabe algo sobre os possíveis jurados? — perguntou Janak.

— Ouço falar todo tipo de coisa, advogado. Foi por isso que disse que depende de quem você tem para escolher.

— Por exemplo, se eu mencionar um ou dois nomes, poderia me dar informação sobre eles com base em sua experiência?

— Sim. Lembro-me do nome de todos os jurados que já passaram por aqui. Vêm para tomar café, almoçar e, às vezes, para fazer lanches à tarde. Ouço falar sobre eles, geralmente por gente do mesmo júri. E há os reincidentes. Alguns deles já participaram de cinco ou seis julgamentos nos últimos dez anos.

— Deixe-me dizer alguns nomes — disse Janak, e leu seis nomes da lista.

— São todos sujeitos tementes a Deus, exceto o número quatro. Não deixaria esse cara usar minha latrina.

Asquith tirou o nome da lista e escreveu "OK" ao lado dos outros. Janak repetiu o processo e Donald pôde lhe dar informação positiva para a maioria das pessoas da lista. Tinha reservas quanto a algumas outras e sugeriu que Janak precisava descobrir mais sobre três candidatos porque nunca haviam participado de um júri naquele condado. Samuel disse que veria o que conseguiria descobrir enquanto os advogados estivessem discutindo as moções naquela tarde.

— E quanto a Earl Graves? — perguntou Janak. — Ele já esteve aqui?

— Não desde que se tornou assistente da promotoria. Ele não se importa como vive a outra metade da humanidade. Mas vou lhe dizer uma coisa: ele não é benquisto pela maioria das pessoas daqui. Isso não significa que os oficiais de justiça e os escrivães não estejam do lado da lei e da ordem. Lembre-se de que poucos deles estão do seu lado. Mas Deadeye é conhecido como um desgraçado impiedoso. E aquele pequeno escândalo não ajudou muito a reputação dele.

— O que se tem dito por aqui a esse respeito?

— Graves quase foi afastado, mas o velho não tem mais ninguém disponível para cuidar do caso. Essa é a única razão de ele ainda estar aqui.

— Estou aliviado que Deadeye não tenha perdido o emprego. Ao menos sei com quem estou lidando — disse Janak. — Aposto que o chefe deve ter ficado furioso com ele.

— Sim, senhor. Disse que mais um passo em falso e ele estaria fora e a promotoria pública pediria a anulação do julgamento.

— Acha que o juiz concederia isso a ele em tais circunstâncias? Quero dizer, dependendo do que ele alegasse, eu me oporia à anulação — disse Janak.

— Difícil dizer. O promotor público e o juiz são velhos amigos, mas talvez não. Você sabe, Pluplot é um homem sério que trabalha dentro da lei. Mas tenha cuidado. Você está segurando o diabo pelo rabo.

— Eu nunca subestimei um oponente, Donald.

— Pode esperar o pior de Deadeye.

As pessoas começaram a chegar e a comprar diversas mercadorias, e os três observaram enquanto o cego lidava com as notas de dinheiro que lhe davam. Samuel percebeu que, a cada transação, a caixa ficava aberta durante todo o tempo. Tiveram de esperar até os clientes irem embora com suas compras antes de poderem continuar a conversa. Pouco antes do meio-dia, todos se deram conta de que não seria possível continuar a reunião naquele lugar, uma vez que muitos jurados dos diversos tribunais haviam aparecido para comer sanduíches ou tomar refrigerantes.

Decidiram almoçar em um pequeno restaurante rua abaixo. Depois, Janak e Asquith foram apresentar suas moções e Samuel foi à lavanderia de Mae Ming com a lista de jurados. Uma vez que desejava vê-la sem ser notado por outras pessoas, entrou pela porta dos fundos. Ela o saudou com um sorriso amistoso e um acenar de mãos longas, delgadas e com unhas pintadas de vermelho.

Samuel mostrou-lhe o nome das pessoas sobre as quais ele nada sabia. A Sra. Ming pegou um de seus cadernos de anotações da prateleira e começou a folheá-lo. Então apontou para o primeiro nome da lista.

— Este aqui está bem. Gosta de animais e tem um bom coração. — Ela virou mais algumas páginas, parou e franziu o cenho.
— Este aqui pertence a uma organização política reacionária. Duvido que tenha alguma consideração com um estrangeiro.
— Ela folheou mais algumas páginas. — Nada sei a respeito desta mulher. Qual a profissão dela?

— Caso ela seja escolhida, vou descobrir. — Samuel rabiscou algo em seu bloco. — Obrigado, Sra. Ming, foi de grande ajuda.

— Você terá de voltar para me ver todos os dias do julgamento — disse ela. — Há um bocado de caipiras reacionários nesta cidade e eles não vêem mal algum em enforcar um homem caso ele seja da cor errada.

— Pode apostar que virei, Sra. Ming. Eu a verei amanhã. Trarei Janak comigo, assim você poderá conhecê-lo.

— Eu bem que gostaria de conhecer o herói dos fracos e oprimidos — disse ela, com ironia.

* * *

Samuel chegou ao tribunal quando os advogados estavam acabando de discutir as moções *in limine*. Esperou até Janak guardar os papéis na pasta e começar a caminhar para a porta de saída. Pela expressão no rosto de Janak, não conseguia intuir o que acontecera.

— Como foi?

— Ganhamos algumas, perdemos outras — disse ele, o rosto vermelho.

— Conte-me as más notícias primeiro — disse Samuel.

— Não consegui que o júri concordasse com um código de indumentária. Não é bom para meus clientes serem vistos pelo júri presos a correntes e trajando uniformes de presidiário.

— Isso é legal? — perguntou Samuel.

— Por enquanto é — disse Janak. — Detestaria perder o caso por causa disso.

— Alguma outra notícia ruim? — perguntou Samuel.

— Como se essa não bastasse — ironizou Janak. — O resto me foi favorável. Ele não pode apresentar as provas do caso de Fresno ou mencionar que as digitais de Miguel foram encontradas na arma do crime. Mas escute o que lhe digo: Deadeye vai tentar levar esses fatos ao júri.

— Ele tem de lhe dar uma lista de testemunhas?

— É, nós já a temos.

— Bem, não me deixe em suspense. Quem vão chamar?

— O detetive, Mac, o perito, e o patologista do escritório do legista que fez a necropsia. O interessante é o fato de ele não ter chamado o próprio legista. A última testemunha que ele nomeou foi o curdo.

— É mesmo? — disse Samuel, incrédulo.

— É, afora os membros da família.
— Isso o surpreende? — perguntou Samuel.
— Sim, surpreende. Significa que Deadeye acha que este é um caso resolvido.

* * *

Cedo na manhã de terça-feira, Deadeye estava em seu escritório com os pés sobre a escrivaninha, preparando-se para o julgamento. Afastara os livros de Louis L'Amour para o lado a fim de acomodar as botas de caubói. Afora o incidente da fotografia com os travestis, achava que tivera alguns meses muito positivos, uma vez que conseguira toda a atenção da imprensa que queria antes da escolha dos jurados. Deu um tapa na testa, envergonhado. Como pôde ter sido tão imprudente? Sua carreira estava indo bem, mas seria um milagre se conseguisse salvá-la agora. Por sorte, o público tinha memória curta. A única coisa que faltava era apresentar provas irrefutáveis ao júri para fritar os desgraçados. Ele não sabia qual linha de acusação seguir, mas não dava a mínima para isso desde que o júri a acatasse e ele não provocasse a anulação do julgamento. Como era mesmo aquele dito popular? Quem sai na chuva é para se molhar.

Olhou para outra de suas pinturas favoritas no escritório, o caubói com perneiras de couro sobre um touro que laçara e derrubara, o laço ainda amarrado à cabeça da sela de seu Appaloosa. Deadeye tirou os pés da escrivaninha e levantou-se. Então, apoiou uma bota sobre a cadeira do escritório e imitou-lhe a pose. Achou que tinha os réus onde os queria: amarrados pelos pés e derrubados no chão.

* * *

Marachak e Asquith entraram no tribunal do juiz Lawrence Pluplot, que estava lotado de jurados potenciais, cruzaram a passagem entre os bancos da platéia, atravessaram as portas de vaivém de 80 centímetros de espessura que separavam a platéia da área de trabalho do tribunal, e sentaram-se à mesa dos advogados de defesa, no lado esquerdo da sala. Deadeye Graves já estava sentado à mesa da promotoria à direita, perto da bancada do júri. A escrivã sentou-se sob o púlpito do juiz, que estava acomodado mais acima, observando tudo. Janak e Asquith tiraram os blocos de anotações de dentro de suas pastas e os empilharam à mesa. Deadeye, por outro lado, tinha apenas um bloco de notas, que então folheava.

Às 9h55, uma das portas dos fundos se abriu e dois oficiais de justiça trouxeram os réus, ambos vestindo os uniformes laranja do presídio do condado, tornozelos e pulso presos por algemas que eram atadas a uma corrente ao redor de suas cinturas, o que impedia que erguessem os braços acima da linha dos quadris. Um dos oficiais de justiça ficou junto à porta de vaivém e outro à entrada do tribunal, para o caso de algum dos réus acorrentados resolver se fazer de engraçadinho.

Juan Ramos estava com boa aparência, barbeado e penteado. Comparado a Juan, Narcio Padia parecia um adolescente. Era alto e magro, sem pêlos na face, legado de sua origem indígena. Tinha apenas 21 anos. Ambos estavam nervosos e assustados, conscientes de que haviam sido acusados de homicídio. Janak levantou-se e abriu espaço para eles na extremidade da mesa, dando tapinhas em suas costas ao passarem. Queria que ficassem o mais longe possível do júri, e os instruíra a ficarem sentados durante a sessão para não chamarem muita atenção para seus uniformes de presidiário.

Todos os advogados se levantaram quando a porta dos fundos se abriu às dez em ponto e o juiz vestindo um manto negro entrou carregando uma grande pasta de arquivo. O oficial de justiça gritou:

— Atenção, o departamento XII da Suprema Corte do condado de Contra Costa está agora em sessão, presidido por sua excelência, o juiz Lawrence Pluplot.

O juiz subiu a escadaria do púlpito e sentou-se na cadeira giratória. Então, olhou para os participantes e para a bancada do júri e pôs um par de óculos sem aros sobre o nariz. Tinha cabelos castanhos partidos ao meio. Seus olhos eram grandes e tinha a expressão de um homem correto. O juiz olhou à sua esquerda para se certificar de que o relator estava em seu lugar, junto ao banco das testemunhas e em frente ao júri. Quando se satisfez, mandou que a escrivã anunciasse o caso.

— O povo do estado da Califórnia contra Narcio Padia e Juan Ramos, caso número C-607532 e C-607533, violações do Código Penal da Califórnia seção 187. Assassinato em primeiro grau. Advogados, por favor apresentem-se.

Deadeye levantou-se. Vestia um terno preto, a gravata em estilo country com prendedor de turquesa e botas de caubói pretas com ponteiras de prata.

— Earl Graves representando o povo do estado da Califórnia — falou com seu afetado sotaque sulista. Sentou-se apenas depois de se voltar e sorrir para a bancada do júri.

Então Janak se levantou. Seu corpo musculoso mal cabia dentro do terno cinza que usava, mas, para variar, o cabelo castanho estava penteado e seus olhos brilhavam de ansiedade.

— Janak Marachak e Bartholomew Asquith comparecendo em nome dos réus Narcio Padia e Juan Ramos.

O juiz falou aos candidatos a júri sobre suas responsabilidades e explicou que 12 deles se sentariam na bancada do júri e que, uma vez lá, estariam submetidos ao Voir Dire e às perguntas dos advogados. Depois, explicou que possivelmente o caso envolveria pena de morte caso algum dos réus fosse considerado culpado, e perguntou se algum dos jurados em potencial era contrário à pena de morte por uma questão de princípios. Cinco pessoas ergueram as mãos. A corte pediu um recesso e os cinco foram levados à câmara do juiz junto com os advogados para que assegurassem a todos os envolvidos no caso que sua posição era consciente, e não uma tentativa de evitar cumprir seu dever de servir como jurados. Esse procedimento levou quase uma hora.

Quando a sessão recomeçou, os 12 jurados potenciais estavam sentados à bancada do júri. O juiz então explicou que havia dois lados naquele processo e que cada lado tinha o direito de impugnar oito jurados potenciais por qualquer motivo, e que os jurados não deveriam se ofender caso aquilo acontecesse, uma vez que cada lado tinha a obrigação de defender seus clientes elegendo o júri mais imparcial possível. Também explicou que um advogado poderia pedir que alguém da bancada fosse excluído por algum motivo. Apenas ele, o juiz, poderia decidir se a alegação era justificada. Caso tal pessoa fosse excluída, ela ou ele não deveria se ofender, porque aquilo, também, fazia parte do procedimento.

Com isso, o Voir Dire estava a ponto de começar, mas o juiz percebeu que faltavam 15 minutos para o meio-dia, de modo que pediu um recesso até as duas. Instruiu o júri dizendo que não deveriam discutir qualquer aspecto do caso entre si ou com qualquer outra pessoa durante o recesso ou a qualquer outra hora durante o julgamento até que eles os liberasse para tanto ou desse suas últimas instruções ao fim do julgamento.

A batalha para eleger um júri imparcial durou dois dias e meio. Não é de se surpreender que a maior luta fosse a de excluir aquelas pessoas que haviam lido as diversas matérias que Deadeye plantara.

Doze pessoas foram excluídas por isso, uma vez que acreditaram em cada palavra lida. Afora isso, Janak usou sete das oito impugnações a que tinha direito, com base em informações que sua equipe estava recebendo diariamente de Mae Ming e Donald. Aqueles eram jurados que Deadeye tinha na palma da mão, uma vez que, até então, ele não usara nenhuma de suas impugnações.

Às 16h45 de quinta-feira, Janak estava de olho em um jurado com quem ele não se sentia confortável, mas percebeu que não podia usar a última impugnação a que tinha direito porque era isso que Deadeye estava esperando.

— A defesa está satisfeita com este júri, meritíssimo.

— O povo pede um minuto à corte, meritíssimo — disse Deadeye. O promotor revisou a lista de jurados remanescentes e verificou suas anotações sobre os já escolhidos. Deu-se conta de que não poderia demorar-se muito ou daria a impressão de que não gostava dos jurados que já estavam na bancada, de modo que acelerou a consulta das páginas à sua frente. Aparentava estar calmo e seguro de si, mas no fundo estava furioso. Ele fora superado em esperteza. Esperava que Janak lançasse mão de sua última impugnação antes de verificar se tinha algum comparsa para pôr no júri, mas era tarde demais, não podia arriscar. Ele se levantou.

— O povo também está satisfeito com este júri, meritíssimo.

Janak e Asquith trocaram sorrisos. Haviam ganhado aquele round.

O juiz pediu que a escrivã colhesse o juramento dos jurados e chamou os advogados.

— Precisamos de jurados suplentes, cavalheiros?

— Acho que deveríamos ter ao menos dois — disse Janak.

— Para mim pouco importa — disse Deadeye, visivelmente aborrecido, mordendo o lábio inferior e olhando para a parede.

Começaram a escolha dos dois jurados suplentes, que logo prestaram juramento. Por volta das 17h15, os 14 jurados ocupavam a sala do tribunal.

Janak e Asquith recolheram suas coisas e estavam se retirando quando encontraram Samuel esperando por eles.

— Parabéns. Deadeye acabou de passar a maior descompostura em um jovem advogado no corredor. Estava realmente furioso porque acredita que você teve informação privilegiada a respeito dos jurados. Ele estava de tocaia, pronto para ferrá-lo, mas você não usou a última impugnação e ele ficou na mão. Perguntou como você conseguiu aquilo e o assistente não soube o que responder.

— Nosso sistema funcionou bem — disse Janak.

— É — disse Asquith, sorrindo. — Bastaram-nos dois cidadãos observadores, Mae Ming e Donald.

— Não posso usar nada disso em minha matéria. Direi apenas que o júri foi escolhido e o caso começará a ser julgado na segunda-feira.

— Agora, a parte complicada — disse Janak. — Esse cara vai ser difícil de lidar.

— Duvido que seja mais difícil do que tem sido. Apenas nos preparemos para as testemunhas dele — disse Asquith, orgulhoso por ter passado toda a semana sem nenhum surto de pânico.

* * *

Janak olhou ao redor no tribunal, que não era tão diferente de muitos outros que conhecera na prática de sua profissão. Os bancos e os painéis das paredes eram de nogueira manchada. Do teto, pendiam globos de luz imundos. Junto ao púlpito do juiz, havia duas bandeiras desbotadas, uma dos Estados Unidos, a outra do estado da Califórnia.

Havia semanas que dormia mal e tinha um gosto metálico na boca. Estivera muito nervoso no tempo que antecedeu o julgamento, mas sentia-se calmo naquela manhã. Ele se preparara ao máximo e tinha confiança em sua equipe e em seus instintos.

O juiz entrou e sentou-se. Janak pôde sentir a tremenda ansiedade do júri, assim como de seus clientes, sentados ao lado dele e de Asquith.

Vestindo seu melhor terno preto texano e com as botas muito bem lustradas, Deadeye levantou-se e fez sua exposição preliminar ao júri. Chamando os réus de assassinos pervertidos, mencionou as provas que os ligavam à cena do crime, explicando que o motivo dos réus era vingança baseada na errônea percepção de que o Sr. Hagopian causara dano a seus familiares. Cuidadosamente, falou sobre a ligação entre a corda encontrada ao redor do pescoço da vítima e Juan Ramos, explicando que Juan Ramos fizera o nó. Assegurou-os de que, primeiro, os réus tentaram matar Hagopian com os produtos químicos que alegavam terem envenenado seus filhos. Lembrou ao júri que todas as provas que apresentaria mostravam que os réus eram culpados de homicídio em primeiro grau com dolo e que aquilo justificava a aplicação da pena de morte. Sua exposição inicial levou mais de uma hora.

Ao terminar, Janak levantou-se. A diferença entre seu aspecto rude e a bem cuidada aparência de Deadeye não podia ser mais notável. Olhou intensamente para os jurados, de modo que acreditassem que estava falando com cada um deles em particular. Queria que soubessem que, antes de condenarem os réus, todos os 12 jurados tinham de concordar que eram culpados e teriam de estar absolutamente certos de que haviam sido eles que cometeram o crime. Janak assegurou-os de que não havia prova que chegasse a tal conclusão naquele caso. Então advertiu-os de que os réus se declaravam inocentes e que, caso achassem que havia dúvidas razoáveis quanto à culpa de um réu, teriam de absolvê-lo. Disse que não discutiria as provas porque seus clientes nada tinham de provar àquela altura do processo. Seu discurso de abertura, o primeiro em um caso criminal, durou apenas vinte minutos.

A primeira testemunha de Deadeye foi Phillip Macintosh, do laboratório da perícia do Departamento de Polícia de Richmond, que foi um dos primeiros a chegar à cena do crime. Tinha 30 e tantos anos de idade, mais de 1,80m de altura, densa cabeleira loura, óculos e a aparência de um professor distraído. Deadeye qualificou-o como um perito em investigação científica, dizendo que cursara a Universidade da Califórnia em Berkeley, onde completara seu mestrado em biologia em 1949. Trabalhava para o Departamento de Polícia de Richmond desde a formatura e examinara provas de mais de quinhentos casos criminais. Seus testemunhos nunca haviam sido contestados em uma apelação.

Macintosh explicou que acompanhou o tenente Bruno Bernardi do esquadrão de homicídios até a cena do crime no depósito de lixo químico em Point Molate no início de dezembro do ano anterior. Seu testemunho seria sobre o que haviam encontrado por lá.

— Diga-nos, Sr. Macintosh, de quem são as impressões digitais que você encontrou nas garrafas de Coca-Cola?

— Objeção, meritíssimo — atalhou Janak. — Podemos nos aproximar?

Reuniram-se na extremidade do púlpito com o juiz e o relator.

— O Sr. Graves sabe que as únicas impressões digitais nas garrafas são as de Miguel Ramos e José Ramos, que não estão sendo julgados aqui. Portanto, é extremamente prejudicial para meus clientes que ele tente vincular outras pessoas da família do Sr. Juan Ramos à cena do crime. É óbvio que ele está tentando insinuar culpa por associação. Lembro a este tribunal que o Sr. Graves não pode levantar qualquer evidência que ligue Miguel Ramos ao assassinato de Joseph Hagopian, em Fresno.

— Ele está estendendo sua instrução, meritíssimo. O combinado foi que eu não poderia mencionar as impressões digitais de Miguel Ramos na arma do crime de Fresno, não que eu não podia mencionar as impressões digitais encontradas nas garrafas de Coca-Cola em Point Molate.

— Ele está certo, Sr. Marachak, a instrução não é tão ampla quanto está tentando sugerir. Negado. Pode prosseguir, Sr. Graves.

Deadeye voltou triunfante à sua mesa e repetiu:

— Diga-nos, Sr. Macintosh, de quem são as impressões digitais que você encontrou nas garrafas de Coca-Cola?

— As impressões digitais são de Miguel Ramos e José Ramos, ex-empregados do Sr. Hagopian no depósito de lixo.

— As impressões digitais de quem em quais garrafas?

— As impressões digitais nas duas garrafas encontradas nos bolsos internos do paletó eram de Miguel Ramos e as impressões digitais nas duas garrafas encontradas nos bolsos externos eram de José Ramos.

— O que havia nas garrafas de Coca-Cola, Sr. Macintosh?

— As duas que tinham impressões digitais do Sr. Miguel Ramos continham os mesmos produtos químicos que, em uma ação ordinária, ele alega terem causado deformações em seu filho e provocado sua própria esterilidade. As outras duas, com as impressões digitais do Sr. José Ramos, continham dois produtos químicos que, em uma ação ordinária, ele alega terem causado deformações em seus filhos e provocado sua própria esterilidade.

— Explique ao júri a que ação ordinária você está se referindo, Sr. Macintosh.

— Os empregados, Miguel e José Ramos, e o Sr. Narcio Padia, aquele senhor mais baixo sentado àquela mesa, impetraram uma ação ordinária contra o depósito de lixo, o Sr. Hagopian e diversas empresas de produtos químicos, alegando que tais entidades haviam contribuído para as deformações congênitas de seus filhos e para sua própria esterilidade após o nascimento das crianças. Em sua queixa, citam certos produtos químicos. Alguns desses produtos químicos foram detectados nas garrafas encontradas no paletó do falecido.

— Os mesmos produtos químicos? — perguntou Deadeye, com um sorriso malicioso.

— Os mesmos.

— Encontrou as impressões digitais de alguém mais na cena do crime?

— Sim, senhor. Encontramos as impressões digitais de Narcio Padia no ancinho usado para alisar o chão sob o portão.

— O ancinho mostrado nesta fotografia? — perguntou Deadeye.

— Sim, senhor.

— A propósito, sabe o que aconteceu com os réus aqui sentados e os senhores Miguel e José Ramos após impetrarem sua ação ordinária? — perguntou Deadeye, caminhando de um lado a outro diante do júri.

— Objeção, meritíssimo, a testemunha não tem conhecimento direto do fato — gritou Janak.

— Permitirei que responda — disse o juiz.

A testemunha respondeu:

— Sim, senhor. Foram todos demitidos.

— Foram o quê? — disse Deadeye com falsa surpresa, olhando para o júri.

— Foram todos demitidos.

— Quando isso ocorreu?

— Vários meses antes do assassinato.

— Obrigado, Sr. Macintosh. Não tenho mais perguntas no momento — disse Deadeye em meio a um sorriso, muito satisfeito consigo mesmo. — A testemunha é sua, Sr. Marachak.

Deadeye se sentou e Janak Marachak levantou-se.

— Perdão, meritíssimo, posso usar o pódio? Prefiro conversar assim com a testemunha.

O juiz autorizou e o oficial de justiça pôs um pódio em frente ao banco das testemunhas.

— Bom-dia, Sr. Macintosh. Quantos desses casos que analisou foram homicídios?

— Diria que cerca de cinqüenta.

— Todos esses cinqüenta casos envolveram algum tipo de evidência pericial que o senhor avaliou?

— Sim, senhor.

— Já viu algum caso como esse, Sr. Macintosh?

— Não estou certo se entendi sua pergunta, advogado.

— Já viu algum caso em que a prova alegada contra os réus aparecia de modo tão evidente?

— Terá de ser mais específico.

— Por exemplo, quando você deixa uma impressão digital, geralmente não é em um lugar tão óbvio e notório quanto uma garrafa de Coca-Cola abandonada em um cadáver, certo?

— A gente nunca sabe onde encontrar provas incriminadoras. Mas é verdade que encontrar uma impressão digital em um lugar tão óbvio foi um tanto surpreendente.

— Portanto, nesse sentido, encontrar as impressões no lugar onde encontrou é algo um tanto incomum, não é mesmo?

Deadeye levantou-se.

— Objeção, isso adultera o depoimento da testemunha.

— Negado, trata-se de uma reinquirição.

— Sim, nesse sentido, foi incomum.

— Não é verdade que não foram encontradas impressões digitais de nenhum dos réus ali sentados nas garrafas de Coca-Cola?

— Sim.

— Você sabe de onde vieram essas garrafas de Coca-Cola?

— Não, senhor, não sei.

Janak tirou algumas fotografias da pilha junto ao pódio.

— Peço que tais objetos sejam identificados como peças da defesa, meritíssimo.

As fotografias foram entregues à escrivã, que as identificou como autorizado pelo juiz.

— Posso me aproximar da testemunha, meritíssimo?

— Claro.

— Vê essas caixas de Coca-Cola empilhadas junto ao trailer? — perguntou Janak a Macintosh. — Antes de mais nada, reconhece este trailer?

— Sim, senhor, é o escritório do depósito de lixo.

— E você sabia que os empregados punham todas as garrafas vazias ali?

— Sim, senhor.

— E há quatro garrafas faltando nessas caixas, certo?

— Sim, senhor.

— Essas garrafas que vemos nas fotografias têm as impressões digitais de quase todos os empregados que trabalham no depósito de lixo, não é mesmo, inclusive as do Sr. Hagopian?

— Sim, senhor. É verdade.

— Mas as impressões do Sr. Miguel Ramos e de José Ramos não foram encontradas em nenhuma outra garrafa nas caixas que vemos nessas fotografias, certo?

— Não, senhor.

— As impressões recolhidas nas garrafas indicam que aqueles que as seguraram o fizeram para beber seu conteúdo, certo?

— Sim, senhor.

— Diferente do modo como alguém as seguraria para enchê-las?

— Não iria tão longe. É possível encher uma garrafa do modo como as impressões estão configuradas.

— Mas esse não seria o modo normal de segurar uma garrafa caso se desejasse enchê-la com alguma substância, certo?

— Eu certamente não seguraria uma garrafa assim.

— Meritíssimo, gostaria que essas fotografias da máquina de Coca-Cola e da pilha de caixas de garrafas fossem identificadas como os próximos objetos da defesa.

— Assim serão.

— Agora, eu gostaria de falar sobre a corda encontrada ao redor do pescoço do Sr. Hagopian. Não é um nó de forca, certo?

— Não, senhor.

— Já viu alguém usar um nó assim para matar um ser humano?

— Não, senhor. Apenas neste caso.

Janak mostrou a fotografia da corda ao redor do pescoço da vítima.

— Está dizendo que essa corda foi usada para matá-lo?

— Não, senhor. Eu me confundi. Essa foi a corda usada para pendurá-lo ao portão. Não estou qualificado a dizer se foi isso que o matou.

— Você não encontrou impressões digitais de nenhum de meus clientes na corda, não é mesmo?

— Não, senhor.

— Deixe-me mostrar-lhe outra fotografia identificada pela escrivã. — Janak passou-lhe a impressão em gesso da pegada. — Você encontrou essa pegada parcial no limiar da área imediatamente abaixo do corpo, que foi alisado pelo ancinho, correto?

— Sim, senhor.

— É de um sapato número 43, não é mesmo?

— Sim, senhor.

— Nenhum de meus clientes calça este número, certo?

— Não, senhor.

— Vamos falar sobre as garrafas de Coca-Cola. Como você identificou os produtos químicos que estavam nas garrafas?

— Fiz testes sofisticados.

— Em outras palavras, sem esses testes, você não teria a menor idéia do que eram esses produtos químicos?

— Correto.

— Você sabe se algum funcionário do depósito de lixo, incluindo meus clientes, tem algum treinamento na identificação de produtos químicos?

— Não, senhor. Mas, depois de algum tempo, poderiam identificar alguns produtos pelo cheiro.

— Agora você está adivinhando, não está?

— Sim, senhor, isso é especulação.

— Você sabe se algum de meus clientes sabe ler ou escrever em inglês?

— Não, senhor.

— Já leu a queixa da ação ordinária, ou sabe em que tribunal está arquivada?

— Não, senhor.

— Você testemunhou que o chão sob o cadáver foi alisado com ancinho e que havia um ancinho por perto. Esta fotografia marcada com o número 3 é o ancinho em questão?

— Sim, senhor.

— E foi exatamente ali que o encontrou, como mostra a fotografia?

— Sim, senhor.

— E o ancinho tem impressões digitais nele?

— Sim, senhor.

— Impressões digitais de quem?

— Do Sr. Narcio Padia.

— Qual era o trabalho do Sr. Padia no depósito de lixo?

— Cuidava da manutenção.

— Em outras palavras, seu trabalho era limpar, varrer e cavar, certo?

— Sim, senhor.

— Você verificou as vassouras e pás do depósito de lixo para ver se as digitais dele também estavam nesses objetos?

— Não, senhor.

— Há mais uma prova sobre a qual desejo lhe perguntar, Sr. Macintosh. Vê esta fotografia do inseto azul na perna da calça do Sr. Hagopian?

— Sim, senhor.

— Descobriu de onde veio?

— Não, senhor.

— Por que não?

— Disseram-me para não me preocupar com aquilo.

— Quem lhe disse isso?

— O Sr. Graves.

— Então você não tem a menor idéia de onde veio, correto?

— Sim, senhor. Isso é correto.

— Poderia me dizer se o Sr. Hagopian morreu onde seu corpo foi encontrado, pendurado no portão do depósito?

— Não, senhor, não posso. Isso foge à minha especialidade.

— Certo, mas você pode me confirmar que não encontrou nenhuma de suas partes íntimas na propriedade do depósito de lixo, certo?

— Sim, senhor. Nada assim foi encontrado.

— Mas sabe que são partes que faltam ao corpo?

— Sim, senhor.

— Mais uma pergunta. Você encontrou lama nos sapatos do Sr. Hagopian, não foi?

— Sim, senhor.

— Mas essa lama não era do depósito de lixo, certo?

— Não, senhor.

— Sabe de onde veio?

— Não foi possível estabelecer a origem, por falta de referência.

— O que isso quer dizer?

— Quer dizer que teríamos de ter outro lugar para examinar e descobrir se a lama conferia com aquele tipo de terreno. De outro modo, estaríamos andando em círculos.

— No momento, não tenho mais perguntas para esta testemunha. Mas posso ter de voltar a chamá-la, portanto peço que o tribunal não a libere.

— Tenho novas perguntas, meritíssimo — disse Deadeye.

— Concedido, desde que não se demore muito.

Deadeye subiu ao pódio com um sorriso, uma vez que aquilo o punha bem em frente ao júri.

— Sr. Macintosh, você já examinou cordas em busca de impressões digitais no passado, não é mesmo?

— Sim, senhor.

— Em dez anos de investigação, alguma vez encontrou impressões digitais de alguém em uma corda?

— Algumas vezes, senhor.

— Há um motivo para isso ter acontecido apenas algumas vezes?

— Sim, senhor. É um material muito poroso, de modo que não registra impressões muito bem, mas, ainda assim, procuramos porque às vezes as pessoas estão com as mãos sujas de gordura ou de tinta e podemos ter alguma sorte.

— Você procurou impressões nessa corda, não foi?

Deadeye mostrou a fotografia ao redor do pescoço de Hagopian.

— Sim, senhor.

— Falemos sobre o inseto. Você não poderia identificar aquele inseto, não é mesmo?

— Não, senhor. Requer que a investigação seja feita por alguém com conhecimento de entomologia.

— Uma pessoa especializada em insetos?

— Sim, senhor. Mas esta não é a minha especialidade.

— Obrigado, Sr. Macintosh — disse Deadeye.

— Muito bem — disse o juiz. — Sr. Macintosh, dê à escrivã um número telefônico onde possa ser encontrado caso sua presença volte a ser requisitada. É hora de nosso recesso do meio-dia. Lembrem-se, senhoras e senhores do júri, não discutam o caso entre si nem com outra pessoa qualquer. Advogados, podemos estipular que eu não tenha mais de fazer tal advertência toda vez que saírem?

— Assim estipulado — murmuraram ambos os advogados.

* * *

— O que achou do testemunho, Samuel? — perguntou Janak a caminho de um restaurante rua abaixo.

— Você estabeleceu alguns pontos importantes. Deadeye está ignorando a evidência. A pergunta que me faço é: o júri está ouvindo?

— A longo prazo — interveio Asquith —, você os obrigará a dizer a verdade, não importa o que aquele desgraçado tente fazer, e isso será relevante.

— Não me incomodo nem um pouco com o longo prazo — disse Janak. — Quero esses caras livre agora, não em vinte e cinco anos. Estou com um mau pressentimento.

— Acalme-se — disse Samuel. — Continue, passo a passo. Eu vou me certificar de que isso seja veiculado pela imprensa.

— Acho que ambos estão errados — disse Janak. — Esse caso se resume a Deadeye cometer outro erro. Caso contrário, perderemos.

— Por que diz isso? — perguntou Asquith.

— Porque assim são as coisas no condado de Contra Costa em 1962 — respondeu Janak, preocupado.

***

A corte voltou a se reunir às duas. Deadeye convocou o Dr. Jerome Bancroft. A testemunha aproximou-se trazendo uma pequena pasta de arquivos parda e um envelope no qual se lia "Fotografias Oficiais do Legista". Altura mediana, uma franja de cabelos grisalhos ao redor da careca. Usava óculos, tinha lábios finos e uma aparência desleixada. Combinava com a idéia de um patologista que passava a maior parte do tempo com cadáveres, não com seres humanos.

Deadeye qualificou-o como um perito. Graduara-se pela faculdade de medicina da Universidade de Indiana, em 1940. Completou seu período de residência e foi para as Forças Armadas dos EUA, onde passou os quatro anos de guerra como patologista. Depois da guerra, migrou para a Califórnia como milhões de outros e começou a praticar sua profissão em Walnut Creek. Acabou contratado pelo condado de Contra Costa para realizar necropsias. Era o patologista que fora contratado para realizar a necropsia de Armand Hagopian.

— Gostaria de lhe fazer algumas perguntas específicas, Dr. Bancroft — disse Deadeye. — Vejo que traz consigo o protocolo da necropsia, e é bem-vindo caso precise recorrer a ele para refrescar a memória. Foi você quem realizou a necropsia, não é mesmo?

— Sim, senhor.

— Quando foi isso?

— No necrotério do condado, em 7 de dezembro de 1961, às oito horas da manhã.

— Você tinha um assistente na ocasião?

— Sim, senhor. Um técnico me ajudou.

— Em quem você realizou a necropsia?

— De acordo com o registro, que foi confirmado por meio das impressões digitais da vítima, esta pessoa era Armand Hagopian. Homem branco, 51 anos.

— Você determinou a causa da morte?

— Sim, senhor. A causa da morte foi asfixia. Isso significa que sua respiração foi interrompida.

— Como você determina isso?

— De diversas maneiras. Os músculos do pescoço estavam esmagados perto da laringe, ou pomo-de-adão, a traquéia estava rompida e havia evidência de hemorragia nos vasos sanguíneos de seus olhos. Esses sintomas são sinais clássicos de asfixia.

— Encontrou algo mais que possa ter causado a morte da vítima?

— Foram encontrados produtos químicos tóxicos em sua boca, que se infiltraram pelas vias aéreas, mas minha opinião é a de que foram inseridos ali depois, portanto não foram a causa da morte.

— Está dizendo que alguém derramou os mesmos produtos químicos encontrados nas garrafas de Coca-Cola na garganta dele?

— Os quatro, mas era tarde demais.

— Você disse asfixia. Isso é o mesmo que enforcamento?

— Neste caso, minha opinião é que ele foi enforcado. Tiramos uma corda de seu pescoço e ele tinha um tipo de esfoladura que é compatível com enforcamento. Há testemunhos de que ele foi encontrado pendurado no portão de seu estabelecimento por essa mesma corda.

— Fizeram algo mais com ele, não foi?

— Sim, senhor. Ele foi emasculado enquanto ainda estava vivo.

— Como sabe disso?

— Vê as fotografias das manchas de sangue na perna da calça? Só há sangramento quando o coração ainda pulsa.

— Você tem uma estimativa da hora da morte, doutor?

— Não posso dizer. Depende de quanto *rigor mortis* estava presente quando o legista o examinou no dia 6.

— Portanto, você não sabe. Este é seu testemunho?

— Sim, senhor.

— O que é *rigor mortis*, doutor?

— É uma condição temporária *post mortem* em que o corpo endurece. Geralmente começa umas três ou quatro horas após a morte, e dura cerca de 12 horas.

— Obrigado, doutor. Não tenho mais perguntas — disse Deadeye.

— Quer fazer perguntas, Sr. Marachak?

— Sim, meritíssimo, obrigado — Janak voltou ao pódio. — Boa-tarde, doutor. Você tem os relatórios completos do legista da polícia, do exame toxicológico e de todas as fotografias tiradas no depósito de lixo, assim como da necropsia, correto?

— Não trago todos esses itens comigo aqui, mas os tenho em minha pasta.

— Importa-se em ir buscá-los para mim? Quero fazer algumas perguntas e talvez o senhor deva consultá-los para responder.

O médico olhou para o promotor em busca de ajuda, mas, sem querer sugerir que havia provas sendo ocultadas do júri, Deadeye evitou-lhe o olhar. O médico voltou-se para o juiz, que meneou a cabeça, autorizando que ele saísse do banco das testemunhas e fosse buscar a pasta.

Quando ele voltou a se sentar, Janak perguntou:

— Você disse que o *rigor mortis* começa entre três ou quatro horas após a morte?

— Sim, senhor.

— Mas você não sabe dizer como estava o corpo quando o legista o examinou no dia 6?

— Exato.

— Poderia, por favor, recorrer à primeira página das anotações do legista? Faz parte desse arquivo que você tem agora à sua frente.

O Dr. Bancroft obedeceu.

— Está aqui comigo. O que quer que eu procure?

— Leia para o júri.

— O registro diz: "O corpo está nos estágios iniciais de *rigor mortis*. Dobrei as extremidades dos dedos das mãos, mas o corpo está ficando cada vez mais rígido."

— Quando escreveu isso, ele estava na cena do crime, baixando o corpo do portão, certo?

— Sim, senhor.

— Vamos aplicar sua regra, doutor. O *rigor mortis* começa de três a quatro horas após a morte. A que horas o legista o viu?

— O registro diz que foi às oito.

— Era um dia frio de dezembro. Isso faz alguma diferença?

— Sim, senhor. O processo é mais lento em dias mais frios.

— O relatório da polícia diz que o corpo foi descoberto por um motorista de caminhão anônimo por volta das seis. Portanto, a vítima morreu entre a meia-noite e as três, certo?

— Se as anotações do legista estiverem corretas, diria que sim, é uma boa estimativa.

— O senhor tem alguma informação de que tais notas podem não estar corretas?

— Não, senhor.

— Então é mais que uma estimativa. É sua opinião profissional baseada nas provas, não é mesmo?

— Sim, senhor — disse o médico, cujos lábios agora se esticavam sobre os dentes, dando a seu rosto a aparência de um cadáver tentando sorrir.

— Falemos sobre a causa da morte. O senhor disse asfixia? Causada por enforcamento?

— Pode ter sido enforcamento. Algo foi posto ao redor do pescoço dele e apertado até ele sufocar.

— Talvez eu o tenha entendido mal — disse Janak, aborrecido com o tom evasivo da testemunha. — O senhor não disse ao Sr. Graves que o Sr. Hagopian fora enforcado?

— Pode ter sido enforcado.

— *Pode ter* é muito diferente de *foi*, certo?

— Sim, senhor.

— Mas o senhor concordou com o Sr. Graves que ele foi enforcado, não concordou?

— Concordei que poderia ter sido enforcado.

Ele entregou a fotografia à testemunha.

— Vê a fotografia do Sr. Hagopian com a corda ao redor do pescoço?

— Sim, senhor. Eu vi esta fotografia. Quando comecei a necropsia, ele estava com essa mesma corda ao redor do pescoço. Eu a cortei e o Sr. Graves a requisitou como prova.

Janak foi até a mesa da escrivã, que lhe entregou um envelope com um pedaço da corda dentro. Ele o tirou dali e ergueu-o diante do médico.

— Esta é uma extremidade da corda na qual ele estava pendurado quando o legista o baixou do portão. Mas o senhor está nos dizendo agora que não pode afirmar com certeza que esta foi a corda que o matou, não é mesmo?

— Esta corda pode tê-lo matado, não estou certo.

— Vejamos a fotografia do pescoço do Sr. Hagopian. Há uma esfoladura de corda aí. Vê os sulcos?

— Sim, senhor.

— Mas tal esfoladura não foi feita pelo mesmo tipo de corda encontrada ao redor do pescoço do Sr. Hagopian e apresentada como prova, não é mesmo?

— Não, senhor.

— Como sabe?

— Basta olhar para as marcas na pele dele. Mostram um padrão completamente diferente da corda que foi encontrada ao redor do pescoço da vítima.

— Portanto, é razoável dizer que, quando Hagopian foi pendurado no portão, ele já estava morto.

— Não estou certo.

— Se ainda estivesse vivo, haveria marcas de esfoladura compatíveis com a corda que o senhor tem em mãos, certo?

— Sim, senhor. Provavelmente.

— O senhor também sabe que ele estava vivo quando foi emasculado, por causa do sangue nas pernas de sua calça.

— Sim, senhor.

— O senhor verificou todas as provas deste caso, não foi, Dr. Bancroft?

— Sim, senhor. Aquelas que tinham a ver com a morte dele.

— O senhor nunca viu as partes íntimas da vítima, nem mesmo uma fotografia delas, não é mesmo?

— Não, senhor.

— Deixe-me mostrar algumas fotografias da área alisada com ancinho sob o corpo. O senhor vê sangue ali?

— Não, senhor.

— E ninguém disse que encontrou qualquer mancha de sangue naquela área, certo?

— Não, senhor.

— Portanto, isso significa que, quando ele foi pendurado, já estava morto porque não verteu sangue da amputação de suas partes íntimas na área alisada pelo ancinho.

— Podemos alegar que sim.

— Não estou pedindo uma alegação. Estou pedindo sua opinião profissional baseada na prova.

Deadeye levantou-se de um salto, rosto vermelho. Perdera um pouco da frieza texana.

— Objeção. Ele está discutindo com a testemunha.

— Negado. A testemunha pode responder.

— O sangue pode ter sido tirado pelo ancinho.

— Repito a pergunta. Alguém ou algum relatório fala de sangue na área alisada com ancinho debaixo do corpo pendurado?

— Não, senhor.

— O senhor passou algum tempo com o Sr. Graves hoje, antes de seu testemunho, não é verdade?

— Sim, senhor.

— Quanto tempo?

— Passamos três horas juntos.

— Sobre o que conversaram?

— Sobre a necropsia e o que descobrimos como resultado dela.

— Só isso?

— Sim, senhor.

— Quer dizer que ficaram três horas juntos e não conversaram sobre a prova que acabamos de discutir, nem mesmo falaram sobre a parte do relatório do legista que eu acabo de lhe mostrar? — perguntou Janak ao se voltar e olhar para o júri com um sorriso irônico.

— Não, senhor.

— Muito bem, Dr. Bancroft, pode se arrastar para fora deste banco. Não preciso mais desta testemunha, meritíssimo.

Deadeye voltou a se erguer apressado.

— Objeção. A defesa está afrontando a testemunha, meritíssimo.

— Retiro o comentário, meritíssimo — disse Janak, olhando para o júri com as sobrancelhas arqueadas e a cabeça inclinada.

— Advogado, gostaria de perguntar algo mais? — disse o juiz, olhando para o Sr. Graves.

— Não, meritíssimo.

— O senhor está liberado, Dr. Bancroft. Obrigado por seu testemunho. Senhoras e senhores do júri, estão livres para ir. Vejo-os amanhã às dez da manhã. Lembrem-se da advertência.

***

Cedo na manhã seguinte, Deadeye caminhava para cima e para baixo em seu escritório segurando um exemplar do jornal matutino de São Francisco. Batia-o contra o braço da cadeira de couro em que seu assistente estava sentado e gritava sobre a cabeça do jovem.

— O desgraçado do Hamilton quer nos pegar. Leu o que ele escreveu sobre o testemunho de ontem do patologista?

— Eu...eu... — O jovem tentou responder, mas não conseguia formar as palavras.

— Cale a porra da sua boca. Ouça isso: "A testemunha obviamente fora preparada e provavelmente estava deturpando a verdade." Acha que os jurados não lêem o que este babaca escreve?

Outra vez bateu com o jornal, agora sobre a escrivaninha.

— Ele está vetado. Não deve receber mais nenhuma informação de nosso escritório, entendeu? Agora saia daqui! Tenho de preparar a testemunha de hoje. Diga-lhe para entrar e ponha a placa de "*Não perturbe*" do lado de fora da porta.

***

— Chame sua próxima testemunha, Sr. Graves — anunciou o juiz, quando começou a sessão naquela manhã.

— O povo chama o Sr. Nashwan Asad Aram.

O oficial de justiça escoltou um jovem de estatura mediana, vestindo um elegante terno italiano e uma camisa de seda. A escrivã colheu seu juramento e ele sentou-se no banco das testemunhas. Falava inglês com um sotaque quase indiscernível.

Deadeye levantou-se de seu lugar à direita do júri e aproximou-se do pódio com pose casual.

Após as preliminares de sempre, Deadeye enfiou as mãos nos bolsos da calça preta e começou o interrogatório.

— Onde mora atualmente?

— Moro em Paris, França. Nasci naquela cidade, em 19 de novembro de 1932.

— Há quanto tempo mora em Paris?

— A maior parte de minha vida, exceto na época em que vim aos Estados Unidos cursar a universidade e quando trabalhei para o Sr. Hagopian.

O júri percebeu os olhos castanhos, os cabelos pretos, a barba por fazer e a tonalidade parda de sua pele, que ele amenizava com talco. Era um homem atraente.

— Falemos de 1961. O senhor era empregado do Sr. Armand Hagopian no depósito de lixo de Point Molate?

— Sim, senhor. Trabalhava como auxiliar de escritório.

— Quanto tempo trabalhou lá?

— Um ano.

— Vê os Srs. Ramos e Padia sentados naquele canto, não vê?

— Sim, senhor. Trabalhei com eles durante quase seis meses, até serem demitidos.

— Demitidos, o senhor disse. Por quê?

— O Sr. Padia e os sobrinhos do Sr. Ramos, os Srs. Miguel e José Ramos, estavam processando o Sr. Hagopian. Também foram demitidos com o Sr. Juan Ramos.

— O senhor conheceu esses homens nos seis meses em que trabalhou com eles?

— Sim, senhor. Eu estava aprendendo o trabalho de baixo para cima, portanto trabalhei com eles diariamente, fazendo o mesmo que eles.

— Alguma vez eles ameaçaram o Sr. Hagopian?

Janak levantou-se de um salto.

— Protesto, meritíssimo. A pergunta é excessivamente ampla, irrelevante, incompetente e imaterial.

— Mantido. Reformule sua pergunta.

— O senhor manteve diversas conversas com ambos os réus durante os seis meses em que trabalhou com eles, não foi?

— Sim, senhor.

— Em que idioma eram essas conversas?

— Ambos falavam inglês suficiente para que nos entendêssemos.

— O senhor fala espanhol?

— Mal. Mas falo o bastante para pedir comida e dizer olá. Eles se ofereceram para me ensinar palavras em seu idioma. Contudo, nossas conversas geralmente eram em inglês.

— Diga-me, o que lhe diziam sobre o Sr. Hagopian?

— O Sr. Padia estava muito perturbado com o fato de seu filho ter nascido deformado e ele ter ficado estéril. Estava furioso por não poder ter mais filhos. Ele disse que a culpa era do Sr. Hagopian, e que ele pagaria por aquilo.

— Estava falando em receber dinheiro do Sr. Hagopian?

— Não, senhor. Ele disse que dinheiro não resolveria nada. Era uma questão de honra, e que o Sr. Hagopian desonrara a ele e à sua família, de modo que teria de pagar um preço mais alto.

— Ele falou que preço mais alto seria esse?

— Ele disse que ele teria de pagar com a própria vida.

— O senhor contou ao Sr. Hagopian o que disse o Sr. Padia?

— Sim, senhor.

— O Sr. Ramos disse alguma coisa contra o Sr. Hagopian?

— Ele estava do lado dos sobrinhos, que tiveram filhos com deformações. De acordo com ele, ambos ficaram estéreis. Ele disse que, como uma família, teriam de se unir e fazer o Sr. Hagopian pagar por aquilo.

— Estava falando em fazê-lo pagar por meio do processo que moviam contra ele?

— Não, senhor. Ele me mostrou uma corda, fez um nó e disse que aquilo era para Hagopian. Que ele o penduraria na ponta daquele laço para que pagasse por seus crimes.

— O senhor falou com o Sr. Hagopian sobre essas conversas?

— Sim, senhor.

— E o que ele disse?

— Disse achar que estavam apenas bravateando, mas que ficaria de olho neles.

Deadeye remexeu as provas até encontrar o que estava procurando.

— O senhor vê o nó ao fim desta corda?

— Sim, senhor. É o tipo de nó que o Sr. Ramos me ensinou.

— Por que está tão certo?

— Porque ele repetia a rotina todos os dias. Ele fazia o nó, deslizava-o pela corda e dizia que era aquilo que iria acontecer com Hagopian.

— Obrigado, Sr. Aram. Não tenho mais perguntas.

Sorridente, Deadeye voltou a se sentar.

Janak levantou-se lentamente, dirigiu-se ao pódio e olhou para a testemunha durante um longo tempo. Demorou tanto que até o juiz olhou por sobre os óculos para o tribunal silencioso.

Samuel percebeu que Nashwan Asad Aram usava um par de sapatos pretos da Gucci muito bem engraxados, com detalhes de tecido verde e vermelho nas fendas, e lembrou-se da loja em Paris e do preço daquele tipo de calçado. Sentiu uma profunda antipatia por aquele homem e esperava que o júri sentisse o mesmo.

— O senhor é armênio, Sr. Asad?

— Não, senhor. Sou curdo.

— Por que nasceu em Paris?

— Meus pais eram refugiados. Escaparam dos turcos. Os curdos foram perseguidos pelos turcos durante a Segunda Guerra Mundial, exatamente como os armênios o foram, e tiveram de fugir de sua pátria. Meus pais acabaram em Paris.

— Por que veio aos Estados Unidos?

— Para estudar.

— É mesmo? O quê?

— Formei-me em engenharia química.

— Onde?

— Na Universidade de Pittsburgh.

— Por que veio para a Califórnia?

— Após me formar, precisava de experiência prática. Descobri que a Hagopian Enterprises estava envolvida com administração de lixo químico. Consegui um emprego com eles como estagiário.

— Quem era seu contato na Califórnia?

— O próprio Sr. Hagopian. Ele foi generoso comigo. Como eu disse, nossas famílias enfrentaram as mesmas dificuldades causadas pelos turcos.

— Quanto calça, Sr. Aram?

— Perdão?

— Quero saber o tamanho de seu sapato.

A testemunha pareceu confusa.

— Trinta e quatro, creio eu.

— Você está medindo em centímetros. Como isso se traduz no padrão norte-americano?

— Não faço idéia — disse a testemunha, aborrecida.

— Meritíssimo, posso pedir que a testemunha retire o sapato do pé direito?

Deadeye subiu imediatamente ao pódio, ao lado de Janak.

— Objeção. A testemunha não está sendo julgada.

— Os dois cavalheiros poderiam se aproximar? — disse o juiz movendo um dedo.

Uma vez junto ao púlpito, Janak explicou:

— Ele não sabe nos dizer o tamanho de seu sapato no padrão norte-americano, meritíssimo. Preciso comparar o tamanho do pé dele com a pegada deixada no depósito de lixo. Ele já admitiu ter trabalhado lá.

— Essa é uma manobra desesperada do Sr. Marachak para tentar transferir a culpa de seus clientes para a testemunha — disse Deadeye, visivelmente irritado.

— Concedido — disse o juiz.

Janak pegou a pegada de gesso na mesa de provas em frente à escrivã. O juiz ordenou que a testemunha tirasse o sapato do pé direito e Janak encostou-o no molde. Coube perfeitamente. Janak certificou-se de que o júri visse aquilo.

— Onde estava na noite de 5 de dezembro do ano passado, Sr. Aram?

— Eu estava em meu apartamento, em Oakland.

— Não no depósito de lixo em Point Molate?

— Não, senhor.

— Alguém pode confirmar isso?

— Objeção — gritou Deadeye. — Este homem não está sendo julgado.

— Negado — disse o juiz.

— Eu estava só, uma vez que moro sozinho — disse Aram.

Janak mostrou à testemunha a fotografia das caixas de Coca-Cola.

— Reconhece o lugar em que esta fotografia foi tirada?

— Sim, senhor.

— O senhor tomava Coca-Cola com os outros empregados nesse mesmo lugar, certo?

— Sim, senhor.

— E, quando terminava, punha as garrafas vazias naquelas caixas perto da máquina, correto?

— Sim, senhor.

— E fazia isso todo dia?

— Talvez não todo dia, mas diversas vezes por semana.

— O senhor bebia com José e Miguel Ramos, certo?

— Sim, senhor. Todos bebíamos e púnhamos as garrafas de volta nas caixas.

— Você viu onde guardavam as garrafas vazias e pegou as garrafas de Coca-Cola com as impressões digitais deles, não é mesmo?

A testemunha remexeu-se no banco.

— Claro que não.

— Quando eles foram demitidos, o senhor parou de tomar Coca-Cola, certo?

— Já disse que tomávamos Coca-Cola diversas vezes por semana.

Janak sacou um recibo e pediu que fosse identificado. Mostrou-o a Deadeye e, depois, à testemunha.

— Qual a data deste recibo, Sr. Aram?

— É de 12 de julho de 1961.

— Deu-se conta de que esta foi a última coleta de garrafas vazias de Coca-Cola daquele ano, embora nos seis meses anteriores a coleta fosse feita mensalmente?

— Eu não tinha como saber disso.

— Aqueles empregados foram demitidos no começo de julho, ocasião em que o senhor removeu todas as garrafas com as impressões digitais deles, e mudou o horário de entrega, não foi?

— Não, senhor, eu não mudei coisa alguma — respondeu a testemunha, outra vez se remexendo no banco.

— Bem, aqui está escrito N. A. São as suas iniciais, não é mesmo? Esta também é a sua letra. Diz aqui: "Interromper coleta."

— Objeção — gritou Deadeye. — O advogado está se utilizando de fatos que não estão em evidência.

— Negado. O advogado está fazendo a reinquirição da testemunha, Sr. Graves — censurou o juiz.

— Não sei de quem é esta letra — respondeu Nashwan.

— Foi o senhor quem pediu que Juan Ramos fizesse o nó naquela corda, não foi?

— Não, senhor, foi justamente o contrário. Ele me disse que o usaria em Hagopian.

— O senhor ajudou a pendurar Hagopian naquele portão, não ajudou?

— Não, senhor.

— Meritíssimo — interrompeu Deadeye.

— Tem alguma objeção, Sr. Graves?

— Retirada.

— Esta pegada no molde de gesso é sua, não é? — perguntou Janak.

— Não, senhor.

— Sabemos que os deveres do Sr. Padia no depósito de lixo incluíam cavar e usar o ancinho. O senhor confiscou o ancinho depois que o viu usando, não foi?

— Não, senhor.

— Falemos de sua educação. O senhor é um engenheiro químico. Isso significa que sabe um bocado de química, certo?

— Sim, senhor.

— O senhor era uma das poucas pessoas no depósito de lixo que conhecia as propriedades dos produtos químicos citados por esses homens na ação ordinária que moviam contra Hagopian?

— Sim, senhor. Eu conhecia os produtos químicos que eles diziam os terem prejudicado porque ajudei o Sr. Hagopian a analisar as alegações feitas no processo.

— Foi mais que isso. O senhor sabia que tipo de produto químico estava envolvido, onde consegui-los e como manuseá-los, não é verdade?

— Sabia o que eram.

— E onde obtê-los?

— Sim, senhor.

— Não é verdade que foi o senhor quem pôs aqueles produtos químicos nas garrafas e então as plantou no corpo do Sr. Hagopian? — gritou Janak.

— Objeção, meritíssimo — disse Deadeye.

Mas, antes que ele pudesse continuar, o juiz interrompeu:

— Negado, ele pode responder.

— Diga! Foi o senhor quem plantou as garrafas, não foi? — insistiu Janak com tanta paixão que a cicatriz em seu rosto ficou vermelha.

— Não, senhor. — Agora, a testemunha estava suando. — Meritíssimo, posso tomar um copo d'água?

— Antes da água, mais uma pergunta, Sr. Aram. O senhor ajudou a matar o Sr. Hagopian em algum lugar do Vale Central, não ajudou?

— Claro que não! — respondeu a testemunha, parecendo cada vez mais incomodada.

— Estou satisfeito, meritíssimo — disse Janak, exausto.

Solícito, Deadeye trouxe um copo d'água para a testemunha.

— Tenho apenas mais algumas perguntas, meritíssimo.

— A testemunha é sua, advogado — respondeu o juiz.

— Quando deixou a área da baía de São Francisco? — perguntou Deadeye.

— Apareci para trabalhar cedo pela manhã, mas havia uma multidão à porta e soube que alguém matara o patrão. Entrei em pânico e fui embora.

— Obrigado, Sr. Aram.

Janak aproveitou a deixa.

— O senhor não se identificou para a polícia naquela manhã, certo?

— Não, senhor.

— E o motivo de não tê-lo feito foi porque não queria ser interrogado ou porque suas roupas estavam sujas de sangue?

— Isso não é verdade.

— Sim, claro. O senhor não seria tão desleixado a ponto de aparecer na cena do crime com sangue nas roupas ou lama no sapato.

Deadeye levantou-se e gritou "Objeção", mas a testemunha dirigiu-se ao juiz.

— Meritíssimo, necessito de proteção contra as acusações deste advogado.

O juiz tirou os óculos e olhou para a testemunha.

— Estamos em um julgamento, Sr. Aram, e seu dever é responder às perguntas que lhe são feitas. Eu decido quando os advogados forem longe demais.

O juiz voltou a pôr os óculos e voltou-se para Janak:

— Tem mais perguntas, Sr. Marachak?

— Sim, meritíssimo, mais uma. Em que empresa aérea viajou, Sr. Aram?

— Air France.

— Quando fez a reserva?

— Na manhã em que descobri que o Sr. Hagopian foi morto.

—Terminei com esta testemunha por enquanto — disse Janak. — Mas posso precisar que ela volte a se apresentar. Podemos obter seu endereço e número de telefone?

— Estou com viagem marcada para deixar o país amanhã, meritíssimo — disse Aram, muito agitado.

—Terá de esperar até ser liberado. — O juiz voltou-se para o júri. — Faremos nosso recesso matinal, senhoras e senhores. Por favor, voltem a este tribunal em 20 minutos.

Deadeye saiu da sala abraçando Nashwan Asad Aram pelos ombros, fingindo uma calma que estava longe de sentir. Aquela testemunha não era mais necessária, mas tinha medo de que Marachak voltasse a chamá-la. Que danos aquele interrogatório causara? Seu rival não conseguira provar coisa alguma, apenas levantara suspeitas. Por outro lado, a primeira parte do testemunho de Nashwan fora devastadora para os réus. Deadeye tinha experiência com júris e sabia que um jovem atraente, educado e bem vestido como Aram causava uma ótima impressão. Seus instintos lhe diziam que ele se saíra bem frente aos jurados, especialmente entre as mulheres, e que as acusações sem fundamento de Marachak seriam ignoradas, mas não tinha certeza absoluta. Ele deu meia-volta e voltou a seu escritório. Nashwan desceu as escadas e foi até a cantina, onde pediu um bolinho e uma xícara de café.

Nesse meio-tempo, Janak e Asquith se reuniram nos fundos do tribunal com o investigador, tentando antecipar o próximo movimento da promotoria. Samuel sentou-se afastado dos dois, imerso em pensamentos. Sabia que o testemunho de Nashwan Aram fora prejudicial aos réus. De acordo com Janak, ele era a única testemunha que tivera contato direto com os empregados e que obtivera informação deles. Samuel sabia que teria de ser cuidadoso. Seu trabalho era apresentar os fatos de modo imparcial. Sua versão de como o homicídio acontecera mudou após ouvir Aram. Agora, ele não tinha mais certeza de coisa alguma. Achou que o testemunho do curdo era verossímil, apesar da antipatia que sentia por ele e por seus sapatos Gucci.

* * *

Quando a corte voltou a se reunir após o recesso, Earl Graves anunciou não ter mais testemunhas. Aquilo pegou Janak de surpresa, uma vez que nem a esposa, nem a irmã, tampouco qualquer outro membro da família Hagopian havia testemunhado, embora Deadeye os tivesse acrescentado à lista de testemunhas que pretendia convocar. Janak teve de pedir adiamento para começar a defesa porque não tinha testemunhas presentes na sessão matinal.

Quando a corte voltou a se reunir à tarde, Janak chamou o entomologista, o Dr. Jonathan Higginbotham. O homem vestia uma roupa parecida com aquela que usava quando Janak o visitara havia algumas semanas. O casaco esporte com reforços de couro nos cotovelos apenas parecia mais surrado, as calças, mais amassadas, e os sapatos, mais sujos.

Janak submeteu o entomologista a uma série de perguntas quanto à sua qualificação e antecedentes, fazendo-o listar uma infinidade de livros que escrevera sobre insetos em quarenta anos de carreira, para somente então iniciar o interrogatório.

— Qual a sua posição atual, doutor?

— Sou professor de entomologia na Universidade da Califórnia em Berkeley. Trabalho para a universidade há quarenta anos. Comecei como assistente, depois me tornei professor e, finalmente, comecei a galgar os degraus da escada acadêmica até atingir o nível em que me encontro já há 15 anos.

— Por favor, diga ao júri o que faz um entomologista.

— Um entomologista é basicamente um especialista em insetos. — Os membros do júri riram. Era óbvio que haviam gostado de seu modo relaxado.

— Em outras palavras, doutor, o senhor é pago para reconhecer a diferença entre um inseto e outro, correto?

— Entre outras coisas. Mas começamos tentando determinar de onde vem um inseto em particular. Isso nos ajuda a determinar se ele carrega alguma doença que possa contaminar a população ou se tem alguma característica que possa prejudicar parte de nossa cadeia alimentar.

— Doutor, eu lhe mostrei o que sobrou do inseto azul que estava amassado na perna da calça da vítima deste caso, e mostrei-lhe diversas fotografias do mesmo inseto, não foi?

— Sim, senhor, mostrou.

— O senhor foi capaz de identificar tal inseto, doutor?

— Sim, senhor, fui — respondeu o entomologista. E ele estava a ponto de prosseguir quando Deadeye levantou-se.

— Objeção, sem fundamento.

— Meritíssimo, nós mais que apontamos as qualificações deste homem — respondeu Janak.

— Negado. A testemunha pode responder — disse o juiz.

— O inseto nesta fotografia é um besouro Chitosi. Seu país de origem é o Japão.

— Quer dizer que não é um inseto nativo do norte da Califórnia?

— Não, senhor. Provavelmente migrou para cá em um veleiro que veio do Japão no século passado e abandonou o navio quando atravessava o estreito de Stockton e Sacramento.

— O senhor mencionou Stockton e Sacramento. Há alguma evidência de que besouros Chitosi desembarcaram em Richmond?

— Mesmo que tivessem desembarcado em Richmond, não teriam ficado por lá. O clima é muito temperado para tais criaturas.

Deadeye remexeu-se na cadeira. Aquela testemunha o estava incomodando. O júri gostara muito dela.

— Mesmo que se sentissem confortáveis em Richmond, poderiam ter sobrevivido a Point Molate?

— Objeção — gritou Deadeye, novamente de pé. — Sem fundamento.

— Vou reformular a pergunta, meritíssimo — disse Janak.

— Muito bem — disse o juiz.

— O senhor foi a Point Molate a meu pedido, não foi?

— Sim, senhor.

— Encontrou algum sinal de insetos nas imediações do depósito de lixo de Hagopian?

— Objeção — voltou a gritar Deadeye. — Sem fundamento.

— Negado. A testemunha pode responder — disse o juiz.

— Não, senhor, nenhum.

— Portanto, não poderia ter sobrevivido ali?

— Sim, isso é correto.

— Meritíssimo, peço que o testemunho deste homem sobre o besouro não ser capaz de sobreviver em Point Molate não seja levado em consideração, uma vez que ele não é um toxicologista — disse Deadeye.

— Ele poderá responder às perguntas da promotoria a seu tempo, meritíssimo. No momento, ele é minha testemunha — disse Janak.

— Moção negada, Sr. Graves. Pode voltar ao assunto na sua vez — disse o juiz.

— Onde os besouros Chitosi se estabeleceram no norte da Califórnia?

— Não vejo esta espécie na área da baía de São Francisco há vários anos, com exceção da região de Stockton. Quando, há algumas semanas, o senhor me pediu para verificar o hábitat desse inseto, descobri que, aparentemente, ali continua sendo o único lugar onde ele é capaz de sobreviver.

— Por que apenas lá, e não em algum outro lugar, doutor?

— Os insetos escolhem climas semelhantes àqueles de seus lugares de origem, especialmente quando são levados inadvertidamente de um lugar a outro, como é o caso desse besouro.

— O senhor tem idéia, doutor, de onde o inseto do qual falamos ficou preso à calça do Sr. Hagopian?

— Objeção, sem fundamento. Trata-se de uma especulação, meritíssimo — gritou Deadeye sem se levantar.

— Negado — disse o juiz. — Aborde o assunto durante sua vez de interrogar.

— Minha primeira opinião é que não ficou preso à perna da calça em Point Molate porque este inseto não veio de lá.

— Tem mais opiniões, estou certo. Explique-as, doutor.

— Portanto, ou ficou preso à perna da calça do Sr. Hagopian na região de Stockton, onde este inseto prolifera, ou foi trazido em algo que veio de lá.

— Como pode estar tão certo, doutor?

— Se olhar atentamente para o besouro, dá para ver que ele não está sujo com o sangue da vítima, embora a perna da calça estivesse encharcada de sangue. E o besouro foi amassado. Dá para ver pedaços dele na perna da calça do Sr. Hagopian. Portanto, isso significa que grudou naquela calça após a morte da vítima, quando o sangue já estava seco. Provavelmente ficou preso ali quando o corpo estava sendo embrulhado para transporte.

— Obrigado, doutor — disse Janak antes de se sentar, sorridente.

Deadeye compreendeu que tinha de ser cuidadoso porque o júri gostara daquele homem. Precisava fazer perguntas eventuais, na esperança de que os jurados pensassem que o entomologista estava concordando com ele. Subiu ao pódio com um pacote de anotações.

— Doutor, o senhor é PhD em entomologia, certo?
— Certo.
— E nunca estudou toxicologia, certo?
— Certo.
— E não faz idéia de onde veio o besouro grudado à perna da calça do Sr. Hagopian, certo?
— Não, senhor. Só sei que não foi de Point Molate.
— Obrigado. Não tenho mais perguntas.

A testemunha recolheu suas anotações e guardou-as na pasta, devolveu as fotografias que examinara e deixou o tribunal.

Janak convocou então um patologista, que explicou ao júri que as queimaduras de corda no pescoço de Hagopian não poderiam ter sido causadas pelo nó mexicano, mas sim por outra corda mais grossa que deixou profundas impressões de seu padrão no pescoço da vítima e que só poderiam ter sido feitas quando ele ainda estava vivo. Também testemunhou que a grande quantidade de sangue nas pernas da calça de Hagopian confirmava que a emasculação ocorrera enquanto o coração dele ainda batia. Mostrou ao júri fotografias que demonstravam que aquilo não poderia ter acontecido na cena do crime porque não havia sangue no chão.

A seguir, Janak chamou o padre armênio ao banco das testemunhas. O padre recusou-se a testemunhar e pediu que lhe fosse concedido o privilégio de padre-penitente. Deadeye não contestou. Contudo, era óbvio que ele sabia o que estava acontecendo. A corte discutiu o assunto brevemente e endossou sua recusa. O privilégio dizia respeito ao penitente, mas também ao padre. Embora o penitente estivesse morto, o padre podia desfrutar do privilégio. Janak sabia que a recusa da testemunha era importante porque sugeria que ela tinha algo a esconder. Esperava ter demonstrado aquilo ao júri.

Depois do testemunho de Nashwan, Janak emitiu uma intimação exigindo da Air France o itinerário de viagem do curdo. Mas, por causa da burocracia, soube que só o teria em trinta dias. Ele pediu ao juiz um adiamento do julgamento até aquela data, mas o pedido lhe foi negado.

* * *

Acabava, assim, outro dia de julgamento. Janak e sua equipe sabiam que tinham muito a fazer antes da sessão do dia seguinte. Samuel disse que, uma vez que sabia onde Candice e a Sra. Hagopian moravam, tentaria entregar-lhes uma intimação para comparecerem à sessão da manhã seguinte.

Marcel levou Samuel a uma loja de fantasias perto da Opera House em São Francisco, onde o repórter alugou um belo terno de três peças e uma peruca preta muito natural. Ele não queria que o porteiro Thaddeus Carlton o reconhecesse. Achou que, caso parecesse importante o bastante, o octogenário o deixaria subir ao apartamento. Em seguida, já trajando a fantasia, foi até uma loja de flores e comprou um buquê de rosas.

— Você está parecendo um milionário, Samuel. Devia se vestir assim com mais freqüência — disse Marcel enquanto ajeitava a gravata e a peruca do amigo.

Samuel tocou a campainha. Thaddeus veio à **porta** e olhou através das barras de ferro. O porteiro o examinou e abriu a porta.

— Olá, Sr. Hamilton, é um prazer vê-lo aqui outra vez.

Samuel enrubesceu e sua cabeça começou a coçar sob a maldita peruca.

— Tenho algumas flores para a Sra. Hagopian. Posso entregá-las?

— Perdão, Sr. Hamilton. Vou providenciar que sejam entregues, mas é o máximo que posso fazer sem autorização — disse ele, sorrindo.

— Posso vê-la apenas um instante? — perguntou ele.

— Não, senhor. Fora de questão. Eu posso entregar as flores, se quiser, ou o senhor pode voltar outra hora, quando for convidado — respondeu Thaddeus, que começou a caminhar em direção a Samuel, fazendo-o recuar até estar de costas junto à porta e não ter alternativa senão ir embora.

Ele voltou ao carro.

— Marcel, preciso de sua ajuda. Pode ficar com essa intimação e observar o prédio? Caso a Sra. Hagopian saia, poderia entregá-la a ela? Nesse ínterim, vou ao centro da cidade escrever a minha matéria e volto assim que terminar.

— Certo. Poderia me trazer um sanduíche?

— Claro. Que tipo de sanduíche?

— Salame em pão francês, e uma cerveja Grace Brother.

— Cerveja na hora do trabalho?

— Você é minha mãe ou algo assim?

— Tudo bem, vejo você mais tarde — disse Samuel antes de correr até o ponto de ônibus.

* * *

Samuel voltou por volta das nove da noite, mas Marcel não vira ninguém sair do edifício. Entregou a Marcel o sanduíche e a cerveja enquanto tomava uma xícara de café, já frio àquela altura. Esperaram no carro até bem depois da meia-noite. Afinal desistiram e voltaram para casa a fim de descansar um pouco e estar em condições de atuar no dia seguinte.

Samuel falou com Janak cedo pela manhã. O advogado agradeceu e admitiu ter desconfiado de que não seria possível encontrar a viúva e a irmã, motivo pelo qual fizera planos para continuar sem elas.

Mais tarde, quando o julgamento começou, Janak chamou os dois empregados americanos do depósito de lixo que disseram ter visto Nashwan cabriolando diante dos trailers enquanto Juan Ramos o laçava como se fosse um boi extraviado. Também disseram ter visto Juan mostrar ao curdo como fazer aquele nó.

Janak pediu que Nashwan fosse chamado para testemunhar, mas o sujeito havia desaparecido. Deadeye argumentou que a única solução para o impasse parecia ser a anulação do julgamento, mas, quando o juiz perguntou se de fato o promotor estava propondo uma medida tão severa, ele foi vago. Sentindo que Deadeye tinha algo a ver com o desaparecimento de Nashwan, Janak usou o instinto, não aceitou a anulação e pediu que o júri fosse notificado de que Nashwan recebera ordens de ficar à disposição da corte e que, portanto, seu testemunho deveria ser desconsiderado. Diante do júri, o juiz censurou severamente a testemunha ausente, mas não anulou seu testemunho. Por fim, embora Janak estivesse inquieto, não tinha mais testemunhas a apresentar e encerrou a defesa.

Era a vez de Deadeye contra-atacar. O promotor chamou um detetive de homicídios de Fresno, um gordo de rosto vermelho que suava tão profusamente que parecia estar à beira de um colapso. O sujeito sentou-se no banco das testemunhas como um saco de pedras e o banco rangeu ao receber-lhe o peso. Deadeye perdeu 10 minutos qualificando a testemunha antes de perguntar com seu tom de voz mais macio:

— O senhor investigou o assassinato de Joseph Hagopian em Fresno, não foi?

Janak correu para o pódio e deu um encontrão em Deadeye, ocupando seu lugar.

— Meritíssimo, essa inquirição é completamente inaceitável. Antes que prossiga, gostaria de lembrar à corte de sua instrução para que qualquer coisa ocorrida em Fresno não fosse aqui mencionada.

— Qual o seu propósito ao interrogar esta testemunha, Sr. Graves? — perguntou o juiz, quase tão aborrecido quanto Janak.

— Mostrar ao júri que as mesmas pessoas estavam envolvidas em ambos os crimes, meritíssimo — disse Deadeye, em tom desafiador.

— Ouvi o bastante, Sr. Graves. O júri está dispensado. Advogados, compareçam ao meu gabinete com o relator.

Quando os jurados deixaram a bancada, Janak chamou Graves de filho-da-puta e disse que ele pagaria por tudo que estava tentando fazer. Alguns jurados o ouviram. Tentando conquistar a simpatia deles, Deadeye sorriu com malícia, recolheu alguns papéis de sua escrivaninha e caminhou rapidamente até a porta dos fundos em direção ao gabinete do juiz.

— Deve haver um bom motivo para ele tentar isso. Estou certo de que não foi um erro. Ele sabe de algo que não sabemos e está tentando provocar uma anulação — disse Janak a Asquith.

— Estou certo de que tem algo a ver com Nashwan — disse Samuel, aproximando-se da mesa onde os dois advogados estavam sentados.

— Deadeye já afirmou que a ausência de Nashwan — poderia provocar uma anulação — acrescentou Asquith.

— Não é assim tão ruim para nós e, sob circunstâncias normais, eu ficaria grato por isso. Mas, quando o promotor quer tanto assim uma anulação, é preciso pensar duas vezes — disse Janak.

— Só me pergunto o que diabos aconteceu — murmurou Janak, coçando a cicatriz.

O oficial de justiça abriu a porta junto ao púlpito e sinalizou para Janak. No gabinete, o juiz estava furioso. Leu o ato de tumulto para Deadeye e ameaçou impor a anulação.

— Depende do senhor, Sr. Janak. O Sr. Graves violou a ordem da corte levantando o assunto de Fresno. Se quiser uma anulação, o senhor a terá — resmungou.

— Já considerei minhas opções, meritíssimo, e não quero a anulação. Mas quero que a atitude do Sr. Graves seja severamente censurada perante o júri. Depois disso, eu assumo o risco.

— Muito bem, vou me certificar de que não considerem a evidência. Sr. Graves, reporte-se a meu tribunal na próxima sexta-feira para se justificar.

Quando a corte voltou a se reunir, o juiz advertiu o júri de que deveria desconsiderar qualquer testemunho sobre Fresno. Também os informou que o advogado Graves fora repreendido por tentar abrir tal linha de inquirição, uma vez que não fazia parte daquele caso. Então, liberou os jurados e avisou-os de que as argumentações e as deliberações começariam no dia seguinte. Pediu que os advogados ficassem, a fim de rever as instruções.

Deadeye sentou-se, satisfeito por ter conseguido de algum modo contaminar o júri com a evidência do caso de Fresno. Teria preferido um adiamento, mas plantara o bastante naquele júri e nada que o juiz dissesse poderia apagar o que fora dito. Tinha de fazer justiça a Janak. O advogado era mais esperto do que pensara.

Samuel desceu para conversar com Donald, mas não esperava a recepção que teve, e ficou atônito ao ouvir o que o cego tinha a dizer. Ele se sentou a uma das mesas e redigiu a matéria que achava fazer justiça àquilo que acabara de ouvir, mas mudou de idéia.

Esperaria Janak sair do tribunal e discutiria aquilo com ele antes de ir à imprensa. Nesse meio-tempo, verificou a história com o escritório do xerife e confirmou o que o cego lhe dissera. Mas o assistente que o atendeu relutou em lhe dar todos os detalhes.

* * *

Samuel voltou ao tribunal e esperou ansioso que Janak e Asquith aparecessem para que ele pudesse lhes dizer o que acontecera na cantina.

— É só imaginação minha ou isso é importante? — perguntou.

— Deve ter sido por isso que Graves tentou obter a anulação. Tinha medo de que o júri descobrisse — disse Janak.

— Achei que você fosse pedir a anulação caso ele trouxesse à baila o caso de Fresno — disse Samuel.

— Esta era a minha intenção, mas havia algo no ar que me disse para não fazê-lo — disse Janak.

— Espero que esteja certo — disse Samuel. — Porque eu estou preocupado. Admito que, após o testemunho de Aram, tive dúvida da inocência dos réus e suponho que o júri tenha sentido o mesmo — disse Samuel.

— Talvez a história de Donald possa nos ajudar — disse Asquith.

— Não podemos argumentar que surgiu algo capaz de prejudicar o caso da promotoria quando não sabemos se havia alguma testemunha que o tivesse visto e identificado.

Os dois advogados riram.

— Acho que não vou dormir muito esta noite — disse Janak.
— Meu palpite é prosseguir com o caso do modo como eu o vejo e deixar as peças caírem à revelia.

— Gostaria de acrescentar isto à matéria se puder ser de alguma ajuda — disse Samuel, mostrando-lhe as poucas páginas de notas manuscritas para Janak.

— Você não pode revelar o que descobriu antes do fim do julgamento porque, se o fizer agora, pode prejudicar o meu caso e beneficiar Deadeye — disse Janak. — Como tentei explicar, o resultado deste julgamento realmente vai depender do que o júri souber sobre o caráter das testemunhas de acusação. Vou apresentar o caso como se todas estivessem exagerando. Se acreditarem em mim, ganharemos.

Samuel ainda queria correr até o jornal com a matéria, mas teria de esperar até o júri divulgar o veredicto. Não era um grande dilema para ele, uma vez que nenhum outro repórter que estava cobrindo o caso fazia idéia do que acontecera na cantina.

* * *

As alegações finais começaram às dez do dia seguinte. Deadeye foi fluente e articulado ao discorrer sobre as provas que ligavam os réus à cena do crime. Falou durante uma hora e meia e, por fim, lembrou ao júri que Narcio Padia e Juan Ramos seriam uma ameaça ao condado de Contra Costa caso fossem postos em liberdade.

O juiz mandou os jurados almoçarem porque não queria interromper o argumento da defesa. Quando chegou a vez de Janak no início da tarde, sua voz estava pesada e ele arrastava as palavras. Aquilo preocupou Samuel e Asquith, porque Janak não parecia inteiramente convencido de que seus clientes eram inocentes. Contudo, ao prosseguir, pegou embalo, demonstrando a fragilidade das provas levantadas contra eles e ressaltando o exagero e as inconsistências dos testemunhos. Então, algo estranho ocorreu. O sol da tarde irrompeu em meio às nuvens que pairavam sobre a cidade havia diversos dias e brilhou através da janela do tribunal, iluminando Janak no pódio enquanto ele questionava a veracidade do testemunho de Nashwan. Foi um momento notável, que reforçou o que o advogado de defesa estava dizendo. Quase tão subitamente quanto apareceu, o sol desapareceu por trás das nuvens e o tribunal voltou a ser o ambiente fosco e obscuro de sempre.

Deadeye foi superficial em sua refutação. Sentia que obtivera vantagem em sua exposição inicial e que não havia necessidade de reforçar as provas das impressões digitais e do nó que associavam os réus à cena do crime.

Quando a argumentação terminou, o juiz assumiu.

— Senhoras e senhores do júri, é meu dever agora fazer a instrução legal deste caso. Só desejo lembrar-lhes que, de modo a chegarmos a um veredicto, os 12 jurados devem concordar com ele. Também tenho certeza de que todos sabem que este é um caso passível de pena de morte e que, caso cheguem a um veredicto de culpa, devem estar absolutamente convencidos de que os réus cometeram o crime de que são acusados. Afora isso, estou incluindo instruções sobre crime de homicídio culposo a pedido de ambos advogados. É o que chamamos de crime subjacente.

Do ponto de vista de Deadeye, aquilo admitiria uma condenação se por algum motivo o júri sentisse que as provas não eram suficientes. E, para os réus, evitaria a pena de morte, o que seria um grande alívio, embora, ainda assim, tivessem de enfrentar longas penas de reclusão caso fossem condenados.

Então, o juiz leu as longas instruções. Ao terminar, às quatro, perguntou se os jurados queriam começar as suas deliberações para dar seguimento ao caso. Eles concordaram e receberam ordens de irem à sala do júri levando todas as provas. Em seguida, o juiz pediu que os advogados dissessem para a escrivã onde estariam. Precisavam estar por perto caso ele precisasse convocá-los rapidamente.

Janak e Asquith foram até a cantina do porão com Samuel. Deadeye foi para seu escritório.

No porão, enquanto tomavam café, Donald repetiu para Janak o que Samuel lhe dissera.

— Pergunto-me como alguém pode ser tão estúpido. Tem de ter havido testemunhas. Imagino quem eram — perguntou Janak

— Havia gente aqui. O xerife sabe disso. Imagino que, seja lá quem tenha sido, essa pessoa achou que eu era cego e, portanto, não perceberia — disse Donald. Os outros riram.

— Esta é a hora que mais detesto — disse Janak. — Esperar a decisão do júri. — Caminhou para cima e para baixo a passos largos, acariciando a cicatriz no rosto. — Toda essa incerteza, além de eu ficar me lembrando de coisas que deveria ter dito e esqueci. Agora é tarde demais.

— Relaxe, Janak, você fez o melhor que pôde — disse Samuel.

— Fazer o melhor não é o bastante. O único resultado que vale alguma coisa é um veredicto de inocência.

Uma hora se passou, mas pareceu ter decorrido uma eternidade antes que a escrivã viesse até a porta e dissesse:

— O júri chegou a um veredicto.

Janak enrubesceu, suas mãos começaram a suar e seu coração disparou enquanto ele olhava para Asquith e Samuel.

— É o veredicto mais rápido que já vi! — exclamou.

Em questão de minutos, os advogados voltaram a seus bancos e o juiz acenou para que o oficial de justiça convocasse os jurados. Janak viu que a pessoa que trazia o formulário de veredicto era o membro mais conservador de todos os jurados escolhidos. Janak teria se livrado dele caso usasse sua última impugnação, com medo de que Deadeye anulasse todas as escolhas moderadas que ele fizera. Ele e Asquith se entreolharam. Samuel identificou preocupação em seus rostos. Todos esperavam que Mae Ming estivesse certa.

Quando os membros do júri estavam sentados em seus lugares, o juiz perguntou:

— O júri chegou a um veredicto?

— Sim, chegamos, meritíssimo — respondeu o porta-voz.

— Por favor, entregue à escrivã.

O jurado entregou o veredicto à escrivã, que o levou até o juiz, o qual, por sua vez, o leu em silêncio, devolveu-o à escrivã, e voltou-se para os réus.

— Que os réus por favor se levantem — ordenou o juiz.

Janak acenou para que se levantassem. Ambos estavam pálidos e Padia batia os dentes enquanto a escrivã lia com voz clara e precisa:

— Nós, o júri do caso o povo do estado da Califórnia contra Narcio Padia, consideramos o réu inocente das acusações. Nós, o júri do caso o povo do estado da Califórnia contra Juan Ramos, consideramos o réu inocente das acusações.

Incrédulo e louco de entusiasmo, Janak voltou-se para seus clientes e os abraçou, dizendo em espanhol capenga:

— *Non cupable, non cupable!*

Os dois réus começaram a chorar quando Janak explicou que estavam livres e que nunca mais em sua vida seriam incomodados com tais acusações.

Deadeye escondeu a cabeça entre as mãos e saiu silenciosamente do tribunal antes que algum repórter o encontrasse para fazer a pergunta óbvia: "O que houve?"

Assim que o veredicto foi anunciado, Samuel saiu correndo do tribunal à frente da comitiva de repórteres que o seguia. Foi até um telefone público para passar a matéria a seu jornal.

O juiz Lawrence Pluplot bateu o martelo, exigindo ordem. Quando conseguiu controlar a comoção, agradeceu aos jurados e, antes de dispensá-los, lembrou-os de que eles estavam concorrendo à reeleição no ano seguinte. Também disse que os jurados estavam livres para falar de sua experiência naquele julgamento caso assim o desejassem.

O porta-voz caminhou diretamente para onde estava Janak.

— O senhor estava certo quanto a Nashwan, o curdo. Ele é uma pessoa terrível e o senhor o revelou. Muitos de nós, jurados, estávamos na cantina e vimos quando ele roubou dinheiro da caixa registradora do cego. Achamos que, se ele era capaz daquilo, também era capaz de condenar dois inocentes à morte. Um ladrão mentiroso, é isso o que ele é.

— Maldição — disse Janak. — Foi bom eu ter seguido meu palpite. De outro modo, teríamos de passar por tudo isso outra vez.

Ele agradeceu aos demais jurados e desceu o corredor para dizer a Samuel e a Asquith que o veredicto de inocência não fora resultado de sua habilidade como advogado, como ele teria desejado, mas de um golpe de sorte: alguns jurados viram Nashwan roubar o dinheiro de Donald e a testemunha perdeu a credibilidade.

— Deadeye perdeu o caso por ter confiado em uma testemunha desonesta — comentou Asquith.

— Acho que era mais que uma testemunha desonesta — acrescentou Samuel.

O repórter não estava satisfeito com a história. Aquilo o estava incomodando demais. Depois que os outros deixaram o tribunal, ele voltou ao escritório do xerife e falou com o assistente encarregado da investigação. Em vez de discutir o assunto em detalhes com Samuel, o assistente simplesmente permitiu que ele lesse o relatório do incidente. Samuel soube que havia quatro jurados na cantina quando Nashwan chegou. Estavam sentados às únicas mesas disponíveis. Normalmente, os jurados não teriam prestado muita atenção nele, mas o curdo acabara de testemunhar no tribunal e todos o reconheceram.

O porta-voz do júri em particular percebeu as roupas caras que ele trajava, de modo que ficou de olho nele enquanto Nashwan esperava que os outros clientes pagassem suas contas e fossem embora.

Quando acabou o tumulto, Donald saiu da caixa registradora para repor as mercadorias nas prateleiras e deixou a gaveta aberta. Foi quando Nashwan caminhou naquela direção e começou a guardar o dinheiro no bolso das calças. O porta-voz do júri gritou e levantou-se para interceptá-lo. Ao vê-lo, Nashwan saiu correndo dali com o porta-voz atrás dele e conseguiu fugir do prédio. O porta-voz relatou o que vira ao xerife, deu os nomes de todos os outros jurados que estavam presentes, e estes foram ouvidos como parte da investigação.

Depois de ler o relatório, Samuel escreveu um artigo bombástico para o jornal citando fontes confiáveis, e então contou para Janak Marachak o que descobrira.

— Este é um golpe de sorte muito raro, difícil de acontecer — disse Janak.

— É, Janak, mas você tem de admitir que não poderia ter acontecido em hora mais oportuna.

Capítulo 9

E agora, o quê?

Deadeye escondeu-se em seu escritório, deprimido e exausto após a derrota, sem querer ver ninguém, especialmente repórteres, mas não podia evitar que seu chefe, o promotor público, descesse as escadas como um furacão, com os óculos na mão, o cabelo despenteado e um olhar ameaçador.

— O que houve, Graves? Como pôde perder aquele caso com tantas provas contra os réus?

— Perdão, senhor. Alguns jurados viram minha testemunha-chave roubando dinheiro na cantina.

— Roubando do cego?

— Sim, senhor.

— Este foi o único erro neste caso, Graves?

— Não, senhor. Os mexicanos provavelmente foram enquadrados por desconhecidos, e minha testemunha-chave provavelmente estava mentindo.

— O que está me dizendo, pelo amor de Deus? — gritou o promotor público, batendo com o punho na escrivaninha do subordinado.

— Duvido que os mexicanos sejam culpados.

— E só me diz isso agora? — interrompeu o velho.

— Pareciam culpados porque tínhamos provas consistentes e corroboração dessas provas. Agora, nosso caso se desfez. Estamos ferrados — disse Deadeye, coçando a cabeça.

— Qual o próximo passo, então? — perguntou o chefe.

Deadeye tirou uma caneta do bolso interno do paletó preto, pegou um bloco amarelo na escrivaninha e desenhou algo.

— O que é isso?

— Um ramo de oliveira — respondeu Deadeye.

— Está se divertindo à minha custa, Graves?

— Isso nunca me ocorreu, senhor. Simplesmente estou sugerindo uma trégua até termos mais provas.

— Muito bem, mas mantenha-me informado. Quero os detalhes. Entre em contato com Bernardi imediatamente e diga-lhe para reabrir a investigação. — Em seguida, o velho saiu do escritório.

Deadeye esperou que ele saísse e mostrou o dedo médio em direção à porta que o outro acabara de bater. Ele odiava aquele homem, mas não teria de aturá-lo por muito tempo porque pediria demissão. Podia ganhar mais dinheiro atuando como advogado de defesa de alto nível. Perguntou-se se poderia vir a substituí-lo... Aquilo seria difícil depois que o assunto dos travestis viera à baila, mas não havia um candidato melhor do que ele, e Deadeye esperava que o público esquecesse aquele episódio patético.

Começou a amaldiçoar Janak Marachak. Aquele filho-da-puta não merecia ganhar porque ele, Earl Graves, tinha os réus na palma da mão. Como diziam no escritório da promotoria, lugar onde uma condenação era mais importante do que a justiça: é mais difícil condenar um inocente do que um culpado. E Bernardi o advertira de que os mexicanos eram inocentes. Que desgraçado! Amaldiçoou o curdo, também. Então, voltou-se e olhou para a pintura do chefe indígena que olhava para ele na parede à esquerda de sua escrivaninha. Imitou a expressão estóica que o sábio e velho guerreiro tinha no rosto. Em sua linha de trabalho, era preciso ser paciente, corajoso e perseverante.

Miguel e José Ramos, os ausentes, ainda são suspeitos. Deixarei as coisas assim por enquanto, e talvez algo de novo apareça.

Pegou o romance de caubói de Louis L'Amour na escrivaninha e atirou-o a um canto do escritório.

* * *

As matérias de Samuel sobre o julgamento foram bem recebidas no jornal e na imprensa de Chinatown, o que confirmou sua fama de "farejador de notícias", como os companheiros começaram a chamá-lo. Seu editor o congratulou, mas, quando Samuel pediu aumento, o sujeito disse que teria de pensar no assunto. Uma semana depois, ainda estava pensando. Mas aquele sucesso não bastou para apaziguar suas dúvidas. Sentia-se incomodado com tudo o que acontecera e, como sempre, acabou procurando conselhos no Camelot.

A tosse de Melba estava piorando e ela agora usava um tanque de oxigênio, embora fosse ao bar sempre que podia. Naquela noite, ela estava sentada no lugar de sempre, à mesa redonda da entrada, com Excalibur deitado a seus pés. O cão teve um ataque de alegria ao ver o repórter e repetiu sua coreografia de pular e rolar no chão antes de lamber-lhe o rosto e começar a mastigar-lhe os laços dos sapatos. Samuel coçou-lhe a única orelha e deu-lhe o petisco que sempre trazia no bolso para o caso de passar inadvertidamente no Camelot. Excalibur jamais o perdoaria se ele aparecesse de mãos vazias.

Melba recebeu-o com um inclinar de cabeça enquanto apagava o cigarro no cinzeiro e encaixava no nariz o tubo do cilindro de oxigênio. Estava muito mais pálida do que da última vez em que Samuel a vira. Os cabelos grisalhos azulados pareciam um rolo de lã no topo de sua cabeça e a mulher tinha olheiras sob os olhos vermelhos e úmidos. Para controlar a tosse, tomava pequenos goles de cerveja. Ocupado com o julgamento e com o trabalho, Samuel não mantivera a promessa de levá-la ao Sr. Song. Contudo, ao vê-la em estado tão precário, decidiu que não podia mais adiar a consulta. A amiga falava aos sussurros, ofegante, vez por outra interrompida pelos surtos de tosse.

— Você parece estar morrendo, Melba! Amanhã vou levá-la para se consultar com o Sr. Song.

— Não pretendo morrer por causa de um pequeno pigarro, meu rapaz. Sou feita de ferro — respondeu Melba, quase sem voz.

— Ferro enferrujado, pelo que vejo.

— Parabéns, Samuel. Você fez um belo trabalho naquele caso. Esse advogado, Marachak, foi aquele que você me apresentou há alguns meses, o especialista em produtos químicos?

— É. Mas ele não é um advogado criminalista.

— Talvez devesse mudar de especialidade, uma vez que foi tão eficiente com os mexicanos.

— Blanche lhe falou sobre minhas dúvidas quanto àquele caso? Na semana passada, conversamos um bocado sobre isso. Foi uma pena que você não estivesse aqui, Melba, porque poderia ter me ajudado a clarear os pensamentos.

— Suas matérias não sugerem dúvidas.

— Sou um repórter, Melba. Tento ser objetivo. E não queria prejudicar Janak ou seus clientes, mas as provas contra os acusados eram muito consistentes. Eu estava certo de que seriam condenados. Ficamos todos surpresos com o veredicto, inclusive Janak.

— Jurados são muito imprevisíveis, Samuel.

— É o que diz Janak. Nunca sabemos como reagirão. Neste caso, é impossível confiar em nosso sistema de justiça. Parece-me terrível que a vida dos acusados dependa de algo inesperado como uma testemunha principal de acusação roubar dinheiro da cantina.

— Você ainda acha que aqueles pobres coitados eram culpados?

— Não sei o que pensar.

— O que o preocupa? Janak ganhou o caso e aqueles caras não podem ser julgados outra vez. Ponto final.

— Fico feliz que estejam livres, mas ainda há acusações pendendo contra outros dois trabalhadores, Miguel Ramos e José Ramos. E eles não podem contar com a mesma sorte que tiveram Narcio Padia e Juan Ramos. Eles ainda estão no México e seriam muito idiotas caso voltassem para a boca do lobo.

— Repito a pergunta, Samuel. Você acha que os mexicanos cometeram esses crimes horrendos?

— Em verdade, sinto-me mal porque tenho dúvidas, Melba. É possível que o tenham feito por vingança.

— Pare de falar bobagens, Samuel! Seu trabalho é expor os fatos, nada mais.

— Sentei-me com Janak em um banco em San Quentin, em um momento em que ele estava cheio de dúvidas quanto à sua habilidade para cuidar do caso. Agora, sou eu quem está em dúvida.

— Certa vez, ouvi uma frase de um dos maiores advogados criminalistas de São Francisco. Para ele, não importava se um cliente era culpado ou inocente, o que importava era absolvê-lo.

Assim, poderia cobrar honorários mais caros do próximo cliente — disse Melba. — Portanto, esqueça suas dúvidas, Samuel. São uma perda de tempo.

— Janak está certo de que são inocentes e, se for necessário, também defenderá José e Miguel.

— De graça?

— É, de graça.

— Seu amigo Janak não tem jeito mesmo!

— Por isso ele é meu amigo, Melba. É um bom homem. Como Blanche costuma dizer, embora ele pareça um lutador de boxe, tem o coração de um golden retriever.

— Bem, então você precisa reconciliá-lo com aquela garota francesa pela qual ele é apaixonado — murmurou Melba, inalando golfadas de oxigênio.

— Como sabe a respeito dela?

— Um bar é como um salão de beleza, não há segredos.

Samuel tirou do bolso a carta que recebera de Paris naquela manhã e entregou-a a Melba, que, àquela altura, desligara o oxigênio e acendia outro cigarro.

— O que é isso?

Samuel explicou os detalhes de sua viagem a Paris e como pediu que Lucine conseguisse informações sobre a pessoa que acabou se revelando a principal testemunha da promotoria, Nashwan Asad Aram.

— Esse é o cara que roubou o cego na cantina — acrescentou.

— O que diz a carta?

— Que ele está morto.

— Morto? Ele também foi morto?

— Não. Há uma certidão de nascimento com o nome dele e uma certidão de óbito da mesma pessoa três anos depois. Entendeu?

— A testemunha do promotor estava usando a identidade de outra pessoa — disse Melba.

— É o que parece, mas isso não é tudo. Lucine também me disse que Hagopian, o homem de negócios que foi assassinado no depósito de lixo, teve duas mulheres. A primeira ainda mora em Paris e Lucine conversou com ela. Ela o deixou porque ele a espancava. Isso nunca veio à baila durante a investigação.

— Hagopian tinha outra mulher na Califórnia?

— Sim, estive com ela e com a irmã da vítima, mas elas não me disseram uma palavra sequer a esse respeito.

— Por que diriam? Na maioria das famílias, essas coisas são mantidas debaixo dos panos. Onde está a segunda esposa agora?

— Não sei. Ela não compareceu ao julgamento.

— O promotor público não a convocou?

— Não.

— Isso quer dizer que ela tem algo a esconder. É melhor descobrir o que é, Samuel — disse Melba, alternando tragos de cigarro e golfadas de oxigênio, enquanto Samuel coçava a cabeça de Excalibur e olhava discretamente ao redor, em busca de Blanche.

— Então, o que está esperando? Levante-se e mova-se — ordenou Melba, tossindo. — Se por acaso está querendo ver Blanche, terá de esperar até a semana que vem.

— Amanhã passarei na sua casa às nove e meia para levá-la ao Sr. Song.

— Garante que ele fará por mim o que fez por você? — perguntou Melba com ar inocente, olhos fixos nas queimaduras de cigarro nas mangas do casaco esporte de Samuel.

* * *

Quando Melba e Samuel chegaram à loja AS MIL ERVAS CHINESAS DO SR. SONG, lá estava a dentuça trajando uniforme escolar.

Samuel abriu a porta e Melba entrou na frente. Estava um tanto ofegante, mas sem o tanque de oxigênio.

— Olá, Sr. Hamilton — saudou a jovem do balcão com um sorriso cheio de dentes. — Gostei de suas matérias publicadas na imprensa chinesa. Quando vão pegar o verdadeiro assassino do Rei da Sarjeta, agora que os mexicanos foram absolvidos?

— Vou começar a trabalhar nisso hoje mesmo. Alguma sugestão? — perguntou Samuel, impressionado com o quanto a garota sabia.

— Isso é departamento do Sr. Song. Eu apenas leio o jornal.

Junto ao balcão de laca negra, Samuel sorriu.

— Temos uma consulta com seu tio.

— Sim, eu sei. Ele me pediu para levá-los até lá. — Ela se voltou, caminhou alguns passos até a cortina de contas azuis e a abriu, permitindo que Melba e Samuel entrassem na sala em penumbras onde o Sr. Song estava sentado diante de uma cadeira vazia em frente a um biombo chinês iluminada por um holofote. Ele juntou as mãos brancas e curvou-se. A seguir, apontou para a cadeira vazia. Melba tirou o casaco, ajeitou os cabelos e sentou-se.

O Sr. Song murmurou algo para a sobrinha.

— O Sr. Song diz que ela faz barulho quando respira e que isso não é bom. Ele quer saber há quanto tempo ela está assim — traduziu a sobrinha.

— Há cerca de três meses — disse Melba.

— O Sr. Song quer saber por que ela não parou de fumar quando isso aconteceu.

— Diga-lhe que é por isso que estou aqui — murmurou Melba para o albino.

O Sr. Song pegou um pêndulo com sua mão branca, longa e ossuda e disse para a jovem ficar de olho em Melba enquanto ele balançava o pêndulo para trás e para frente. Começou o processo lentamente e observou Melba por cerca de 30 segundos. Então, parou abruptamente, balançou a cabeça em negativa e falou rapidamente com a dentuça.

— Meu honorável tio disse que essa pessoa não é boa paciente de hipnotismo. Tem muita força de vontade. Ela não baixará a guarda. A sessão terminou.

Melba ergueu uma sobrancelha e sorriu.

— Espere um minuto — disse Samuel, aproximando-se do Sr. Song. — Certamente ele pode fazer algo por ela.

Melba soltou um suspiro de alívio, pois só estava ali por causa de Samuel. Não se sentia ofendida.

— O Sr. Song lhe dará algumas ervas expectorantes. Se ela as tomar como ele indicar, melhorará em duas semanas. Se continuar fumando desse jeito, vai morrer de doença nos pulmões — disse a dentuça.

— Diga a seu tio que todo mundo morre de doença nos pulmões. Os mortos não respiram — respondeu Melba.

Ela saiu de debaixo do refletor e segurou o braço de Samuel. Caminharam até a loja e pararam diante do balcão. Pouco tempo depois, o Sr. Song apareceu com dois pequenos sacos de papel. A sobrinha traduziu o que ele dizia.

— Isto é Ma Huang, e isto é Gui Zhi. São ervas para a congestão das vias aéreas. Mergulhe-as em água quente e, em vez de beber água, ingira este chá diversas vezes por dia. Se melhorar, volte daqui a duas semanas para buscar mais.

— Quanto pelas ervas? — perguntou Samuel.

— Três dólares e cinqüenta centavos — respondeu a dentuça.

— Sem desconto para os amigos? — perguntou Melba.

Samuel deu-lhe uma leve cotovelada, pagou e agradeceu.

— Posso falar com o Sr. Song?

O Sr. Song assentiu.

— Você sabe como está o caso porque obviamente o tem acompanhado pela imprensa chinesa e através de Mae Ming. Você tem alguma idéia de onde devo procurar os verdadeiros assassinos? — perguntou Samuel.

O Sr. Song acariciou a barbicha branca e olhou para o teto com os olhos rosados, aumentados pelos óculos de lentes grossas.

— No momento, ele está confuso. Acha que vocês fizeram um ótimo trabalho absolvendo os mexicanos, mas parece que a trilha terminou quando o curdo fugiu com o dinheiro do cego.

— Não fui eu quem os absolveu. Foi o advogado deles, Janak Marachak.

— O Sr. Song diz que você fez parte da equipe. Afinal, não foi você quem se encontrou com Mae Ming e escreveu todas aquelas matérias favoráveis?

— Entendo o que ele quer dizer — riu Samuel. — Diga-lhe que voltarei depois com mais informações para ele refletir a respeito. Agora, tenho de levar Melba para casa e me encontrar com o advogado e o detetive.

— Meu honorável tio diz que você deve pensar no curdo.

— Eu digo que devemos procurar a mulher. *Cherchez la femme*, como diz o ditado — interrompeu Melba.

— A que mulher se refere? — perguntou Samuel.

— Não sei. Suponho que a alguma das mulheres ligadas a este caso.

— Você não tem uma boa opinião do próprio gênero, Melba.

— Não, mas agora tenho uma opinião pior do seu, Samuel.

Com a franqueza habitual, Melba disse-lhe o que achara da consulta ao saírem da loja.

— Esta bobagem não é para qualquer um — disse ela, sorrindo.

— Ao menos você sabe que não é hipnotizável — disse ele.

— Não precisava pagar ao albino para descobrir algo tão óbvio. Ninguém consegue me influenciar. Você sabe disso, Samuel.

— É, eu sei, Melba — disse ele, assentindo. Pediu um táxi para ela, esperou que sumisse de vista colina acima e entrou a esquerda na Stockton. Começou a descer a colina e caminhou até o escritório de Janak na esquina de New Montgomery com a Market.

* * *

Era uma tarde tranqüila na Market Street, 625. Havia apenas duas pessoas na sala de espera de Janak. Trajando um vestido azul-escuro que lhe dava um ar de capitã da marinha mercante, Vanessa estava sentada atrás da escrivaninha da recepção e saudou Samuel calorosamente.

— O Sr. Marachak o espera. Entre — disse Vanessa.

Samuel apertou-lhe a mão e sorriu ao passar por ela.

— Falo com você em um minuto — disse ele.

Encontrou Janak em meio à bagunça de seu pequeno escritório. Mas o lugar estava mais arrumado do que o normal, uma vez que ele organizara os documentos relativos a casos específicos em suas pilhas respectivas e guardara todos os arquivos do caso Ramos e Padia em caixas que empilhou junto à porta.

— Pensando um bocado, hein? — disse Samuel.

— O que quer dizer com isso? — perguntou Janak, erguendo a cabeça.

— Dá para ver quando você está muito concentrado porque a cicatriz de seu rosto fica vermelha.

Janak sorriu e afastou o arquivo.

— Tudo bem, admito que tenho trabalhado noite e dia desde o fim do caso, tentando compreender o que aconteceu, mas também tentando ganhar algum dinheiro, já que estou quebrado.

— Imagino que deva ser complicado ficar longe do escritório durante tanto tempo.

— Especialmente difícil quando você não é remunerado — disse Janak. — Mas estou aqui trabalhando em um caso importante. — Apontou para o arquivo que afastara para o lado. — E está quase pronto. Se formos bem-sucedidos, isso vai estabilizar minhas finanças durante algum tempo. A primeira coisa que farei será pagar à minha mãe.

— E quanto a Miguel e José? — perguntou Samuel. — O caso deles ainda está aberto?

— Sim. E com aquele maluco do Deadeye ressentido com a derrota e sedento de vingança, não posso deixar isso de lado por muito tempo.

— Miguel também tem um problema em Fresno, não é mesmo? — perguntou Samuel.

— Sim, tem. Mas vamos lidar com um problema de cada vez — disse Janak.

— Esta é uma das coisas que desejo falar com você — disse Samuel, antes de explicar o que dizia a carta que recebera de Paris, sem, contudo, revelar que fora enviada por Lucine.

Janak não emitiu uma palavra sequer enquanto Samuel falava.

— O que acha? — perguntou Samuel.

— Acho que isso é algo que devemos levar ao conhecimento de Bernardi. Mas nada posso fazer até terminar este caso no qual estou trabalhando. Compreende meu problema?

— Claro que sim. Você não pode operar indefinidamente sem dinheiro. Devo me encontrar com Bernardi ainda hoje. Disse-lhe que tenho algumas informações para compartilhar com ele.

— Enquanto estiver lá, tente sondá-lo quanto a Miguel e José.

— Tentarei, mas precisarei de alguma ajuda. Poderia pedir para Vanessa me emprestar o carro dela esta tarde?

— Você já a conhece bem. Peça você — disse Janak. O advogado se levantou, deu um tapinha nas costas de Samuel e levou-o até a porta, indicando claramente que tinha mais o que fazer.

Janak voltou a se sentar, tentando entrar em estado de calma absoluta, como aprendera com a mãe. Somente assim poderia descobrir as causas da explosão química que ferira seus novos clientes. Sabia que era fútil tentar forçar a mente a trabalhar. Ele já organizara os fatos do modo mais racional possível, descobrindo conexões que a ninguém mais haviam ocorrido, mas a etapa final, aquela que definiria a fórmula para ganharem o caso, era sempre um lampejo de intuição.

— Vanessa, preciso de um favor seu — disse Samuel diante da escrivaninha da recepção.

— Se estiver a meu alcance... — disse ela com um sorriso.

— Você me emprestaria seu carro esta tarde por algumas horas?

— Pode trazê-lo de volta às três? — perguntou ela. — Tenho um compromisso.

Ele trincou os dentes.

— Não creio. Meu compromisso com Bernardi vai demorar mais que isso.

— Só um minuto — disse ela antes de ir ao escritório de Janak.

Ao voltar, ela disse:

— Está tudo certo. Eu o levo até lá agora, mas você terá de pegar um ônibus de volta. Lamento, mas é o melhor que posso fazer.

* * *

Vanessa dirigiu até Richmond pelo condado de Marin com Samuel a seu lado. Enquanto seguiam rumo ao norte pela 101, ele olhava pela janela e murmurava alguma coisa para si mesmo.

— Um córdoba por seus pensamentos — disse Vanessa.

— Como? — perguntou Samuel, assustado, saindo do devaneio.

— Córdoba é a moeda de meu país.

Ele corou e voltou-se para ela.

— Desculpe. Estava pensando em voz alta. Não é importante.

— Não, termine seu pensamento — disse ela, sorrindo.

— Tem certeza de que quer ouvir?

— Desembuche, Samuel! — insistiu Vanessa.

— Meu problema é o seguinte: para ampliar as possibilidades deste caso, preciso de um contato na área de Stockton.

— Que tipo de contato?

— Alguém que possa me dar informação sobre as pessoas do lugar — disse Samuel sem muito entusiasmo.

— Não entendi — disse Vanessa, voltando a olhar para ele. — Há todo tipo de gente em Stockton.

— Alguém que conheça o terreno.

— Talvez eu possa ajudar. Meu pai é diácono de uma igreja na periferia de Stockton. É uma dessas igrejas católicas evangélicas. Você já deve ter ouvido falar da "Nova Igreja".

— Ele é algum tipo de padre?

— Não. Ele é um leigo que ajuda o padre.

— Olhando para você, não dá para imaginar que seu pai seja um religioso — disse ele, sorrindo. — O que ele faz como diácono?

— Atende trabalhadores rurais mexicanos. Tem muitos seguidores.

— Estava pensando...

— Pensando em quê?

— Ainda não estou certo.

Àquela altura, aproximavam-se do prédio de estuque cinza com uma antena de rádio no topo. Era o Departamento de Polícia de Richmond. Samuel agradeceu a Vanessa e saiu do carro.

Capítulo 10

Encontre o besouro

Quando Samuel entrou no prédio, o tenente Bruno Bernardi esperava por ele. Conduziu o jornalista até seu escritório e apontou para uma cadeira diante da fotografia de seu avô de 100 anos de idade que repousava sobre uma prateleira. Vestindo um terno marrom padrão, o detetive sentou-se atrás da escrivaninha.

— Quer um café? — perguntou.

— Não, obrigado — disse Samuel.

— Como posso ajudá-lo, Sr. Hamilton?

— É assim que eu gosto, tenente: um homem que vai direto ao assunto. — Samuel sacou os documentos autenticados que recebera de Paris e explicou a Bernardi o que eram.

— O que esses documentos lhe sugerem, Sr. Hamilton? — perguntou Bernardi após algum tempo.

— Exatamente o que eu disse. Esse Nashwan é uma farsa. Ele roubou a identidade de alguém. Entretanto, para podermos prová-lo, precisamos da ajuda de seu departamento. Vê as impres-

sões digitais na certidão de nascimento e no atestado de óbito?
— Samuel apontou para as impressões em ambos os documentos.
— Aposto que não batem com as dele.

— Isso é muito fácil de descobrir — disse Bernardi. — Podemos ter uma resposta em pouco tempo. Como conseguiu estes documentos? — O detetive balançou a cabeça, incrédulo.

Samuel voltou a explicar, dessa vez separando os documentos e mostrando-os um de cada vez. Bernardi meneava a cabeça, finalmente compreendendo o que Samuel lhe entregara.

— Digamos que o cara seja uma farsa. Isso só quer dizer que ele fraudou a imigração e que assumiu a identidade de outra pessoa.

— É mais que isso — enfatizou Samuel. — É outra prova de que mentiu em juízo.

— É, já tomamos conhecimento disso — comentou Bernardi, olhando diretamente para Samuel. — Acho que foi por isso que Deadeye recuou.

— Há mais. No julgamento ele disse que fizera uma reserva no vôo da Air France na manhã do assassinato. É mentira. Ele fez a reserva um mês antes — disse Samuel.

— Isso é sério. Significa que ele está envolvido até o pescoço.

— Claro. Portanto, se nos ajudar a descobrir quem ele é, meu palpite é que isso nos levará ao verdadeiro assassino — disse Samuel.

Bernardi pegou o telefone e, em um minuto, Mac, o técnico do laboratório da perícia, entrou no escritório. Ignorou Samuel enquanto conversava com Bernardi, que lhe explicou o problema.

— Posso ficar com isso? — perguntou Bernardi, pegando os documentos das mãos de Samuel.

— Tenho escolha? — exclamou Samuel enquanto os documentos se moviam para frente e para trás entre os dois, em um divertido cabo-de-guerra.

— Não, se quiser que eu descubra algo sobre ele.

— Claro — murmurou Samuel afinal, soltando os documentos. — Você vai me dar um recibo, certo?

Quando Mac se foi, Samuel explicou que Marachak queria saber qual a situação de seus clientes, José e Miguel Ramos.

— Estamos falando extra-oficialmente, Sr. Hamilton?

— O que é melhor para você?

Bernardi ficou calado por alguns segundos.

— Posso ser mais franco assim — disse afinal.

— Certo, mas cedo ou tarde quero fazer uma matéria sobre a inocência deles e a falta de provas contra os dois — disse Samuel.

— Não deve ser novidade para você o fato de Deadeye ainda achar que pode ganhar o caso contra eles apenas com base nas impressões digitais.

— E no fato de serem mexicanos?

— Ele não diz isso explicitamente, mas, sim, é o que ele pensa.

— Mesmo sabendo que são inocentes.

— O que posso lhe dizer? Você viu o modo como ele trabalha — disse Bernardi.

— Qual a resposta?

— Ainda extra-oficialmente, certo?

— Certo.

— Acho que é óbvio que foram enquadrados. Acho isso desde o início — disse Bernardi, batendo com o punho de uma mão contra a palma da outra. — Acho que a vítima foi morta em outro lugar e pendurada em Point Molate. Marachak fez um bom trabalho demonstrando isso no julgamento. Mas Deadeye não deu a menor atenção a tais evidências porque tinha as impressões digitais.

— O caso voltou às suas mãos — disse Samuel. — Isso faz uma grande diferença, certo?

— É, faz diferença. Minhas mãos não estão mais atadas como quando Deadeye estava encarregado do caso. Falarei com o entomologista para ver se consigo que ele seja mais específico sobre de que parte de Stockton veio o besouro — disse Bernardi.

Então Samuel teve uma idéia. Aquilo lhe ocorrera quando estava no carro com Vanessa.

— Talvez eu possa ajudá-lo — disse ele.

— Como assim?

— Ainda não estou certo. Dê-me alguns dias.

— Certo. Devo prender a respiração? — perguntou Bernardi, rindo, enquanto se levantava da escrivaninha.

— Não, não. Estou falando sério. Descobri algo a caminho daqui que talvez possa nos ajudar a localizar de onde veio o inseto. Mudando de assunto, tenente, lembra da lama encontrada no sapato de Hagopian?

— Sim, mas não conseguimos fazer muito com aquilo. Há um bocado de lama no norte da Califórnia — disse Bernardi, com um sorriso irônico.

— Se descobrirmos de onde veio o besouro e se a lama for do mesmo lugar, talvez tenhamos algo. É esta a idéia? — perguntou Samuel.

— Exato.

— E quanto à mulher de Hagopian?

— O que tem ela? — perguntou Bernardi.

— Você sabe, ela era a segunda mulher dele.

— Sei disso, mas nada além — disse Bernardi, subitamente interessado. — Deadeye fechou as portas para nós no meio da investigação e ainda não devolveu o arquivo ao nosso escritório.

— Descobrimos que a primeira mulher o abandonou porque ele batia nela — disse Samuel.

Os olhos de Bernardi se arregalaram e ele voltou a se sentar.

— É verdade? Isso é novo para mim. Como conseguiu essa informação?

— Do mesmo modo que descobri que Nashwan era uma farsa — disse Samuel.

— Nunca conseguimos falar outra vez com a segunda esposa. Depois de nossa primeira entrevista com ela, Deadeye mandou-a embora, de modo que não estivesse disponível no julgamento — disse Bernardi.

— Quer dizer que ela nem mesmo estava em São Francisco? — perguntou Samuel, fazendo uma careta.

— Isso mesmo. Por quê?

— Nada. Estava apenas me lembrando de quando tentei entregar-lhe uma intimação — disse Samuel, ainda sentindo o desconforto da coceira da peruca na cabeça ao tentar enganar Thaddeus Carlton. — Você acha que Deadeye descobriu algo sobre ela que resolveu manter em segredo?

— Se descobriu, não me contou.

— Gostaria de entrevistá-lo a respeito do caso, mas ele não atende meus telefonemas e não deixa ninguém da equipe falar comigo.

— Eu sei — disse Bernardi. — Ele me disse para não lhe passar qualquer informação. — Ele se voltou para a janela outra vez, embaraçado.

— Quer dizer que está me omitindo informações?

— Não. É por isso que estamos falando extra-oficialmente. E, é claro, não seremos vistos em público, especialmente no condado de Contra Costa.

Ambos riram. Bernardi voltou a se levantar e saiu de trás da escrivaninha.

— Verei se consigo convencer o promotor público a retirar as acusações contra José e Miguel. Quanto a você, descubra mais sobre Stockton — disse Bernardi, já à porta.

— Se eu conseguir arranjar uma viagem até lá, gostaria de vir comigo?

— Claro. Apenas me avise com antecedência — disse Bernardi quando Samuel caminhava em direção à porta.

* * *

Samuel pediu que Vanessa o levasse à igreja onde o pai dela era diácono no domingo seguinte. Nesse ínterim, o repórter se encontrou com Janak e contou-lhe o que Bernardi lhe dissera. Samuel percebeu que, para variar, o escritório estava arrumado e Janak, penteado. Parecia relaxado sentado atrás da escrivaninha de segunda mão.

— Não me surpreendo com isso — foi o comentário de Janak quando Samuel terminou.

— Ao conversarmos, percebi que ele não está do lado de Deadeye, e que sentiu como se o caso tivesse sido tirado de suas mãos.

— Deve ter sido mesmo — disse Samuel.

— Mas são os promotores públicos em Contra Costa e em Fresno que podem encerrar os casos, não Deadeye ou Bernardi — disse Janak. — O mais importante agora é levantar os fatos — e bateu com a borracha do lápis na escrivaninha.

— Eu cuido disso — disse Samuel. — Sem eles, não posso escrever a matéria.

Janak ajudou-o a obter as melhores fotografias do besouro azul do arquivo do legista. Então, Samuel ligou para Bernardi e deu-lhe o nome e o endereço da igreja onde deveria encontrá-lo.

* * *

Domingo foi um daqueles dias luminosos de primavera que faziam Samuel ficar de bom humor. Ele era um notívago e tinha dificuldade de despertar pela manhã, mas, ao ver o sol atravessando a janela encardida de seu apartamento e lembrando-se de tudo o que tinha de fazer, pulou da cama, tomou banho e se vestiu com mais cuidado do que o habitual. No dia anterior ele passara a calça e engraxara os sapatos para causar boa impressão nas pessoas com quem se encontraria. Afinal, iria a uma igreja no domingo.

Deixou o apartamento muito bem-disposto e foi até o bar da esquina para tomar o desjejum: duas xícaras de café preto e um donut que ele devorou em pé no balcão. O café quente o fez lembrar de tabaco. Ele mais ou menos resistira ao desejo de fumar durante um ano, desejo este que sempre era acentuado pelo café ou por uma dose de uísque. Aquelas duas bebidas eram inseparáveis do cigarro. Ele suspirou e amaldiçoou o Sr. Song em surdina. Depois, foi à casa de Vanessa.

A jovem o recebeu com um vestido de algodão florido que não era exatamente provocante, mas que, ainda assim, acentuava-lhe cintura e seios. Samuel não conseguiu evitar admirar os atributos da assistente de Janak. Percebeu que era muito diferente de Blanche, o verdadeiro amor de sua vida, embora ela ainda não o soubesse. Mas ambas eram igualmente atraentes. Afinal, o que sei eu de mulheres? Perguntou a si mesmo com um sorriso.

— Vamos, Sr. Hamilton. Precisamos chegar lá mais cedo, para podermos falar com meu pai antes da missa das onze — disse Vanessa.

Na rodovia 4, a caminho de Stockton, com a baía de São Francisco de um lado e as luxuriantes fazendas do delta do outro, Vanessa explicou a Samuel as origens do serviço evangélico que estavam a ponto de participar após a missa. Não fazia muita diferença para Samuel, que não era particularmente interessado em religião, mas, uma vez que ela estava lhe fazendo um favor, sentiu-se obrigado a ouvir.

A igreja ficava no lado esquerdo da mesma estrada, na periferia de Stockton. Um cartaz escrito à mão, tanto em inglês quanto em espanhol, a identificava como uma igreja católica e avisava que a missa era celebrada ali todos os domingos às onze. O próprio edifício era de tamanho modesto, revestido de ripas de madeira não pintadas. A moldura fora branca, mas agora estava descascando. Havia uma cruz dilapidada no topo da falsa torre do sino.

Pararam no estacionamento de terra batida perto das 10h45. O lugar estava quase lotado e a maioria dos carros eram picapes com vários decalques da bandeira do México nos vidros traseiros. Alguns tinham caixas de verduras na carroceria, como se estivessem a caminho — ou de volta — de um mercado.

Samuel e Vanessa subiram a escadaria até a varanda e abriram a porta. Lá dentro, havia diversas fileiras de cadeiras de madeira em ambos os lados do corredor central. O altar à frente estava coberto por um pano branco e era apoiado no chão por quatro pernas de madeira. Mais atrás, havia uma estátua de Jesus com 1,80m de altura, iluminada por um holofote no teto. Dois violonistas tocavam hinos e a congregação, em sua maioria formada por fazendeiros mexicanos e suas famílias, cantava em êxtase, no limite dos pulmões. Das pequenas janelas nas laterais do prédio entravam raios de luz solar que atravessavam a fumaça dos incensos e das velas que emanava do altar.

Samuel olhou à sua volta, surpreso com o barulho, e memorizou tantos detalhes quanto pôde para acrescentar à sua matéria. Viu Bernardi sentado na última fila, também assistindo à cerimônia. Samuel aproximou-se por trás, deu-lhe um tapinha no ombro e levou as mãos aos ouvidos por causa do barulho.

— Olá, detetive, obrigado por vir — gritou.

Vestindo uma calça escura e um casaco marrom, em vez do uniforme habitual, Bernardi voltou-se e sorriu. Sua camisa estava aberta no colarinho e ele parecia relaxado. Samuel achou aquilo estranho.

— Esta é Vanessa Galo. O pai dela é diácono aqui — gritou Samuel.

— É um prazer conhecê-la, Sra. Galo, meu nome é Bruno Bernardi — gritou de volta, estendendo-lhe a mão.

Ela sorriu e acenou para que ambos a seguissem. Enquanto desciam o corredor, Vanessa parou diversas vezes a fim de acenar para as pessoas, uma vez que conversar era impossível.

Quando chegaram à porta de madeira atrás do altar, ela explicou, da melhor maneira possível, que se encontrariam com o pai dela, o diácono, e com o padre. Então, bateram. Mal conseguiram ouvir a voz lá dentro responder:

— *Entre*!

Ela abriu a porta lentamente.

— *Hola, hija* — disse um homem alto e nervoso, com cabelos tão negros que pareciam tingidos. Ele a beijou na testa. O sujeito estava em pé ao lado do padre, junto a uma das únicas duas peças de mobília do cômodo, uma velha e surrada escrivaninha de carvalho.

— *¿Estos son sus amigos, hija?*

— Sim, papai — respondeu Vanessa em inglês, para que todos entendessem o que estavam falando. — Este é o detetive Bernardi, do Departamento de Polícia de Richmond, e este é um amigo de meu chefe, Samuel Hamilton, o repórter de quem já lhe falei diversas vezes.

— É um prazer — disse o pai, também em inglês.

— Digam olá ao diácono Galo e a nosso padre Gonzalez — disse ela.

— Meu nome é David — disse o diácono, com um leve sotaque. Ele sorriu, mostrando dentes brancos e perfeitos, evidentemente falsos. — Esqueçamos a religião por um instante. Vanessa me disse que vocês querem ajuda de nossos paroquianos. O padre Gonzalez e eu decidimos ajudá-los.

— Obrigado, senhor. O detetive Bernardi está tentando resolver um caso de homicídio. Descobrir de onde veio isso vai ajudar muito — disse Samuel, mostrando-lhe as fotografias do besouro azul amassado, embora perfeitamente identificável. — Sabemos que vem de algum lugar da periferia de Stockton e esperamos que os membros de sua igreja possam nos dizer onde encontrá-los.

— O inseto não me é familiar, mas eu moro em São Francisco. E, quanto ao senhor, padre Gonzalez?

O padre balançou a cabeça em negativa.

— Mostraremos as fotografias à congregação após a missa, antes de iniciar meu sermão — disse o diácono.

— Acho que terão de ficar para a missa. Mas não se preocupem, não demora muito — disse o padre Gonzalez, sorrindo. Aquela era a primeira vez que falava, e Samuel percebeu que ele ceceava.

— A parte mais interessante é depois da missa, quando o Sr. Galo faz o sermão. Eu não sou eloqüente, motivo pelo qual prefiro que ele cuide disso. O Sr. Galo é famoso por aqui. As pessoas vêm de longe para ouvi-lo.

— Está bem — disse Samuel, um tanto incomodado com a idéia de ter de ficar sentado durante toda a missa. Quando fora a última vez que estivera em uma igreja?

— Talvez não seja uma boa idéia dizer a eles que sou um tira — disse Bernardi. — Algumas pessoas ficam nervosas...

— Sim. Eu pensei o mesmo. Nosso rebanho não gosta muito da polícia — disse o Sr. Galo, passando a mão nos cabelos emplastrados de gel.

Vanessa sugeriu que ele pregasse as fotografias em um quadro-negro portátil que ela colocaria ao lado do altar quando o padre apresentasse os visitantes. Todos concordaram, e Samuel e Bernardi seguiram o diácono e o padre até a igreja.

O salão estava superlotado. Samuel achou que deveria haver umas sessenta pessoas ocupando as cadeiras de madeira. Mas havia ainda mais gente em pé.

— Vamos esperar lá fora até o fim da missa — sussurrou Samuel para Bernardi.

— Não. Sempre vou à missa no domingo, mas hoje não pude ir porque saí cedo.

— Tem certeza de que quer assistir a uma missa em espanhol, tenente?

— Por que não? Uma missa é uma missa. Além disso, compreendo um pouco de espanhol porque falo italiano.

— Não diga!

Bernardi participou da missa e da comunhão com o mesmo fervor que os mexicanos. A cerimônia foi bem mais curta do que Samuel esperava. Os violões e a cantoria dos fiéis o animaram.

Após abençoar os presentes, o padre Gonzalez sentou-se perto do altar em uma cadeira dobrável e o diácono subiu no que parecia ser um frágil tablado. Estava elegante e profissional vestindo terno preto com camisa branca cuidadosamente engomada e abotoaduras de ouro. Samuel tinha de admitir que o sujeito parecia ser persuasivo, embora não tivesse dito uma palavra até então.

— ¡*Atención, por favor, hijos de Dios*! — disse o diácono em espanhol. A seguir, explicou o assunto do inseto e mostrou as fotografias. — Se algum de vocês reconhecer este inseto, tem obrigação moral de dizer algo para ajudar na solução de um crime. O que dizem os Dez Mandamentos de nosso Senhor? Não matarás! Na semana que vem, quando estes homens, gente de minha confiança, amigos de minha filha, Vanessa, voltarem aqui, devemos poder lhes dar uma resposta.

Samuel estava de olho em um sujeito mais velho sentado nos fundos da igreja, apoiado em uma bengala. Distinguia-se dos demais pelos cabelos e bigodes brancos, que contrastavam com a pele marrom-escura e enrugada. O velho prestava muita atenção em tudo o que era dito. Bernardi cutucou Samuel, indicando que ele também percebera a atenção do fiel.

— Quero que todos vocês venham até aqui e olhem para as fotografias antes de começarmos o sermão. Se alguém reconhecer o inseto azul, diga a esses dois cavalheiros imediatamente — ordenou o diácono, com firmeza. Os fiéis pareciam hipnotizados com sua presença. Um a um, todos foram até o quadro-negro e depois se afastaram para que outros também pudessem ver as fotografias do inseto. Samuel e Bernardi perderam o velho em meio ao tumulto da multidão. As pessoas olharam para as fotografias durante vários minutos, mas nenhuma se apresentou.

— Muito bem, irmãos, vou deixar esta tarefa para a próxima semana. Quero uma resposta no próximo domingo. Lembrem-se, Deus quer que este crime terrível seja solucionado. Agora, vamos começar! — exclamou o diácono com fogo nos olhos e voz de apresentador de rádio.

A um gesto seu, os músicos começaram a tocar um hino em seus violões e os fiéis se levantaram para acompanhá-los, batendo com os pés no chão e levantando uma nuvem de poeira. Rapidamente, a voz do diácono se ergueu com a força de um trovão, interrompendo o hino e gritando advertências e passagens bíblicas, ao que as pessoas respondiam com igual fervor. O entusiasmo aumentou e parecia que a qualquer momento a multidão perderia o controle. Duas mulheres já mostravam o branco dos olhos e puxavam os próprios cabelos. Vanessa aproveitou a oportunidade para acenar e chamar Bernardi e Samuel até a porta.

— É melhor irmos embora — disse a jovem quando estavam do lado de fora da igreja. — Quando meu pai começa a falar, as pessoas ficam enlouquecidas. Algumas entram em transe e rolam no chão. Pode demorar até o anoitecer antes de acontecer um milagre.

— Milagre?

— É como chamam caso alguém sinta um choque elétrico quando meu pai as tocar.

— Quero ver isso! — exclamou Samuel.

— Eu não, Samuel. Assisto aos sermões de meu pai há mais de vinte anos e já estou farta disso.

— Não a culpo, senhora — disse Bernardi. — Mas achei seu pai um homem muito interessante.

— Talvez queira voltar a entrar, tenente?

— Sim, mas antes gostaria de me despedir, senhora.

Samuel viu que o detetive não tirava os olhos de Vanessa. Mesmo durante a missa, ele a olhava furtivamente. Achou interessante aquele aspecto de sua personalidade e perguntou-se se o detetive não era casado. Não tinha ele uma fotografia da família na parede do escritório? Bem, não era da sua conta.

— Incomoda-se em me trazer aqui na semana que vem? — perguntou Samuel.

— Claro que não — ela respondeu.

— Virei também — acrescentou Bernardi rapidamente.

— Em seu carro, detetive? — perguntou ela em tom de voz tão indiferente que Samuel arregalou os olhos.

— Preferiria vir com vocês... — disse Bernardi, olhando para os sapatos.

— Sem problema — disse ela, e Samuel achou que ela enrubesceu.

— Vai me pegar à mesma hora?

— Como quiser.

— Posso lhe pedir um favor, tenente? — perguntou Samuel. — Poderia me deixar no centro de Stockton, perto do tribunal? Preciso verificar algo amanhã de manhã. Vou ficar em um hotel esta noite.

— Claro — disse Bernardi.

— Posso levá-lo — ofereceu Vanessa.

— Não. Você já fez o bastante. Talvez eu a veja no escritório durante a semana e, certamente, no próximo domingo.

Vanessa tirou as chaves da bolsa, despediu-se com um aceno e foi até o carro, seguida pelo olhar dos dois homens.

— E quanto às impressões digitais nos documentos que lhe dei, tenente? — perguntou Samuel, trazendo Bernardi de volta à realidade.

— Não combinam com as de Nashwan — respondeu o detetive.

— O que eu disse? — exclamou o repórter com ar de triunfo. — E agora?

— Primeiro, precisamos encontrar o desgraçado. Mandei as digitais dele para o FBI, para ver o que conseguem. Estamos de mãos atadas até nos responderem. Vão enviar um pedido à Interpol. Quem sabe quanto tempo isso vai levar?

Após uma pausa, ele perguntou:

— Vanessa é casada?

— Deve estar brincando, tenente. Eu perguntaria o mesmo de você — disse Samuel, sorrindo.

— Sou divorciado — murmurou Bernardi, escapando em direção a seu Chevrolet 1955. Samuel foi atrás dele.

* * *

A caminho de Stockton, Samuel perguntou a Bernardi qual a diferença entre a missa à qual acabavam de assistir e uma missa católica de verdade.

— Não sou a pessoa indicada para responder a esta pergunta — disse Bernardi. — Pelo que vi e ouvi, parece que é uma cerimônia mais evangélica do que a de uma igreja comum.

— Ou seja... — disse Samuel.

— Há mais fogo e enxofre.

— O pregador estava arrebatado — disse Samuel.

— Os fiéis também.

— Conseguirei mais detalhes com Vanessa na semana que vem — disse Samuel.

Bernardi sugeriu que comessem algo e saiu da estrada para estacionar junto a um restaurante italiano. A grande placa de madeira dizia *A Cozinha Toscana de Giuseppe*.

— Venho muito aqui — disse Bernardi — Boa comida caseira. Minha família adora.

— O que há de tão especial? — perguntou Samuel, que não fazia uma refeição fora de Chinatown ou perto do tribunal do condado de Contra Costa desde que voltara da França.

— Giuseppe é da cidade natal de meus pais, Pistoia, na Toscana. A mulher dele sabe preparar todos os pratos clássicos da região. É pura nostalgia.

Entraram no saguão lotado do restaurante e a mulher de meia-idade que anotava os nomes viu Bernardi e reagiu imediatamente.

— *Ciao bello* — gritou ela, acima do burburinho da multidão. — Sua mesa está pronta, por aqui, por favor.

Samuel e Bernardi abriram caminho em meio à multidão até chegarem à mulher. Tinha traços fortes e era corpulenta, mas Samuel achou-a atraente. Eles a seguiram até uma mesa confortável para quatro pessoas em uma plataforma elevada que tinha uma vista para um lago que ficava nos fundos do prédio e que abrigava os patos que voltavam de suas viagens ao sul. No interior, podiam ver a cozinha, onde diversos cozinheiros andavam para cima e para baixo e gritavam uns com os outros em italiano.

— Não sabia que você havia feito reserva — disse Samuel, sentando-se à mesa.

— Não fiz. Não preciso fazer. Sou da família.

Em um minuto, havia uma garrafa de vinho aberta diante deles. Após se servirem, Bernardi ergueu o copo para Samuel.

— *Cin, cin* — disse ele. — Este vinho se chama Badia ci Coltibuono. Vem da região onde nasceram meus pais. Prove.

Samuel nunca estivera em um restaurante italiano, não era exatamente um gourmet, mas não queria parecer ignorante. Naquele instante, viu passar um garçom com algo que ele conhecia.

— Espaguete e almôndegas! — exclamou.

— Não! Vou apresentá-lo à verdadeira comida caseira italiana, não aquele negócio que vocês comem no… de onde você é?

— Nebraska.

— Nebraska — riu Bernardi. — Não é lá que pensam que gelatina verde é um tipo de salada?

— Sim — admitiu Samuel, vermelho, pensando na comida horrível que sua mãe preparava quando ele ainda era jovem e pensava que os vegetais cresciam dentro das latas.

— Você nunca comeu em North Beach, meu amigo? Devia ir aos restaurantes do bairro italiano de São Francisco. São famosos. Deixe-me escolher o cardápio. Está com muita fome?

Sem esperar pela resposta, Bernardi acenou para a mulher que os levara à mesa e conversou com ela em italiano. Ela sorriu, acariciou-lhe a face, então sorriu para Samuel.

— Não se arrependerá, *signore*. Já provou nossa *ribollita*? Aqui a preparamos com repolho roxo. Não é fácil de achar, de modo que o cultivamos em nosso próprio canteiro. Depois lhes trarei *tagliatelle com porcini*, o prato do dia — disse ela antes de correr até a cozinha.

A *ribollita* chegou. Era uma sopa densa que Bernardi comeu com pedaços de pão italiano. Samuel o imitou, molhando pedaços de pão que mastigava lentamente entre goles de vinho.

— Para que vai a Stockton? — perguntou Bernardi.

— Vou atrás de um palpite — disse Samuel.

— Você sabe muito mais sobre este caso do que me revelou. Algum dia vai me dizer?

— Assim que tudo fizer sentido, tenente. Ainda estou trabalhando nisso — disse Samuel.

O garçom trouxe o *tagliatelle* fumegante com cogumelos *porcini* e ambos comeram em silêncio, quase com reverência.

— Aqui se come tão bem quanto na França, tenente — disse Samuel.

— Não me ofenda. Aqui se come melhor. Como pode comparar a comida da Toscana com a francesa?

* * *

Samuel passou uma noite incômoda no hotel mais barato que encontrou perto do tribunal. Na manhã seguinte, foi até o escritório do escrivão da Corte Superior do condado de Stanislaus e pediu para ver a lista de casos. Passou as três horas seguintes analisando aquilo e voltou com um formulário preenchido contendo o número do arquivo do caso que procurava.

Quando o arquivo lhe foi trazido, o repórter copiou o que precisava, devolveu tudo ao escrivão e pediu cópia autenticada de alguns documentos.

— Os três documentos custarão 1,50 dólar — disse ela. — Teremos de enviá-los pelo correio. Demora um pouco para que nosso pessoal os compile e os compare com os originais.

Samuel pagou e pediu informações sobre onde pegar o ônibus da Greyhound. Enquanto voltava a São Francisco, leu um romance policial de Earl Stanley Gardner antes de adormecer. Quando acordou, o ônibus estacionava na rodoviária de São Francisco. Eram seis horas da tarde.

* * *

Na manhã seguinte, Samuel estava no cartório de São Francisco assim que abriu, e consultou as certidões de casamento emitidas nos últimos cinco anos até encontrar o que buscava. Voltou a fazer anotações e novamente pediu uma cópia autenticada do documento que encontrou. Dali, foi se encontrar com Janak, que o esperava com Bartholomew Asquith. Os três analisaram o que Samuel descobrira nos últimos dias.

— Acha que eu devia voltar à França agora ou esperar até descobrirmos de onde veio o besouro? — perguntou Samuel.

— Você deve esperar — disse Janak. — Talvez surja algo importante que torne sua viagem ainda mais útil. Nesse meio-tempo, pode falar com seus contatos e fazer as coisas começarem a funcionar por lá.

— Tem certeza de que não quer ir desta vez? — perguntou Samuel.

A expressão no rosto de Janak não se alterou, mas Samuel achou que sua compleição avermelhada tornou-se um tanto pálida.

— Isso não é hora para cuidar de assuntos pessoais. Estamos no meio de algo grande aqui. Vamos apenas nos concentrar nisso.

Samuel estava a ponto de fazer uma piada sobre o medo que tinha Janak de enfrentar o passado, mas pensou melhor e decidiu que não devia se meter na vida do amigo, uma vez que ele nunca lhe falara sobre aquilo.

— Você vai voltar àquela igreja com Vanessa no domingo. Vamos ver o que descobre — disse Janak.

— O quanto disso devo revelar a Bernardi?

— Você confia nele?

— Sim. Ele está nos ajudando. Francamente, não podemos ir muito longe sem ele. Ele nos dá o poder da lei para investigarmos onde, de outro modo, não poderíamos fazê-lo — disse Samuel.

— Fala isso porque estamos falidos? — brincou Janak.

— Não. Porque ele pode nos levar a lugares aonde não poderíamos ir de outro modo — disse Samuel.

— Só me dê uma semana para pensar nisso — disse Janak. — Quando se vê alguém como inimigo durante tanto tempo, é difícil mudar de opinião.

— Compreendo, mas precisamos compartilhar coisas com ele para que ele também compartilhe conosco.

— Certo.

Samuel saiu do escritório do advogado e desceu rapidamente a rua até seu próprio escritório. Ligou para Lucine em Paris, calculando que, naquele horário, nove horas a mais que em São Francisco, ela já estaria em casa. Ele disse o que precisava que ela fizesse e explicou que, caso ela encontrasse a pessoa que procuravam, ele voltaria a Paris em algumas semanas. Lucine aproveitou a oportunidade para atualizá-lo a respeito de suas conversas com Hector Somolian.

— Talvez se interessasse em saber que Janak me enviou uma carta.
— Não diga!
— Sim. Começamos a nos corresponder...

Samuel desligou o telefone e soltou uma gargalhada. Então fora por isso que Janak não dissera uma palavra sequer sobre Lucine desde que ele lhe entregara o endereço dela.

* * *

No domingo seguinte, Vanessa levou Samuel a Richmond, onde pegaram Bernardi, que os esperava muito bem vestido, os cabelos recentemente cortados e cheirando a água-de-colônia. Divertido com a inesperada mudança de rumo dos acontecimentos, Samuel sentou-se no banco de trás para que o tenente tivesse uma visão melhor das coxas de Vanessa.

Chegaram à igreja cerca de meia hora antes da missa e encontraram uma multidão similar à da semana anterior, embora um pouco menos numerosa. Achou ter reconhecido alguns rostos e os fiéis os cumprimentaram como se a jovem e os dois homens já fizessem parte da congregação. Vanessa voltou a pôr as fotografias no quadro-negro e, sem esperar pelo pai, circulou-as entre as pessoas enquanto os violonistas aqueciam a atmosfera com música.

— Alguém sabe onde encontrar este inseto azul? — perguntou ela em espanhol.

Muitos na multidão balançaram a cabeça em negativa. Samuel e Bernardi sentiram-se imediatamente desanimados, mas ela os lembrou de que ainda era cedo e que podiam perguntar outra vez quando a igreja lotasse. Nesse momento, porém, a porta da frente rangeu ao se abrir. O velho de cabelos brancos e pele escura entrou e começou a caminhar lentamente em direção às pessoas ao redor do quadro-negro. Um estranho silêncio tomou conta da multidão. Todos se voltaram para vê-lo se aproximar. Era possível ouvir o bater da bengala e o arrastar de seus pés enquanto avançava pelo corredor. O velho disse algo para aqueles à sua frente e estes se afastaram. Quando ele se adiantou à multidão, Vanessa perguntou:

— Sabe algo a respeito, Don Silverio?

— *Sí, niña* — disse ele, e começou a falar rapidamente em espanhol.

— Ele diz saber onde este besouro pode ser encontrado. Há um riacho no outro lado da cidade e, caso ele não esteja enganado, o inseto vive por lá. Disse que pesca naquelas águas há muitos anos.

— Ele pode nos dizer onde fica o lugar e quem é o proprietário? — perguntou Bernardi.

Vanessa repetiu a pergunta e traduziu a resposta.

— Ele não sabe dizer quem é o proprietário, nem indicar como chegar. Mas pode levá-los até lá se quiserem.

Ouviu-se um murmúrio que logo aumentou de volume e se espalhou pela congregação, uma vez que todos já tinham descoberto quem era Bernardi e davam-se conta de que aquela era uma descoberta importante. Mas ninguém estava mais excitado que Samuel. O tenente ergueu os braços para que se calassem.

— Poderia nos levar até lá? — perguntou Bernardi.

— Com todo prazer — traduziu Vanessa.

— Tudo bem se ele perder a missa hoje?

— Ele disse que está pensando nisso desde o domingo passado, porque acha que é seu dever como cidadão e quer acabar logo com isso. Vai rezar depois. Mas também quer saber por que o besouro é tão importante para vocês — disse Vanessa.

— Conto para ele quando chegarmos lá — disse Bernardi, que não queria divulgar muita informação.

Vanessa conduziu Don Silverio pelo braço até o carro, seguido de Bernardi, Samuel e de toda a congregação, que ficou para trás comentando o incidente. Don Silverio sentou-se ao lado de Vanessa para indicar o caminho. Atravessaram a cidade e a movimentada rodovia 99, que cruzava o estado de norte a sul. Pegaram a Gage Road, uma das muitas estradas vicinais da região. O terreno era dividido em pequenos lotes, que aumentavam de tamanho à medida que avançavam. A caminho, passaram por algumas lojas e postos de gasolina.

No carro, Vanessa e Don Silverio conversavam em espanhol sem prestar atenção aos passageiros no banco de trás. Bernardi perguntou a Samuel o que ele descobrira no tribunal na semana anterior. O repórter não queria mentir, mas não estava pronto para dizer a Bernardi o que sabia.

— Estou trabalhando nisso. Tenho algumas informações que têm de ser verificadas.

Bernardi, que estava habituado a lidar com informantes, sabia que Samuel estava escondendo algo mas, com outras coisas em mente, deixou passar.

Quarenta e cinco minutos depois, Don Silverio disse para Vanessa estacionar junto a um bosque dividido por um regato no lado esquerdo da estrada. O regato fazia uma curva abrupta atrás de uma elegante mansão vitoriana cercada por vários prédios externos. Junto ao regato havia uma estrada particular pavimentada que atravessava um pasto amplo onde pastavam alguns cavalos. No fim da estrada havia um portão de metal pintado de preto. Junto ao portão, havia uma caixa de correio com o número 11030 pintado com estêncil na lateral.

Eles saíram do carro e Don Silverio os guiou até um parapeito que evitava que as pessoas caíssem acidentalmente no regato. Ele apontou em direção à mansão e disse a Vanessa que o regato era o lar do besouro azul.

— O que você pesca aqui? — perguntou Bernardi.

— Bagres. Também há rãs — traduziu Vanessa.

— Rãs?

— Nunca provou coxas de rã, tenente? Preciso prepará-las para você algum dia — disse Vanessa

— Se você preparar, eu como — disse Bernardi, sorrindo.

— Vamos — interrompeu Samuel.

Os dois homens desceram até a margem do rio e caminharam ao longo da margem olhando cuidadosamente em meio à vegetação. De cima, Don Silverio indicava que deviam procurar nas árvores. Em alguns minutos, encontraram um besouro azul ao pé de um salgueiro.

Samuel gritou:

— Veja, tenente! Aqui está!

— Tem certeza de que é o mesmo? Todos os besouros se parecem, não é verdade?

— Tem a mesma cor azul, como o encontrado na perna da calça de Hagopian.

— A cor não aparece bem nas fotografias.

— Eu asseguro, tenente, é o mesmo.

Bernardi pegou um lenço amarrotado que não parecia particularmente limpo, capturou um dos insetos, dobrou-o cuidadosamente e guardou-o no bolso do casaco.

— Ora essa — suspirou.

— Ao menos temos uma pista. Pergunto-me se este besouro vive em outros lugares além daqui — disse Samuel.

— Vamos dar um passo de cada vez, Sr. Hamilton. Agora, precisamos ir ao escritório do xerife e descobrir quem mora na Gage Road, 11030. Então, devemos obter um mandado de busca baseado no que já sabemos.

— Quanto tempo vai levar? — perguntou Samuel.

— Não muito. O juiz Pluplot já está familiarizado com o caso, de modo que vai ser fácil apressá-lo — disse Bernardi.

— Mas aqui é o condado de Stanislaus. Não é preciso um juiz daqui para emitir um mandado? — perguntou Samuel.

— É verdade. Contudo, com um pedido do juiz Pluplot, o mandado vai sair bem mais rápido.

Subiram a margem do rio, agradeceram a Don Silverio por sua ajuda e explicaram a importância do inseto na solução do crime.

— Todo mundo na igreja já sabia que você era policial. A única dúvida era se você estava atrás de um inseto ou de um homem. Ele disse que fazia mais sentido você estar atrás de um homem — traduziu Vanessa.

— Como souberam que sou policial?

— Pelo modo como caminha, tenente. E, deixe-me dizer, meu pai foi o único motivo de o terem ajudado. Eles não têm confiança na polícia, mas confiam nele. Aqui, todo mundo se conhece. Quando eu era criança, Don Silverio me ensinou a caçar rãs e a fritá-las com alho e pimenta.

— Obrigado por tudo, senhora.

— Pode me chamar de Vanessa.

— Meu nome é Bruno.

— Bem, Bruno, espero que nenhum de meus amigos tenha problemas por sua causa. Você sabe a que me refiro.

— Não sou da imigração, Vanessa. Não se preocupe.

Vanessa levou Don Silverio de carro de volta ao lugar onde ele morava, perto da igreja, então levou Bernardi e Samuel ao escritório do xerife em Stockton. Ela explicou que não estava com pressa: tudo o que a aguardava era uma tarde de domingo sem nada de interessante a fazer, portanto esperaria até conseguirem o que queriam. Bernardi fez questão de convidá-los para um jantar no restaurante *A Comida Toscana de Giuseppe* ao fim de tudo.

* * *

Depois que Samuel e Bernardi descobriram quem era o dono do rancho, o tenente precisou esperar vários dias até conseguir os instrumentos legais necessários para obter um mandado de busca emitido pela Suprema Corte de Stanislaus. Na manhã do dia em que o mandado seria executado, o xerife, Bernardi e sua equipe, incluindo o perito Philip Macintosh, reuniram-se junto ao portão da Gage Road. Bernardi permitiu que Samuel os acompanhasse, desde que não divulgasse o que fosse encontrado na propriedade antes de Bernardi autorizar. Foi uma condição dura para o repórter, mas ele estava tendo informação exclusiva, portanto não podia reclamar. Não em voz alta, pelo menos.

Quando estavam prontos, o xerife abriu o portão e a caravana de veículos entrou pela estrada de acesso e estacionou em frente à mansão vitoriana.

O xerife e Bernardi bateram à porta da frente e uma mulher alta de cabelos louros tingidos e trajando um elegante vestido primaveril perguntou o que queriam. Os dois homens se identificaram e explicaram que tinham um mandado de busca contra Rupert Chatoian que permitia que revistassem sua propriedade, incluindo as áreas externas.

— Também nos permite procurar e confiscar itens que o Sr. Bernardi considere serem provas de um crime — conclui o xerife antes de entregar o documento.

— De que diabos está falando, senhor? O Sr. Chatoian não está e só volta daqui a uma semana. Por favor, volte quando ele estiver em casa — disse ela enquanto tentava fechar a porta, que o xerife escorou com o pé.

— Não importa se ele está ou não. Ainda assim, o mandado é válido e precisamos prosseguir com ou sem sua cooperação, senhora.

— Preciso falar com meu advogado. Por favor, volte esta tarde, quando ele estará presente — e novamente tentou fechar a porta. Dessa vez, o xerife evitou que ela o fizesse esticando o braço.

— Lamento, senhora. Pode chamá-lo se quiser, mas estamos prontos para começar. — Ele a afastou com o antebraço e cotovelo, de modo que Bernardi e os outros pudessem entrar.

O xerife advertiu a mulher, que todos acharam ser a Sra. Chatoian, para que não tentasse esconder ou mudar nada de lugar.

— Além disso, senhora, caso não terminemos hoje, você terá de sair da propriedade. Compreende?

— Sim, senhor — respondeu ela, furiosa. — Vou ligar para meu advogado.

Samuel chamou Bernardi a um canto.

— Esta mulher estava em uma das fotografias que tiramos no funeral de Hagopian. Ninguém quis identificá-la, nem ao grupo de pessoas com quem ela estava.

— Nem mesmo o padre armênio? — perguntou Bernardi.

— Nem mesmo o padre — respondeu Samuel.

A busca começou imediatamente enquanto a mulher pendurava-se ao telefone e os empregados se reuniam na cozinha, com instruções específicas do xerife para não saírem dali. Quando a equipe, sob as instruções de Bernardi, chegou à sala de estar, Samuel chamou o detetive a um canto.

— Não creio que encontremos grandes coisas dentro da casa, tenente. Aposto que, se eles ainda têm alguma coisa aqui, nós a encontraremos lá fora.

— Está bem — disse Bernardi. — Vamos catalogar tudo no interior da casa. Depois de revistarmos o exterior, voltaremos para ver se eles mudaram alguma coisa de lugar aqui dentro.

Os homens passaram muito tempo dentro da casa. Quando estavam lá havia mais de duas horas, o advogado dos Chatoian apareceu e se reuniu com a mulher em uma sala lateral que já fora revistada. Passaram um longo tempo juntos, falando sobre o mandado de busca. Afinal, ele saiu dali para tirar satisfações com o xerife.

— Meus clientes têm direitos constitucionais que vocês estão violando. Liguei para um advogado criminalista que estará aqui em breve. Exigimos que parem e desistam da busca até ele chegar e termos chance de nos consultar com ele.

— Sem chance, Sr. Advogado. Apenas um juiz pode nos deter agora, e não vi nenhuma ordem nesse sentido. Mas não o culpo por tentar — disse o xerife, dando-lhe as costas.

A equipe estava agora do lado de fora da casa e Bernardi disse que deviam procurar uma árvore na propriedade onde um homem pudesse ser enforcado. Samuel argumentou que o lugar era cheio de árvores e que poderiam tê-lo enforcado em qualquer uma delas, mas Bernardi assegurou-o de que os especialistas sabiam exatamente o que procuravam.

Diversos assistentes do xerife se espalharam pelo amplo terreno, procurando uma árvore com aquelas características. Após alguns minutos, Mac chamou Bernardi para ver um trecho de terreno revolvido e ligeiramente afundado junto ao regato. Samuel foi atrás.

— Vê isso? Parece-me que alguém cortou uma árvore que estava aqui. Vê a terra afundada e as folhas mortas ao redor?

— Sim — disse Bernardi. — Peguem uma amostra do solo para compararmos com a amostra de lama que encontramos no sapato de Hagopian.

— Certo. Também vou espalhar um pouco de luminol aqui — disse Mac, que foi até a van estacionada ali perto e voltou com um tubo de spray com um líquido dentro e uma tenda baixa de lona preta com cerca de um metro de diâmetro.

— O que é isso? — perguntou Samuel.

— O luminol nos indicará se há sangue residual — explicou Mac.

— Não poderiam ter se livrado do sangue apenas cavando a terra como fizeram aqui? — perguntou Samuel.

— Não. Algum sangue sempre fica.

— Para que a tenda? — perguntou Samuel.

— Precisa estar escuro para vermos o brilho — disse o perito. — Se houver sangue residual, o luminol emitirá uma luz azul-esverdeada.

Mac espargiu o líquido sobre o chão, montou a tenda sobre o lugar e lá estava a luz que indicava resíduos de sangue.

— Caramba, parece haver um bocado de sangue por aqui. Tire fotografias e recolha amostras para que possamos verificar se o sangue é do mesmo tipo que o de Hagopian — disse Bernardi, excitado.

— Faz sentido — disse Samuel. — Fica perto do regato. Provavelmente foi assim que o besouro azul entrou na história.

— Vamos até a cabana de ferramentas — disse Bernardi a dois policiais e um dos dois operadores de câmera de seu departamento, que estavam ali para documentar o que fosse encontrado.

Foram até os fundos da propriedade onde o regato fazia uma curva para a esquerda e entraram no que parecia ser uma cabana de ferramentas. Do lado de fora, havia uma pilha de lenha com cerca de 1,5m de altura. O detetive ordenou que os policiais revistassem os pedaços de madeira, um a um.

— Procurem um pedaço de madeira que pareça que já teve uma corda amarrada nele.

O detetive e o repórter entraram e começaram a revistar as diversas ferramentas ali guardadas: picaretas, pás, ancinhos e diversos facões cuidadosamente armazenados a um canto. Também encontraram vários frascos contendo produtos químicos guardados em um gabinete sobre a bancada de trabalho.

— Não acha estranho haver um microscópio em uma cabana de ferramentas? — perguntou Samuel, apontando para o que descobrira sobre a bancada.

— Não se você estiver verificando impressões digitais deixadas em objetos. Se não me engano, vamos encontrar as impressões de Miguel e de José na maioria desses instrumentos — disse Bernardi.

Ele foi até a porta e gritou para Mac:

— Consiga impressões digitais de todos as ferramentas dentro desta cabana. Depois, verifique os facões em busca de manchas de sangue.

Samuel levantou o lixo acumulado em um canto e fez outra descoberta ao afastar alguns postes de cerca.

— Veja, tenente, há uma corda aqui.

— Verifique esta corda também — disse Bernardi para Mac e seu assistente, que agora estava ao seu lado. — Veja se o padrão combina com as marcas deixadas no pescoço de Hagopian. E não se esqueça dos frascos naquele armário. Aposto que os líquidos ali dentro são os mesmos das garrafas que encontramos nos bolsos de Hagopian.

Em meio a tudo isso, um dos homens que estava lá fora veio até Bernardi com um pedaço de galho com marcas que indicavam que uma corda tinha sido amarrada ali. A casca estava danificada.

— Muito bem, mostre de que parte da pilha você tirou isso.

— Mac, fotografe o galho e verifique se o padrão da corda que encontramos dentro da cabana combina com estas marcas. Também veja se há resíduos de casca de árvore na corda.

— Nem precisa pedir, tenente.

Terminaram o procedimento diversas horas depois, exatamente quando escurecia. Exaustos, Samuel e Bernardi reuniram-se na varanda da frente da casa.

— As provas que encontramos hoje vão reabrir o caso — disse Bernardi.

— Sem dúvida — disse Samuel. — Quando acabará de analisar todas as provas?

— Talvez em uma semana, com exceção dos produtos químicos. Isso leva mais tempo — disse Bernardi.

— Depois vai enviar tudo para Deadeye? — perguntou Samuel.

— Não. O promotor público quer que eu me reporte diretamente a ele. Deadeye não está mais cuidando do caso.

— Quando poderei escrever minha matéria? — perguntou Samuel.

— Não até o promotor público levar o caso ao tribunal.

— Quanto tempo isso vai levar?

— Duas semanas, no mínimo. Talvez mais.

— Isso me dará tempo de confirmar algumas coisas — disse Samuel.

— Como o quê?

— No momento, tudo o que posso dizer é que envolve meus contatos em Paris, mas prometo que, assim que voltar, revelarei minhas descobertas, tenente. E obrigado por tudo.

Capítulo 11

Por quê?

Quando Samuel voltou a São Francisco dois dias depois, foi direto ao escritório de Janak para contar o que haviam encontrado no enclave Chatoian, em Stockton.

— Isso quer dizer que meus clientes serão liberados?

— Acho que sim, especialmente porque Deadeye não está mais cuidando do caso. Mas há uma questão maior aqui — disse Samuel.

— Qual?

— A pergunta é: por quê? Qual o motivo para tais crimes?

— Ainda não temos um motivo. Vão prender os Chatoian e obviamente eles não falarão. Se meus clientes não são mais suspeitos, isso deixa de ser assunto meu. Agora, o problema é de Bernardi.

— Não está interessado na justiça?

— Claro, Samuel. Mas preciso ganhar a vida.

— Mas você não pode concluir a ação ordinária de Miguel ou de José até eles estarem liberados. E você também os representa na ação criminal, portanto *ainda* é problema seu.

— É verdade. Portanto, ainda estou envolvido — disse Janak, mordendo o lábio inferior e parecendo preocupado. — E não posso prosseguir com a ação ordinária até eles estarem livres das acusações, porque não posso arriscar que Miguel ou José sejam presos se aparecerem para acompanhar o caso.

— E eu tenho de escrever minha matéria. Precisamos ir ao fundo desta história. Voltarei a Paris — anunciou Samuel.

Janak riu, divertido.

— Eu disse para você esperar e valeu a pena, não foi? — Então a expressão dele tornou-se séria. — Mas parece que temos um enigma ainda maior do que tínhamos na semana passada. Não consigo imaginar o que poderá encontrar em Paris que esclareça tudo isso.

— Admito que é uma chance remota, mas há todas essas questões não resolvidas sobre as quais falamos — disse Samuel.

— Quero que me mantenha informado.

— Eu lhe contarei tudo assim que voltar. Só ficarei longe umas duas semanas, talvez menos. Paris é uma cidade muito cara — disse Samuel.

Antes de sair do escritório, o repórter agradeceu a Vanessa por sua ajuda na busca ao besouro.

— Sempre fico feliz em ajudar — disse ela com um sorriso. — Meu pai vai gostar de saber que seus rapazes logo estarão fora de perigo.

— Ainda não é oficial, portanto não espalhe — disse Samuel.

— Acha que o tenente Bernardi vai continuar cuidando do caso? — ela perguntou, tentando não sorrir.

— Estou certo de que o verá outra vez — disse Samuel.

* * *

O repórter passou o dia preparando-se para a viagem a Paris e, à noite, foi ao Camelot despedir-se de todos, especialmente de Blanche, com quem ele não se encontrava havia uma eternidade. Estivera tão ocupado que não tivera tempo de ir a seu bar preferido.

A congestão pulmonar não evitou que Melba fosse ao Camelot quase todo dia, trazendo o cão e o tanque de oxigênio. Assim, ela podia ficar de olho nos negócios e, ao mesmo tempo, criticar todas as tentativas de ajuda da filha. Ficava entediada em seu apartamento, onde sua única diversão era assistir às novelas. Ela não estava interessada na vida dos personagens televisivos. Preferia a vida de seus clientes, nas quais podia exercer influência. Além disso, ela não podia estar ausente naquele dia enevoado porque o bar enchia mais que o habitual. A névoa em São Francisco tinha um efeito depressivo nos trabalhadores do centro da cidade, e muitos deles decidiam se alegrar com alguns drinques antes de irem para casa.

Samuel encontrou Melba sentada à mesa redonda, no lugar de sempre, com Excalibur a seu lado. Parecia melhor que da última vez em que ele a vira. Tossia menos e fumava mais. As ervas do Sr. Song realmente eram milagrosas. O cão o recebeu com a exagerada alegria de sempre, que somente exibia quando Samuel estava por perto. Aproximou-se do repórter para ser acariciado.

Samuel viu que o copo de Melba estava vazio e, antes de se sentar, foi buscar outra cerveja e um uísque, o primeiro que tomava havia vários dias.

— Venha e diga a essa velha amiga o que tem feito, meu jovem — resmungou ela, apontando para uma cadeira a seu lado.

Samuel sentou-se, ela apagou o cigarro, inspirou diversas vezes para encher o pulmão de oxigênio, e acendeu outro cigarro.

— Ei, Melba, o oxigênio não é inflamável? — perguntou Samuel.

— Como posso saber?

— Se esse troço explodir, não quero estar perto de você.

— Chega de bobagens, Samuel. Como anda o caso do armênio?

Samuel atualizou-a a respeito do que acontecera nas últimas semanas, incluindo a carta de Lucine a respeito do turco. Também contou que estava indo a Paris outra vez para entrevistar as mulheres de Hagopian, caso Lucine conseguisse arranjar aquilo.

— É bastante óbvio que os Chatoian e o turco, seja ele quem for, são os culpados neste caso — disse Samuel. — A única pergunta é: por quê?

— Vejo que está seguindo meu conselho: *cherchez la femme*. E você acha que uma das mulheres o ajudará a descobrir?

— Acho que a segunda é a peça-chave do quebra-cabeça, mas duvido que possa esclarecer tudo — disse Samuel, olhando ao redor para ver se encontrava Blanche.

— Relaxe, homem. Ela foi comprar algo para comer. Voltará em 10 minutos — disse Melba.

— Quem? — perguntou Samuel, curvando-se para acariciar o cachorro, de modo que Melba não pudesse ver seu rosto.

— Diga-me, que tipo de relacionamento você tem com sua mãe?

— Que pergunta estranha — exclamou Samuel. — O que isso tem a ver com o que estamos falando?

— Você sabe o que dizem os psiquiatras, Samuel: os homens estão sempre buscando mulheres com quem podem ter relacionamentos neuróticos como os que têm com as mães. É o que conhecem e, mesmo que estejam infelizes, sentem-se à vontade. Sua mãe deve tê-lo ignorado como Blanche o ignora.

— Blanche não me ignora!

— Claro, ela faz de tudo para você notá-la — ironizou Melba.

— Não mude de assunto — interrompeu Samuel, o rosto vermelho.

— Desta vez é algo muito mais complicado do que uma mulher, Samuel. Estou me referindo ao caso, não a Blanche. *Cherchez la femme* nem sempre se aplica.

— Você tem alguma idéia?

— Não, mas eu o aconselho a seguir as pistas sobre as quais conversamos. Não ignore coisa alguma. Quero que me traga notícias sobre o turco. Quanto tempo ficará em Paris?

— Depende do que conseguir de Lucine. Sem ela, não posso fazer muita coisa.

Neste momento, Blanche apareceu no fundo do bar. Entrara pela porta dos fundos e o rosto de Samuel se iluminou. Toda vez que a via achava que estava mais bonita, embora naquela noite o cabelo dela estivesse engordurado e amarrado em um flácido rabo-de-cavalo. Seus olhos estavam vermelhos de fumaça e ela usava óculos redondos que ele nunca vira anteriormente. Samuel ficou comovido. Achou ter descoberto algo novo sobre seu amor: ela era míope.

Blanche mal disse olá e imediatamente começou a trabalhar atrás do bar, atendendo aos clientes.

— Vá. Não precisa ficar comigo, meu filho — disse Melba.

Samuel não perdeu tempo. Terminou o uísque de um gole e aproximou-se do bar com a desculpa de pedir outra dose. Excalibur seguiu-o porque sabia que Samuel lhe daria às escondidas biscoitos salgados, azeitonas e ovos cozidos. Melba proibira as pessoas de darem azeitonas e ovos cozidos ao cachorro porque ele ficava enjoado e cabia a ela limpar a sujeira.

— Oi, Blanche. Tenho estado muito ocupado, por isso não tenho aparecido — disse Samuel.

— Ah, é mesmo? Nem notei.

O repórter decidiu ignorar o golpe baixo. Talvez a névoa também deprimisse Blanche. Dizem que as mulheres ficam mal-humoradas por qualquer coisa, e ela não gostava da atmosfera do Camelot. Desde que Melba ficara doente, ela tivera de substituí-la, mas a jovem preferia os esportes e o ar livre. Blanche odiava passar as tardes naquele espaço fechado, respirando fumaça de cigarro e ouvindo banalidades de bêbados deprimidos.

Samuel achou que o tom pouco amistoso de Blanche não era algo pessoal.

— Quer saber mais sobre o caso? — disse ele, puxando conversa.

— Qual caso? Aquele sobre o depósito de lixo?

— Sim, claro, Blanche. No momento não há nenhum outro.

Samuel passou a meia hora seguinte contando-lhe os detalhes da investigação, tendo de fazer várias interrupções porque Blanche precisava atender os outros clientes. Então o barman apareceu, pediu muitas desculpas por estar uma hora atrasado, e sua presença permitiu que Blanche tivesse um breve descanso.

— Não como nada desde o desjejum. Tenho comida chinesa no escritório. Venha comigo. Se eu comer em uma mesa do salão não me deixarão em paz.

Os dois, seguidos por Excalibur, foram até o pequeno escritório de Melba. Acenderam o abajur cor-de-rosa e ocuparam as duas únicas cadeiras disponíveis. Samuel gostava da intimidade daquela pequena sala e da luz suave do abajur. Achou que era o lugar ideal para um encontro romântico porque, caso sua paixão desabrochasse, Blanche não teria como escapar. Sentados frente a frente como estavam, seus joelhos se tocavam e ele bloqueava a passagem para a porta. Sabia que aquilo era pura fantasia porque, se a atlética Blanche achasse estar correndo perigo, podia quebrar o pescoço dele com uma das mãos.

Na escrivaninha havia um saco repleto de comida chinesa de um restaurante local. Ela pegou uma caixa de papelão, um pacotinho de molho de soja, um par de hashis, dois biscoitos da sorte e diversos guardanapos de papel.

— Quer dividir isso comigo? É um chow mein vegetariano.

— Não, obrigado.

— Você não me contou a parte mais importante. E quanto a Lucine?

— Parece que ela e Janak estão se correspondendo, mas é tudo o que sei. Janak não fala a esse respeito.

Blanche sorriu, o primeiro sorriso de verdade da noite, e pegou seu hashi.

— Não vai demorar muito agora — disse ela.

— Como assim?

— Ouça o que digo, Samuel. Não vai demorar muito até os dois estarem juntos outra vez.

— Tenho outras coisas em mente além da vida amorosa de Janak — disse Samuel.

— Como o que, por exemplo?

Era a oportunidade que Samuel esperava havia muito.

— Minha própria vida amorosa! — exclamou, brincando com um de seus biscoitos da sorte.

Blanche não respondeu porque estava com a boca cheia de comida. Ela o olhou da cabeça aos pés com uma expressão inescrutável e continuou mastigando, enquanto ele inspirava profundamente e parecia se interessar de modo incomum pelo biscoito da sorte.

Subitamente, o repórter sentiu um cheiro horrível no ar, muito pior do que o que se pode atribuir à comida vegetariana. Sentiu estar enrubescendo ao pensar que Blanche soltara um pum. Ele a perdoou imediatamente. Afinal, ela era humana. Ergueu a cabeça e, à luz rosada, achou que Blanche também estava corada. A jovem estava paralisada com o hashi a meio caminho da boca e a comida meio mastigada, olhando para ele, intrigada.

— Não! Não fui eu — exclamou Samuel, horrorizado com a idéia de Blanche suspeitar dele.

Então, lembraram-se de Excalibur, deitado a seus pés com ar de absoluta inocência. Blanche engoliu o que tinha na boca e ambos começaram a rir até as lágrimas escorrerem por seus rostos.

Capítulo 12

Respostas inesperadas

No domingo posterior à chegada de Samuel a Paris, às duas da tarde em ponto, Hector Somolian coxeou escadaria acima até o apartamento de Lucine, amparado por suas muletas. Acompanhava-o a mesma armênia com o lenço cobrindo a cabeça que Samuel vira naquele quarto de hotel alguns meses antes. Era o único dia que o velho podia comparecer ao encontro uma vez que ele e a família trabalhavam muito no resto da semana. Aquilo vinha a calhar porque a viagem de avião e a troca de fusos horários haviam derrubado Samuel assim como o haviam derrubado na viagem anterior, e levou algum tempo até ele se recuperar.

Sasiska, trajando um vestido de seda vermelho-claro com um lenço branco cobrindo a cabeça, saudou Hector e a mulher à porta. Ela apoiou as muletas de Hector no braço do sofá onde ela se sentaria e acenou para que os convidados se acomodassem nas cadeiras ao redor do braseiro. A seguir, serviu-lhes chá e conversou amenidades até estarem relaxados. Cerca de 15 minutos depois,

Samuel e Lucine entraram na sala. Lucine voltou a apresentar Samuel para Hector e explicou que seu amigo americano lhe faria mais algumas perguntas caso ele não se importasse.

Na véspera, quando Samuel chegou ao apartamento de Lucine, ela o ajudou a instalar um gravador atrás do sofá com um fio que ia até a cadeira onde Hector se sentaria. Na ponta do fio havia um interruptor para que o repórter pudesse controlar o aparelho. Samuel percebeu que a sala não mudara muito além do fato de estar mais clara, já que o clima estava mais quente e o sol inundava o ambiente. Achou que aquilo alegraria o velho, que vivia em um lugar escuro e sujo, tornando-o mais eloqüente.

Antes do início da conversa, Samuel acionou o gravador. Ele explicou a Hector, com Lucine servindo como intérprete, que haviam surgido muitas informações novas a respeito do caso Hagopian, motivo pelo qual precisava falar com ele outra vez.

— A primeira coisa que gostaria de saber é o seu nome verdadeiro — disse ele, quase duvidando que aquele homem pequeno, embora forte e trabalhador, tivesse de fato os 90 anos que alegava.

— Mademoiselle Lucine me disse que você me perguntaria isso — disse Hector. — Eu tive um bom tempo para pensar a respeito. É provável que ela esteja certa ao dizer que talvez não saibam que estou vivo, já que ninguém me fez mal durante todos esses anos. Mas o motivo de não me terem feito mal é justamente o fato de não saberem que estou vivo. E não sou apenas eu. E quanto à minha família? Quero-os a salvo também.

— Sem saber quem você é, não posso lhe dizer se você está em perigo — disse Samuel.

O velho olhou com tristeza para cada uma das três mulheres na sala e esfregou as mãos calejadas.

— Muito bem, vou lhe dizer, mas apenas porque ninguém em minha família usa o nome antigo e porque estou em uma idade na qual não me importo com o que possa acontecer comigo. Meu nome verdadeiro é Albert Gabedian. Gabedian era meu sobrenome na Armênia. Meus familiares foram serviçais da casa dos Hagopian durante várias gerações.

Samuel não estava certo se saber o nome do velho resultaria em algo, mas achou que ele devia confiar um bocado em Lucine para revelar um segredo tão antigo.

— Pergunte se o nome Chatoian significa algo para ele.

Antes mesmo da tradução da pergunta, Hector e as mulheres arregalaram os olhos, surpresos.

— Onde ouviu este nome? — perguntou Gabedian.

— Estou seguindo algumas pistas e fazendo perguntas gerais. Chatoian é um nome que surgiu na investigação. Vejo que significa algo para vocês. Pode explicar por quê?

— Os Chatoian e os Hagopian eram muito unidos — disse Gabedian. — Ambas as famílias eram muito ricas e tinham negócios em comum. Seus filhos freqüentavam a mesma escola particular. Os Chatoian também sofreram muito nas mãos dos turcos. O patriarca e sua mulher foram enforcados na praça da cidade antes mesmo de os Hagopian serem atacados. A família perdeu quase tudo o que tinha. Sei que alguns de seus filhos foram mortos. Por sorte, outros conseguiram fugir, assim como o restante de nós. Nunca mais ouvi falar neles. Foi por isso que fiquei tão surpreso quando mencionou o nome.

Samuel sorriu. Conseguira o que queria. Ele desligou o gravador. Depois que Gabedian saiu, Lucine disse que conseguira marcar um encontro com Almandine Hagopian em seu apartamento para tomar chá, na terça-feira seguinte, sem revelar que Samuel estaria presente.

— É provável que nosso encontro seja tumultuado — disse Samuel. — Você não tem medo de que isso afete a relação de vocês? — perguntou Samuel.

— É um pouco tarde para me preocupar com isso. Você certamente não terá uma visão geral da situação sem falar com ela — respondeu a jovem.

Samuel demorou-se a tomar a segunda xícara de chá, sem ousar levantar a questão que lhe queimava a língua. Mas ela adivinhou o que ele tinha em mente.

— Janak enviou-me um livro de poesias — disse ela, apontando para um pequeno volume com capa azul que estava sobre a mesa.

— Poesia? Não consigo imaginar Janak lendo poesia — riu o repórter.

— *Vinte poemas de amor*, de Pablo Neruda. Eu já li. Os versos são muito apaixonados. O presente me surpreendeu tanto quanto a você, Samuel. Ele prometeu que, assim que tiver uma folga no trabalho, virá me visitar.

— Espero que seu encontro seja tão bom quanto os poemas, Lucine.

Samuel voltou a examinar a capa do livro azul, tentando memorizar o título. Decidiu que tinha de comprá-lo e decorar alguns poemas para poder sussurrá-los ao ouvido de Blanche, uma vez que tudo o mais que tentara havia falhado.

* * *

Almandine chegou pontualmente ao apartamento de Lucine, sentou-se em uma das poltronas ao redor do braseiro e começou a conversar com Sasiska em armênio, enquanto Samuel a observava da outra sala. Achou que ela estava diferente: mais jovem, mais bela e mais relaxada. Usava menos maquiagem e o vestido de índigo que trajava emprestava-lhe um frescor que ela não tinha em São Francisco. Almandine saudou a amiga com um sorriso, mas ficou paralisada ao reconhecer Samuel.

— Isso é uma armação! Este homem é um repórter! — exclamou ela em inglês enquanto tentava se levantar. Mas Lucine estendeu a mão e puxou-a delicadamente de volta à poltrona.

— Por favor, Almandine, ouça o que o Sr. Hamilton tem a dizer — pediu.

— Não posso crer que você esteja fazendo isso comigo, Lucine. Você me traiu! — insistiu a jovem. Entretanto, permaneceu sentada.

— Só peço que fale com ele. Sua vida pode depender disso.

Levou algum tempo até ela absorver as palavras de Lucine.

— Minha vida pode depender disso? Como assim?

— Exato — disse Samuel acionando o botão que ligava o gravador. — Há um bocado de gente furiosa neste caso, e você pode ser a próxima vítima da lista.

— Você sabe se há alguém atrás de mim? — perguntou ela, perturbada.

— A lei, para início de conversa, a não ser que eu obtenha algumas respostas aqui hoje. Nunca tive a chance de falar com você após a morte de seu marido, e as coisas mudaram desde então, o que acho que você já sabe.

— Não acusei os mexicanos — disse ela.

— É sobre isso que quero lhe falar. Conte-me tudo o que sabe ter ocorrido em dezembro passado.

— Por que devo falar com você, Sr. Hamilton? Duvido que esteja aqui para me fazer algum favor.

— Estou aqui para ajudá-la, mesmo que não acredite nisso. Você precisa confiar em mim para que as coisas não fiquem piores para o seu lado, Sra. Chatoian.

— Do que está falando? — exclamou Almandine, levantando-se da poltrona.

— Exatamente o que ouviu — disse Samuel, sacando da pasta a cópia autenticada dos documentos que conseguiu no tribunal de Stanislaus. — Aqui diz que seu nome era Margaret Chatoian, e que há alguns anos você o mudou para Almandine Margolin.

Sasiska olhava para um e outro, tentando entender o que estava acontecendo. Lucine olhou para a mãe e levou o indicador aos lábios, indicando que ela devia ficar calada.

— Você não tem provas de que sou a mesma pessoa. Deve haver centenas de Margaret Chatoian, até mesmo Almandine Margolin. Afora isso, meu nome é Almandine Hagopian.

— Sim, eu sei — disse Samuel sacando outro documento de sua pilha de papéis. — Aqui está a sua certidão de casamento. Aqui diz que Almandine Margolin casou-se com Armand Hagopian em São Francisco. Lembra-se disso?

A jovem olhou para Sasiska, que ela achava ser sua única aliada, disse algo rapidamente em armênio e começou a soluçar. Sasiska foi até o quarto e trouxe uma caixa de lenços de papel, sentou-se ao lado de Almandine e passou a acariciar-lhe as costas e a consolá-la.

— O que ela está dizendo? — sussurrou Samuel para Lucine ao ouvir Almandine falando em armênio.

— Está pedindo ajuda à minha mãe. Diz que você a está atormentando.

Esperaram um longo tempo até os soluços da mulher diminuírem de intensidade. A maquiagem escorria-lhe pelas faces e suas pálpebras estavam vermelhas. Afinal, recostou-se na poltrona, vencida, como uma criança maltratada.

— Lamento muito, Sra. Hagopian. Asseguro-lhe que não estou aqui para lhe fazer mal — disse Samuel.

— O que quer saber? — perguntou ela com um fio de voz.

— Por favor, explique-me tudo, passo a passo.

— E quem vai me proteger se eu o fizer? — perguntou a mulher, obviamente assustada.

— Sua segurança não está inteiramente em minhas mãos — disse Samuel. — Mas posso dizer que foi cooperativa, e isso sempre conta.

— Muito bem — disse ela em meio a um grande suspiro. — De qualquer modo, preciso tirar isso de minha consciência. Vivi com este segredo durante muito tempo.

Após ela responder a todas as perguntas, Samuel concluiu que sua viagem valera a pena.

Capítulo 13

Será que realmente acabou?

Na tarde em que desembarcou do avião que o trouxe de Paris, Samuel correu até o Camelot para falar com Melba, e teve a sorte de Blanche também estar lá.

— Já de volta, Samuel? Que notícias me traz da namorada de Janak? — perguntou Blanche, excitada.

— Isso é tudo em que está interessada? Não quer saber como me saí por lá?

— Claro, seu bobo — respondeu ela, dando-lhe um sonoro beijo no rosto que desencadeou uma descarga elétrica por seu esqueleto exausto.

— O que diabos aconteceu com você, filho? — perguntou Melba, notando as olheiras e as roupas amarrotadas de Samuel, enquanto segurava a coleira de Excalibur para evitar que ele lambesse o repórter.

— Por outro lado, você parece ótima, Melba — disse ele, percebendo que ela não tossia, estava corada e sem o tanque de oxigênio.

— O remédio do Sr. Song funcionou — disse ela, piscando. — Mas você não veio aqui nessas condições desastrosas para dizer que estou bem. O que quer? Você não estava em Paris?

— Acabei de voltar esta tarde e tenho coisas importantes a falar com você — disse ele, ao se sentar junto à mesa redonda.

— Primeiro, fale-me sobre Lucine — insistiu Blanche.

— Janak enviou-lhe um livro de poesias e irá vê-la assim que tiver tempo.

— Poesias? Com esse livro e um pouco de sorte, ele a conquistará outra vez — disse Blanche.

— Quero saber sobre os crimes, o resto é pura novela — ordenou Melba. — Tome um drinque e desembuche.

— Não vou beber. Se beber, eu caio. Ouça.

Samuel contou-lhe o que ouvira de Almandine.

— Terrível — comentou Melba.

— Sem dúvida. Mas o que faço com a história da mulher?

— Você está me perguntando se deve contar ao detetive? É o que quer saber?

— Não tenho muita escolha, certo? Mas não consigo tirá-la da cabeça. Tanto Lucine quanto eu achamos que ela já sofreu o bastante, considerando tudo o que passou — disse Samuel.

— Entendo. Você está lascado se contar e está lascado se não contar. O que acontece se você a deixar de lado no relatório que entregará ao detetive e não a mencionar em sua matéria?

— Impossível, Melba. Tenho de contar tudo para Bernardi, e preciso de Almandine para a minha matéria. Ela representa uma tremenda reviravolta no caso. Afora isso, sem ela não há motivação, a não ser que alguém confesse. E, você sabe, não há nenhuma possibilidade disso acontecer.

— Uma confissão é apenas um problema técnico. Motivação nem sempre é algo óbvio, e às vezes não é provada em casos de homicídio — disse ela. — Afora isso, não há todas aquelas provas materiais que os tiras recolheram na propriedade dos Chatoian?

— Sim, muitas.

Enquanto pensava, Melba deu um trago no cigarro e exalou lentamente a fumaça, desfrutando do prazer daquilo.

— Muito bem, então o problema é moral. Poderia conseguir que o promotor público ignorasse a participação dela no crime?

— Ela certamente não sabia exatamente o que aconteceria — disse Samuel.

— Mas ao menos suspeitava, a não ser que seja idiota.

— Ela não é idiota — disse Samuel.

— Você tem sorte disso não depender de você. Seu trabalho é recolher os fatos e apresentá-los. Cabe ao promotor público decidir se tais fatos requerem alguma ação.

— O que está tentando dizer?

— Que às vezes o gato não pega o rato.

Demorou alguns segundos até Samuel entender o que Melba estava sugerindo. Deu um tapa na testa e soltou uma gargalhada.

— Eles não podem processá-la se não estiver aqui. Soube disso através de Janak. Direi a Almandine que, não importando o que aconteça, ela deve ficar na França.

— Perfeito. Você diz aos tiras o que descobriu e concede a Almandine o benefício da dúvida em sua matéria — concluiu Melba.

— Como você disse, eu apenas apresento os fatos.

— Você está cansado, não está pensando com clareza, Samuel. Vá dormir — aconselhou Blanche.

— Obrigado por sua ajuda, Melba.

— Obrigada a você, filho. Eu estava aqui quase morta de tédio e você trouxe o circo até minha mesa. Não há nada mais saboroso que um bom assassinato. Neste caso, havia dois.

— Cuidado, não fume muito — disse-lhe Samuel.

* * *

    Samuel entregou a Bernardi diversas páginas datilografadas do esboço de sua matéria sobre os assassinatos dos Hagopian, e explicou que queria publicá-los nos próximos dias, assim que tivesse autorização do detetive. Bernardi sentou-se para ler. Na maior parte do tempo, ele meneava a cabeça, concordando, ou resmungava, surpreso. Samuel, que olhava através da janela suja do escritório de Bernardi, achou que ele deveria estar lendo as revelações de Almandine. Quando o detetive terminou, rodou na cadeira, soltou a matéria sobre a escrivaninha e sorriu.

— Quase inacreditável. Como conseguiu que ela lhe dissesse tudo isso?

— Em parte, conquistei-lhe a confiança. No resto, minha conexão em Paris fez toda a diferença. Ela criou a atmosfera.

— Não posso impedi-lo de publicar isso. Gostaria de acrescentar que Rupert Chatoian acaba de ser indiciado tanto no condado de Contra Costa quanto no de Fresno, e os promotores públicos só estão esperando o Sr. Marachak expedir as moções para cancelar as acusações contra os Ramos.

— Janak já sabe disso? — perguntou Samuel.

— Deixarei que você lhe dê a notícia. Quando disse que conquistou a confiança dela, quis dizer que tem tudo isso documentado?

— Não apenas isso. Tenho uma gravação. Quer ouvi-la?

— Claro — disse Bernardi. — Vamos à sala de reunião.

Alguns minutos depois, o gravador estava ligado e Samuel explicou para Bernardi como conseguiu que Almandine lhe dissesse o que estavam a ponto de ouvir.

— Ela sabia que você estava gravando a conversa? — perguntou Bernardi.

— Claro que não. Se soubesse, não diria uma palavra sequer — respondeu Samuel.

— Muito bem, deixe-me ouvir — disse Bernardi.

Antes de Samuel acionar o gravador, explicou:

— A primeira voz que você vai ouvir é de Almandine. Eu só pedi que ela me contasse tudo.

A gravação começou.

— *Está certo. Sou uma Chatoian. Os Chatoian e os Hagopian estão juntos há muito tempo. Foram parceiros comerciais e amigos durante várias gerações, em Erzerum, muito antes do início do genocídio. Contudo, quando a matança começou, algo estranho aconteceu. As suspeitas cresceram entre as famílias armênias da região e coisas terríveis transpiraram entre amigos de confiança. Por exemplo, sabemos com certeza que a família Hagopian comprou a sua liberdade traindo os patriarcas Chatoian para os turcos e contando onde o tesouro deles estava escondido. Mas a coisa saiu-lhes pela culatra. Embora as autoridades turcas tenham permitido que a mulher, os filhos e o irmão escapassem, mataram o patriarca Hagopian e todos os Chatoian que encontraram. No fim, confiscaram o que o patriarca Hagopian achava estar protegido.*

— Isso incluía matar os Gabedian? — perguntou Samuel.

— *Onde conseguiu este nome?*

— *Não era esse o nome dos criados que cuidavam da família Hagopian?*

— *Sim, mas foram todos mortos pelos Chatoian, que estavam atrás de todo mundo ligado aos Hagopian para se vingarem da traição. Tinham de conseguir isso enquanto os membros de ambas as famílias ainda estivessem em Erzerum, antes de fugirem para a França.*

— *Os Chatoian também foram para os EUA.*

— *Já sabia disso, Sr. Hamilton.*

— *Então, qual o seu papel nisso tudo?*

— *Assim como o resto de minha família, cresci odiando os Hagopian. A coisa ficou pior por conta de seu sucesso e da fortuna que juntaram. Nós, Chatoian, achávamos que fora obtida por intermédio da traição de nossa família. Foi por isso que Rupert Chatoian planejou a vingança.*

— Mas isso faz muitos anos!

— *E daí? Olho por olho, dente por dente, Sr. Hamilton!*

— Compreendo, senhora.

— *Corriam boatos entre a comunidade armênia que Armand e sua primeira mulher estavam se divorciando, e que ele tinha fama de gostar de mulheres mais jovens e atraentes. Era tudo o que sabíamos, de modo que achamos que ele era um namorador e que sua esposa se enchera daquilo.*

"*Fui mandada a um cartório onde mudei de nome e comecei a freqüentar os mesmos lugares que ele. Ele mordeu a isca e, surpreendentemente, após sairmos algumas vezes, Hagopian me pediu em casamento.*

"*Meu trabalho era espionar. Mas admito que, a princípio fiquei confusa uma vez que Armand me conquistou logo no começo. Embora já não fosse jovem, ainda era bonito e forte e era muito bom amante. Ele me seduziu. Eu não estava preparada para aquilo. Eu é que deveria seduzi-lo, embora não tivesse conhecimento e nem experiência de como fazê-lo. No fim das contas, creio que o que ele gostava em mim era o fato de eu ser jovem e ingênua.*"

— A senhora descobriu que o motivo da primeira mulher o ter deixado foi porque ele batia nela?

— *Eu estava chegando lá. Não demorou muito até ele se revelar. Armand começou com coisas pequenas, como observações ácidas. Então, tinha momentos de grande sarcasmo. Eu poderia ter lidado com tudo isso, mas o que eu não esperava era a parte física de sua crueldade. Ele começou a me bater. A princípio, ocasionalmente. Então, duas ou três vezes por semana. No início, para fazer as pazes, me enchia de presentes caros. Ao mesmo tempo, dizia que a culpa era minha, que se eu não tivesse dito isso ou aquilo ele não teria perdido a cabeça. No fim, não fazia muita diferença o que eu dizia ou fazia. Quando ele ficava com ciúmes ou com raiva, batia em mim sem motivo e recusava-se a falar comigo durante vários dias até ele querer fazer sexo. Se eu resistisse, ele me estuprava e batia outra vez.*

A um sinal de Bernardi, Samuel parou a fita.

— Que sujeitinho desgraçado — exclamou o detetive. — E pensar que andava por Richmond com a maior pose.

— Você precisava ver a cara dela enquanto falava — disse Samuel. — Sua expressão era séria e furiosa e ela parecia dez anos mais velha. Lembre-se que ela é uma jovem com 30 e poucos anos de idade. Eu sabia que aquilo a estava abalando, mas não podia parar até ouvir tudo.

Samuel voltou a ligar o gravador.

— *Como disse, eu era uma espiã. Portanto, comecei a prestar atenção a tudo o que acontecia na família Hagopian. Preparei cuidadosamente o caminho para Nashwan, para que ele pudesse vir trabalhar na empresa. Falava com Rupert Chatoian semanalmente e convencia Armand a confiar em Nashwan. Isso foi fundamental para o plano.*

— *E quanto a Nashwan? Sabemos que esse não é o nome verdadeiro. Quem é ele?*

— *Também é um Chatoian.*

— *Verdade? Qual o primeiro nome?*

— *É John. John Chatoian.*

— *Sabe onde ele mora?*

— *Ele é parisiense. Não faço idéia de onde esteja agora. Ele desapareceu após testemunhar na corte, e duvido que vá dar as caras outra vez. A família ficou furiosa com ele por ter arruinado o julgamento.*

— *Refere-se ao roubo ao cego?*
— *Sim, claro. Foi aquilo que provocou a absolvição dos mexicanos.*
— *Qual era o papel de Nashwan, ou de John, no plano?*
— *Eu, honestamente, não sei. Contudo, pelo que aconteceu, posso adivinhar. Rupert Chatoian sabe as respostas. Eu só tinha de convencer Armand a dar o emprego a Nashwan.*
— *Isso significa que não sabia os detalhes daquilo que os Chatoian fariam?*
— *Era um segredo masculino. Sabia que queriam vingança, mas não como seria obtida.*
— *E quanto à emasculação?*
— *É uma forma de vingança muito antiga. Foi o que os turcos fizeram com o patriarca Chatoian.*
— *E foi por isso que sua família queria que todos os Hagopian e seus criados tivessem o mesmo destino.*
— *Exato. Sugiro que leia um pouco de história, Sr. Hamilton. Na cultura armênia, este é apenas um modo de ajustar as contas. Uma tribo aprende isso com a outra.*
— *Entendo. Voltando a seu marido, senhora. Esperava que ele se comportasse do modo abusivo como se comportou, considerando o modo como ele tratava a ex-esposa?*
— *Eu não fazia idéia do motivo do divórcio dele, e não perguntei. Foi algo que nunca mencionamos. Eu tinha uma missão. Como uma Chatoian, deveria espioná-lo e não me queixar, mas chegou a um ponto em que não era mais possível recuar. Ele se tornou sádico e me feria. Muito. Portanto, só queria concluir minha parte no plano e fugir. Temia pela minha vida.*
— Você precisava tê-la visto neste momento. A voz dela se tornou grave e os olhos ficaram gélidos. Lucine tentou abraçá-la, mas a mulher a rejeitou.

— *O que quer dizer ao falar que ele a feria muito? Por favor, perdoe-me por insistir, Sra. Hagopian. Obviamente isso é doloroso para a senhora, mas preciso saber.*

— *Quer mesmo saber o que o desgraçado fez comigo? Bem, veja...*

— Nesse ponto ela se levantou, abriu o vestido, tirou o sutiã e expôs os jovens seios — disse Samuel. — Em vez de mamilos, havia duas terríveis cicatrizes.

— *Foi isso que meu marido fez comigo, Sr. Hamilton! Ele me mutilou! Olhe bem!*

— Ficamos todos sem fala durante um longo tempo olhando para Almandine até ela voltar a se vestir.

— Meu Deus, vou ficar enjoado — disse Bernardi.

— *Por que não foi à polícia, pelo amor de Deus?*

— *Porque Armand teria me matado. Além disso, eu tinha como me vingar. Afinal, aceitara a missão. Podia realizar as tarefas a mim designadas por minha família.*

Samuel desligou o gravador.

— Quanto disso você sabia antes de ir a Paris? — perguntou Bernardi.

— Só sabia que ela era uma Chatoian, e que Nashwan era um nome falso. O resto foi uma completa surpresa — disse Samuel.

— Você descobriu isso quando foi a Stockton?

— Sim, mas tinha de ficar quieto até conseguir levantar todos os fatos — disse Samuel.

— Esse assunto de Nashwan ser um Chatoian vai render-lhe um indiciamento. Encontramos as impressões digitais dele nas ferramentas da cabana. Agora, aquela pegada que confere com o tamanho de seu sapato torna-se muito incriminadora, especialmente porque ele mentiu sobre a reserva do vôo para a França — disse Bernardi.

— E quanto à mulher de Hagopian? O que pretende fazer quanto a isso, detetive? — perguntou Samuel.

— Não cabe a mim. Depende do promotor público. O que posso sugerir é que ele lhe conceda imunidade caso ela deseje testemunhar.

— Quanto acha que a vida dela valeria caso concordasse com esta idéia idiota? — perguntou Samuel.

— Não entendo o que quer dizer — disse Bernardi.

— Se os Hagopian não a matarem, os Chatoian o farão. Terei de explicar tribalismo para você depois, detetive, quando voltar a me convidar para uma refeição italiana — disse Samuel, ansioso para levar a matéria ao editor.

— Acho que entendo o problema. Sou apenas um servidor público. Meu trabalho é passar a informação aos poderes constituídos. Eles tomam as decisões.

— Achei que isso não importaria muito, uma vez que ela está na França e pode evitar o longo braço da lei. Mas então pensei em Nashwan. Você disse que irá atrás dele.

— Há uma grande diferença entre os dois. Ela foi apenas um acessório em um homicídio. Já ele parece ter sido um dos assassinos — disse Bernardi. — Você deixou isso muito claro, Samuel.

— Deixe-me contar o resto da história, tenente.

— Fale, Samuel. Não tenho uma data de fechamento a obedecer — disse Bernardi.

— O que restou de ambos os clãs fugiu para Paris, mas a sede de vingança não foi esquecida. O padre armênio deve saber disso porque ficou muito incomodado quando mostrei as fotografias dos Chatoian tiradas no funeral de Armand Hagopian. Ele fingiu não reconhecê-los. O que é incrível é isso ter ficado em banho-maria todos esses anos até Rupert Chatoian decidir como se vingaria. Enviou Almandine ao território inimigo com ordens de arranjar um lugar para Nashwan no depósito de lixo. Depois de enquadrar os mexicanos, Nashwan convenceu Hagopian a ir até Stockton, onde ele foi torturado e assassinado. Então, o corpo foi levado de volta ao depósito de lixo e pendurado no portão com o nó de Juan Ramos.

"Por ser engenheiro químico, Nashwan também sabia quais produtos químicos usar nas garrafas de Coca-Cola. Bastava ler o processo. De modo a completar a vingança, Rupert arranjou um meio de matar Joseph, em Fresno."

Samuel levantou-se para sair e apertou a mão do detetive. Haviam trabalhado bem juntos, pensou.

— Se vai voltar a São Francisco, diga olá a Vanessa por mim.

— Claro, detetive. Mas por que não pega o telefone e diz você mesmo?

— Talvez faça isso — disse Bernardi timidamente.

Este livro foi composto na tipologia Adobe Garamond,
em corpo 11,5/15, impresso em papel off-white 80g/m²,
no Sistema Cameron da Divisão Gráfica
da Distribuidora Record.